KB131437

그
해
여
름
끝

SUMMER SUNSET(夏日落)

Copyright © 1993 Yan Lianke
All rights reserved.

柳鄉長

Copyright © 2004 Yan Lianke
All rights reserved.

掉一只臂

Copyright © 2012 Yan Lianke
All rights reserved.

Korean translation copyright © 2021 by NEXUS Co., Ltd.
Korean translation rights arranged with The Susijn Agency Ltd
through EYA (Eric Yang Agency)

이 책의 한국어판 저작권은 EYA (Eric Yang Agency)를 통해 The Susijn Agency Ltd와 독점 계약한 (주)넥서스가
소유합니다. 저작권법에 의해 한국 내에서 보호를 받는 저작물이므로 무단 전재 및 무단 복제를 금합니다.

그해 여름 끝

지은이 옌롄커
펴낸이 임상진
펴낸곳 (주)넥서스

초판 1쇄 발행 2021년 7월 2일
초판 2쇄 발행 2021년 7월 5일

출판신고 1992년 4월 3일 제311-2002-2호
10880 경기도 파주시 지목로 5
Tel (02)330-5500 Fax (02)330-5555

ISBN 979-11-6683-097-6 03820

저자와 출판사의 허락 없이 내용의 일부를
인용하거나 발췌하는 것을 금합니다.

가격은 뒤표지에 있습니다.
잘못 만들어진 책은 구입처에서 바꾸어 드립니다.

www.nexusbook.com
&(앤드)는 (주)넥서스의 문학 브랜드입니다.

옌롄커 지음 | 김태성 옮김

그
해
여 夏日落
름
끝

&

여기서 모든 것이 비롯되었다

사람에게는 뜻밖의 모든 것이 운명이고, 이른바 운명이라 불리는 모든 것이 뜻밖의 일이다.

말하자면 내 일생의 모든 작품들 가운데 「그해 여름 끝(夏日落)」보다 더 헛수고와 돌변이라는 운명을 가져다준 작품은 없었다. 1978년 말, 나는 국가의 모병에 응해 어느 평원의 군영으로 입대했고, 석 달 뒤에 아무런 징조도 없이 갑자기 중국과 베트남 사이에 전쟁이 발발했다. 나는 군영을 한 번도 떠나본 적 없는 신병으로서 매일 전선으로 갈 것을 요구하는 호소와 격려를 받았다. 두려움과 불안, 그리고 죽음에 대한 긴장과 걱정을 안고 '전투 신청서'를 썼다. 운명은 결국 나를 총을 들고 전선에 나가도록 배치하지 않았다. 하지만 7, 8년 동안 이어진 중국과 베트남 사이의 단속적인 국경 전투에 대해 나는 한순간도 관심의 끈을 놓지 않았다.

1992년 초, 전쟁이 끝나고 몇 년이 지났을 때 나는 당시의 군사문학과는 전혀 다른 풍격을 지닌 이 작품 「그해 여름 끝」을 썼다. 이 소설은 더 이상 영웅주의에 대한 성가도 아니었고 문학의 빛으로 암울한 현실 속에 있는 인류의 이상을 숭고하고 아름답게 비추는 작품도 아니었다. 이 소설이 유일하게 담고 있는 것은 인간의 곤경에 대한 진실과 진실, 그리고 진실이었다. 이 소설을 쓰는 데는 겨우 열흘밖에 걸리지 않았다. 항상 그랬듯이 원고가 완성되자 문예지 두 곳에 투고했다. 그러나 "훌륭한 작품이지만 발표하기 어렵다"는 반송 의견과 함께 원고는 돌아왔다. 그 후 나는 이 소설의 원고를 어딘가에 처박아 두고 완전히 잊어버렸다. 다시 1년의 시간이 흘러 1993년 하반기가 되었다. 에디터로 일하는 친구로부터 원고 청탁을 받은 나는 이 소설 원고를 찾아 보내주었다.

1994년 초에 이 작품이 처음 발표되고 뜻밖에도 문단에 기대하지 않았던 떠들썩한 관심을 받으면서 희열을 느꼈다.

하지만 곧이어 더 뜻밖의 일이 터졌다.

1994년 여름, 나는 심각한 허리 통증으로 인해 산둥(山東) 지난(济南)의 한 병원에서 수술을 준비하고 있었다. 갑자기 베이징에서 부대 간부로부터 전화가 왔다. 서둘러 부대로 돌아오라는 것이었다. 그것도 빠를수록 좋다고 했다. 다음 날 곧장 부대로 복귀하고 나서야 「그해 여름 끝」이 금서가 되었고 이에 따라 반성문을 써야 한다는 사실을 알게 되었다. 그리하여 허리 통증 때문에 제대로 앉아 있을 수도 없는 몸으로 매일 침대에 엎드려 반성문을 썼다. 반성문은 아무리 써도 쉽사리 통과되지 않았다. 통과되지 않으니 계속 고쳐 쓰면서 영혼의 문제와 문제의 근원을 파내야 했다. 그 시기에는 무력감과 진지함이 매일 나와 함께했다. 이렇게 대여섯 달이 지나고 나는 이미 고향으로 돌아가 농사나 지으며 살기로 마음을 굳히고 있었다. 하지만 어느 날 갑자기 장군 한 분이 찾아와서는 모든 일이 지나갔으니 더 이상 반성문을 쓸 필요가 없다고 말했다. 또 얼마 지나서 나는 반성문을 쓸 필요가 없었던 것이 외부 매체에 내가 비판을 받고 매일 반성문을 쓰고 있다는 사실이 연일 보도되었기 때문이었다는 것을 알게 되었다. 더 이상 비판을 받지 않게 되었다는 사실은 아무래도 좋은 일일 수밖에 없었다. 나는 이때부터 더 이상 군대를 소재로 한 작품을 쓰지 않고 모든 노력을 땅과 농촌에 관한 글쓰기에 집중하기로 마음먹었다. 이리하여 《일광유년(日光流年)》과 《물처럼 단단하게(坚硬如水)》,《레닌의 키스(受活)》 등 일련의 작품들을 써내려가기 시작했다. 이렇게 2004년이 되어 나는 《레닌의 키스》로 인해 또다시 부대를 떠나 전업하는 조치를 당했다. 이른바 '전업'이란 군대에서 쫓겨나는 것이나 다름없었지만 일종의 '전화위복'으로 자유의 느낌을 누릴 수 있었다. 이리하여 《인민을 위해 복무하라(为人民服务)》라는 군대소설과 농촌을 소재로 한《딩씨 마을의 꿈(丁庄梦)》을 썼다. 그 뒤로 나의 모든 생활과 글쓰기는 완전히 궤도를 이탈한 비행체가 되어 영원히 궤도 밖에서 홀로 쓸쓸하고 적막하게 비행하고 있다. 외롭게 삶을 운영하고 글쓰기를 이어가고 있는 것이다.

중국 송나라 때 소동파(苏东坡)라는 시인이 있었다. 그는 이른바 '오대시안(乌臺诗案)'이라는 필화 사건에 휘말려 1079년에 재판을 받고 130일 동안 감옥에 갇히게 되었다. 나중에 출옥한 그는 반복적으로 "언행을 조심하여 화를 피하리라(慎言而避祸)"라고 맹세했다. 하지만 평생에 걸친 글쓰기에서는 "시는 불만을 말할 수 있어야 한다(诗可怨)"는 공자의 주장을 일관되게 되새겼다. 여기서 '불만(怨)'이라는 것은 말 그대로 원망이나 불만을 의미하는 것이 아니라 인간 감정의 진실성과 인생 역정의 실체를 의미한다. 당시 중국에는 소동파를 상대로 논쟁을 벌일 만한 능력을 갖춘 인물이 없었다. 그와 비교하면 모두가 거대한 산속의 작은 돌멩이, 숲속의 나무 한 그루에 지나지 않았다. 하지만 필경 시대는 또 천년 가까이 흘렀고, 모든 것의 모든 것을 한데 놓고 비교하거나 논할 수 없게 되었다. 천년 가까운 세월이 흘렀지만 중국 문화가 남긴 글쓰기에서 감정의 진실성과 인생 역정의 실체는 전 세계의 위대한 글쓰기와 희미하게나마 연결되어 맥을 같이하면서 한 번도 변한 적이 없었다.

「그해 여름 끝」은 비판과 금서 조치 이후 더 이상 내 소설 전집에 수록되지 못했고 타이완과 홍콩을 제외하고는 그 어느 나라에서도 출판되지 못했다. 그런데 한국에서의 재출간을 앞두고 한국어판 서문을 쓰고 있는 지금, 나는 미소를 지으면서도 고통스럽게 기억 속에서 소동파와 유사했던 과거의 일을 소환해냈다. 이런 지나간 일들에 대해 한국 독자분들은 그다지 큰 열정과 관심이 없을지도 모른다. 하지만 사실대로 말하자면 내 모든 문학의 변고와 운명은 전부 「그해 여름 끝」에서 시작되었다. 그래서 계속 그때의 일들을 얘기하고 써내고 싶은 것이다.

「그해 여름 끝」은 나로 하여금 너무 많은 것을 잃게 했다.
「그해 여름 끝」은 나로 하여금 너무 많은 것을 얻게 했다.
「그해 여름 끝」은 내 문학 인생의 한 차례 '성년식'이었다.

이 책을 다시 출간해주신 넥서스 출판사에 깊은 감사의 마음을 전한다. 김태성 선생의 재번역과 추천에 대해서도 특별히 감사한다. 이 책은 나의 인생과 글쓰기에 있어서 대단히 중요하고 특별한 의미를 갖는 작품이다. 하지만 나는 한국의 독자분들이 모든 것을 이해하고 모든 것을 잊어주기를, 그리하여 마지막으로 인간의 곤경과 진실, 진실과 진실에 관한 문학만 남게 되기를 희망한다.

2021년 6월 8일
베이징에서

차례

일러두기

1. 모든 각주는 옮긴이의 것이다.
2. 일부 인명과 지명은 한자음으로 표기하되, 일부 한자는 중국어 표기법에 따라
   원어 발음으로 표기했다.

그
해
여름
끝

夏日落

제1장
어둠이 몰려오고

1

양띠 해 1월 초, 보병 3중대에 커다란 사건이 하나 터졌다. 먼저 소총을 한 자루 분실하더니 그다음에는 병사 하나가 죽었다. 총은 신형으로 철제 개머리판이 달린 전자동 소총이었다. 병사는 계급이 하사로서 본적이 정저우(鄭州) 27구(區)였다. 아버지는 초등학교 교사이고 어머니는 환경보호 관련 노동자였다. 일이 갑자기 쾅 하고 터지면서 병영 전체를 뒤흔들었다. 순식간에 천지가 들끓고 풀과 나무가 전부 놀라기 시작했다. 연대와 대대, 중대에는 공기가 희박해졌다. 모두들 내무반에 들어앉아 사건의 흐름에 따라 몸을 떨고 있었다.

사건이 발생했을 때 이미 부대대장에서 중대장으로 강등

된 중대장 자오린(赵林)과 지도원 가오바오신(高保新)은 연병장에서 무릎을 맞대고 마음속 생각을 주고받고 있었다. 때는 여름 끝자락이었다. 황혼이 그물처럼 세상을 덮고 있었다. 이런 계절에는 천지에 별 재미가 없었다. 맑고 상쾌하지도 않았고 끈적끈적하게 덥지도 않았다. 만터우(饅頭)나 쟈오즈(餃子)를 찌는 증롱에서 꺼내 식히고 있는 깔개 천처럼 미지근하기만 했다. 다섯 시 반쯤 붉은 석양이 서쪽으로 기울기 시작했다. 지려면 어서 질 것이지 질질 끄는 바람에 높은 하늘은 어두워지지도 않았다. 불에 타듯이 붉기만 하던 해가 점점 엷어지는 모습이 마치 불덩어리가 빗물을 맞아 젖어 있기는 했지만 물과 불이 서로를 받아들이지 않아 수증기와 안개가 자욱한 것 같은 모습이었다. 대지 위에는 맑고 투명하게 밝은 기운이 내려와 하루 종일 쌓여 있던 열기를 천천히 발산시키기 시작했다. 이처럼 상쾌한 밤이 다가오고 있기는 했지만 전쟁이 끝난 뒤에 평화로운 세월이 찾아오는 것처럼 기약 없이 느리기만 한 것이, 아무리 기다려도 오지 않을 것만 같았다. 밤의 느린 발걸음은 마치 늦게 밭갈이에 나서는 늙은 소 같았다. 해가 지고 황혼이 내릴 때까지, 이 짧지만 느리고 지루한 시간이 부대의 영내에서는 하루 가운데 주말에 해당하는 부분이었다. 초병의 등 뒤로 보이는 군영은 변함없는 하나의 세계였다. 국내외를 막론하고 옛날이나 지금이나 한결같은 모습이었다.

보병 3중대의 병영은 허난(河南)성 동부에 주둔하고 있었다. 위둥(豫東)이라 불리기도 하는 이곳은 도시에서 아주 멀리 떨어져 백 리 안에 산 하나 보이지 않고 끝없는 평원에 말한 마리 지나가듯 광야에서도 외떨어진 촌락이었다. 저녁 식사가 준비되면 병사들은 우르르 연병장으로 모여들어 자리를 깔고 앉아 간부들이 듣기 싫은 말들을 하고 간부들이 보기 싫어하는 짓들을 했다. 게다가 전부 출신지별로 무리를 지어 어울렸다. 모기를 비롯하여 온갖 벌레들이 많을 때이지만 실내는 아직 몹시 더워 오래 앉아 있기가 정말 힘들었다. 마침 주말을 맞은 터라 병사들은 대부분 중대 안에 있지 않았다. 자오린은 소대의 침실을 한 바퀴 돌면서 순찰을 하고 나와 중대본부 입구에서 걸음을 멈췄다. 맞은편에서 대대장의 부인이 자전거를 타고 다가오더니 옷깃을 스치고 지나가면서 한 줄기 향기를 뿌리자 순간 마음 한구석이 텅 비는 것이 느껴졌다. 물건을 전부 다른 곳으로 옮겨버린 빈 창고 같았다. 또 약간의 어지러움도 느껴졌다. 두말할 것도 없이 대대장과 교도원, 부대대장은 오늘 밤 집으로 돌아가 천륜(天倫)을 누릴 것이었다. 그들의 가족들은 부대를 따라와 연대 사택 구역에 각각 방 세 칸에 거실이 하나인 집을 배정받아 넉넉하고 운치 있는 생활을 하고 있었다. 천당이라고까지는 할 수 없겠지만 신선놀음인 것만은 분명했다. 자오린은 대대장의 아름다운 마누라가 주말을 함께 보내기 위해 자전거를 타고 대대장을 맞으러 왔다는 것을 잘 알고 있었다. 그녀가 자오린의 옆을 스치고 지나갈 때 자오린이 "형수님!" 하고 그녀를 불렀다. 어쩌면 그녀가 못 들었을지도 모르고 가볍게 대꾸했을지도 모를 일이었다. 어쨌든 자오린은 제대로 듣지 못했다. 그녀가 자오린을 불렀을 때, 자오린은 대답은커녕 그림자도 보이지 않았다. 이렇게 자오린은 어금니를 앙다물고 성냥을 한 개비 꺼내 귀를 후비면서 두 눈은 내무반 건물을 둘러싸고 있는 담장을 바라보고 있었다. 군영 밖의 지평선에는 신선한 노을빛이 기복하는 강물처럼 출렁이고 있었다. 지는 해가 작은 배처럼 그 위에 떠 있었다. 너무나 훌륭한 풍경이었다. 자오린은 이런 풍경에 몰입하다가 문득 대대장 마누라가 자기 등 뒤에 있는 길가에 자전거를 세워놓고는 치맛자락을 펄럭이며 대대본부를 향해 걸어 들어가는 모습을 목격했다. 자오린은 귀를 파면서 자전거 위로 눈길을 던졌다. 허리를 구부려 손을 뻗었다. 그런 다음 엄지와 식지를 비틀어 자전거 뒷바퀴를 눌러보았다. 재빨리 성냥개비를 타이어의 기문(氣門) 한가운데 꽂아 넣었다. 그러고도 모자랐는지 몸을 일으켜 자전거 뒷바퀴를 세게 걷어찼다. 그러면서 중얼거렸다.

"이 자오린의 마누라도 언젠가 부대를 따라 영내로 들어와 이런 세월을 보내게 될 거야! 이 자오린은 마음만 먹으면 얼마든지 애인도 구할 수 있다고!"

화를 내다가 씩씩거리며 허리를 펴고 몸을 돌리는 순간, 지도원이 바로 등 뒤에 서 있었다.

"라오자오(老趙)*, 자네가 어떻게 이런 짓을 할 수 있나!"

"젠장, 저 여자 남편은 나랑 같은 해에 입대했는데 어떻게 대대장의 지위에 오르게 된 거야?"

지도원이 말했다.

"자오린, 그런 얘기는 나한테만 하게."

자오린이 지도원의 얼굴을 쳐다보았다.

"알아. 지도원 자네가 내 바람막이이자 전우이며 친형제 같은 존재라는 건 잘 알고 있다고."

"그렇다면 자네에게 사실대로 말해주지. 관도(官道)에는 두

---

* 친숙한 사이에서는 성 앞에 '라오(老)'라는 접두사를 붙여 호칭을 대신하기도 한다. 자기보다 나이가 많이 어린 사람에게는 '샤오(小)'를 붙인다.

갈래 길이 있네. 자네가 찾을 수 있나 두고 보겠네."

지도원은 잠시 생각에 잠겼다가 말을 이었다.

"사실 정말로 출세하고자 한다면 그리 어려울 것도 없네. 명도(明道)는 진정한 인재들이 실제로 오를 수 있는 길이고 암도(暗道) 또한 단 한마디로 정의할 수 있지. 체면을 차리지 말라는 것일세."

지도원은 원래 간부 간사였다. 그는 이런 말을 할 때면 항상 성인이 경전을 읽듯 깊이 생각해서 하곤 했는데, 이번에는 입에서 나오는 대로 가볍고 편하게 거침없이 내뱉는 것 같았다. 마치 한눈에 위둥의 병영을 내려다보고 베이징시내를 가로지르는 것 같은 태도였다. 그의 이런 태도에 자오린은 잠시 멍한 표정을 지었다.

지도원이 말했다.

"대대장이 어떤 길을 걸어왔는지 아나? 똑똑한 사람들은 항상 변신에 능한 법일세."

이 말에 두 눈이 휘둥그레진 중대장이 지도원의 얼굴을 빤히 쳐다보면서 말을 받았다.

"나가서 좀 걷지."

지도원이 그렇게 하자고 승낙했다.

두 사람은 영내의 도로를 따라 걸었다. 동에서 서로, 남에서 북으로 걸으면서 석양의 말을 입으로는 하지 못하고 발로 밟기만 했다. 말하자면 두 사람 모두 농촌에서 군영으로 큰 걸음을 한 처지였다. 군인이 되어 같은 부대에 근무하면서 서로 가까운 인생 목표를 갖고 있었고 그 보조 역시 자연스럽게 일치할 수밖에 없었다. 입대와 진급의 어려움에 대해 언급하다가 마침내 1979년의 자위반격*에 관해 얘기할 때쯤 두 사람의 발길은 이미 대연병장에 이르러 있었다. 연병장은 10무(畝) 정도 크기의 정사각형으로 병영 건물 한가운데에 자리 잡고 있었다. 주위에 심어놓은 조지초(抓地草)가 태양의 마지막 빛줄기를 연한 갈색으로 물들이면서 희미하게 수초 냄새를 풍기고 있었다. 사병들은 여기저기 작은 무리로 흩어져 잡담을 나누거나 술을 마시고 있었다. 짙은 남색의 맥주병이 나무 손잡이 수류탄처럼 수풀 사이에 여기저기 쌓여 있었다. 연병장의 상공에는 느슨한 황토바람이 불면서 병영 밖 깊은 가을의 달콤한 냄새를 날라다 주었다. 자오린과 지도원은 사병들을 피해 연병장 맨 남쪽 구석으로 와서는 두터운 풀 위에 엎드렸다. 그들 바로 뒤쪽에는 널따란 사격장이 있

---

* 베트남과의 전쟁을 말함.

었다. 두 사람의 발이 과녁 하단에 걸렸다. 몸이 편안하고 기분도 좋았다. 이 순간, 석양은 완전히 가라앉았고 황혼은 눈깜짝할 사이에 모습을 감추면서 어둠이 두 사람을 조용히 감싸주었다. 하현달이 몇 가닥 구름에 걸려 움직이고 있었다. 흩어진 솜 부스러기와 칼날 하나가 수면 위를 떠가는 것 같았다. 가는 물줄기가 귓속으로 흘러들어오는 것처럼 귀뚜라미 울음소리가 두 사람의 몸을 촉촉하게 적셔주었다. 마음마저 아주 정갈하게 씻기는 듯한 기분이었다. 아주 높고 먼 곳의 정갈한 풍경을 바라보면서 자오린은 한동안 입을 굳게 다물고 있다가 지도원에게 말했다.

"나는 3중대에서 5년이나 중대장을 했고 세 번이나 연임을 했으면서도 한 번도 오늘 밤처럼 그들과 마음을 터놓고 얘기를 나눠본 적이 없었어."

지도원이 몸을 돌려 자오린을 쳐다보며 말했다.

"그건 왜인가?"

자오린이 말했다.

"젠장, 그들은 전부 도시 사람들이라 도둑놈 심보인 데다 입만 열었다 하면 거짓말을 하기 때문이지. 그들은 밤에 마누라와 잠자리에 들 때도 마음은 열지 않을 것이라는 생각이 든다니까."

지도원이 물었다.

"그럼 자네는 마누라와 잠자리에 들 때 마음을 연다는 말인가?"

자오린이 눈이 휘둥그레지면서 말을 받았다.

"지도원, 그게 무슨 뜻인가? 날 해칠 생각일랑 말게! 내 앞길을 막는 것은 물론이요, 내 마누라와 아이의 일생을 망쳐서도 안 된단 말일세."

지도원이 풀밭에서 몸을 일으키며 말했다.

"자오린, 우리는 농촌에서 입대해서 둘 다 같은 중대에서 사병생활을 했지. 1979년 전쟁 때는 같은 참호에서 생사를 같이했고 말이야. 지금은 또 3년째 같은 부대에서 일하고 있지 않은가. 그런데도 이 가오바오신을 믿지 못하겠나?"

자오린이 말을 받았다.

"믿지."

지도원이 되물었다.

"정말 날 믿나?"

자오린이 말했다.

"그건 지도원 자네도 잘 알잖아."

지도원이 말했다.

"그럼 내 자네에게 한 가지 묻겠네."

"말해보게."

"자네와 시내에 있는 그 야채회사 회계원은 대체 어떤 사이인가?"

자오린이 대답했다.

"아무런 사이도 아닐세."

지도원이 다시 물었다.

"정말인가?"

"젠장, 난 남을 이용할 줄 모른다니까!"

지도원이 말했다.

"자네가 군인이고 중대장이기 때문에 묻는 걸세. 앞길을 생각해야지."

자오린이 말을 받았다.

"사람이 양심이 없어선 안 되는 법일세."

"맞아, 양심이 없어선 안 되겠지."

또다시 침묵이 흘렀다. 아주 긴 침묵이었다. 지도원이 다시 풀밭 위에 엎드리더니 팔을 괴었다 뺐었다 하기를 반복하며 물었다.

"라오자오, 어떤가. 이 가오바오신이 지도원 노릇을 잘하고 있다고 생각하나?"

중대장은 풀 한 가닥을 입에 물면서 괜찮은 편이라고, 아주 훌륭한 편이라고 말했다. 그런 다음 입에서 쓴맛이 날 때까지 마른 풀을 씹어댔다.

지도원이 몸을 뒤집어 얼굴이 하늘과 평행하게 만들었다.

"진심을 말해주게."

중대장이 입 안에 있던 마른 풀을 땅바닥에 뱉으며 말했다.

"진심을 말한 걸세."

지도원은 한동안 말이 없었다. 그러더니 하현달을 향해 눈길을 돌렸다.

"내가 일개 대대의 지도원이 될 수 있다고 생각하나?"

중대장은 거친 동작으로 몸을 돌려 지도원을 뚫어져라 쳐다보았다.

"위로 올라가고 싶지 않은가?"

지도원이 잔잔한 웃음을 보이며 다시 말했다.

"불가능한 일일세……."

중대장은 또다시 원래의 모습으로 조용히 풀밭에 엎드렸다.

"교도원은 아무래도 지도원보다 좋은 자리지."

지도원이 또 갑자기 일어나 앉으며 말했다.

"내가 교도원이 되면 자넨 내 말을 들을 수 있겠나?"

중대장도 덩달아 몸을 일으켜 앉았다.

"지도원 자네가 내게 부대대장을 맡으라고 한다면 나는 죽어도 고개를 돌리지 않을 걸세!"

지도원이 중대장을 한참 뚫어지게 쳐다보더니 다시 풀밭 위로 몸을 던졌다. 하현달이 그의 머리 위로 가볍게 이동하면서 푸른빛이 부드럽게 그의 이마를 비췄다. 밤은 짙은 남색이었다. 갑자기 구름이 보이지 않고 귀뚜라미 소리도 뚝 멈춰버렸다. 10년 전 남부 전선 전투에서 갑자기 찾아왔던 죽음 같은 고요함과 너무도 비슷한 고요함이었다. 소름이 끼치면서 가슴이 서늘해졌다. 지도원이 이런 차가운 적막에서 벗어나 입을 열었다. 어느 날 자신이 정말로 교도원이 되면 무슨 일이 있어도 자오린을 부대대장의 자리로 끌어주겠다는 것이었다. 중대장은 빙긋이 웃으면서 그런 말만으로도 고맙다고 대꾸했다. 그러면서 꿈속에서라도 부대대장이 되고 싶다고 말했다.

지도원이 말했다.

"부대대장이 되면 그것으로 그만인가?"

중대장은 대대장은 되고 싶지도 않고 부대대장으로 충분히 만족한다고 말했다. 지도원은 자신은 군사위원회 주석 자리를 준다 해도 마다하지 않을 것이라고 말했다. 이것으로 두 사람은 할 말을 다 한 것 같았다. 서로에게 감추는 것이 없는 것 같았다. 날은 아직 일렀고 풍경은 또 너무 좋았다. 둘

다 이런 밤 풍경을 좋아했지만 아무 말도 없이 앉아 있을 수도 없어 서로 이런저런 한담을 주고받고 있었다. 두 사람은 바로 이 시각에 중대 총기 보관창고의 문이 열린 것을 알지 못했다. 철제 개머리판 전자동 소총 한 정이 없어지면서 3중대와 그들의 운명을 회충 같은 골목 속으로 밀어 넣고 있다는 사실도 모르고 있었다.

일주일 후 전문위원 소조가 두 사람을 심리할 때, 그들은 둘 다 이 시각을 기억하지 못했다. 서로 뭔가 얘기를 주고받긴 했지만 기억한 것이라고는 문서(文书)*가 와서 사건을 보고하기 전에 사격장의 초병이 총을 들고 자신들의 앞을 지나갔던 것뿐이었다.

지도원이 중대장을 바라보며 말했다.

"라오자오, 뭘 생각하고 있나?"

중대장이 대답했다.

"마누라를 생각하고 있네."

지도원은 그 말을 믿지 않았다.

"정말 마누라를 생각하고 있나?"

---

* 문서와 서신의 수발을 전담하는 요원.

"정말 마누라를 생각하고 있다니까. 언제쯤 마누라와 함께 뜨겁고 단란한 가정생활을 하게 될지 생각하고 있었네."

"중대 생각은 나지 않던가?"

"지도원 자네는?"

"내가 먼저 물었네."

"내가 솔직히 말하면 지도원 자네도 솔직하게 말할 건가?"

"그러지."

"나는 자네 같은 정공(政工)* 간부들의 속마음을 훤히 알고 있네. 모두들 진실과 거짓이 뒤섞여 있지."

"라오자오…… 오늘 밤 자네에게 단 한마디라도 거짓말을 한다면 내가 자네 손자일세."

"그럼 좋아. 솔직히 말하자면 나는 여태껏 중대를 내 집이라 생각해본 적이 한 번도 없네."

"자넨 세 번이나 모범 기층 간부로 선발되지 않았었나?"

"전부 그 부대대장 자리를 위한 것은 아니었네."

"하지만 자네는 두 차례나 특공중대를 인솔하지 않았나?"

"염병할, 보병에게는 그런 일이 농사 짓는 일보다 쉽다네."

---

* 정치 공작.

"허풍이 심하군."

"힘만 좀 쓰면 되는 일일세. 허풍이 아니야. 석 달이면 얼마든지 특공중대를 양성해낼 수 있단 말일세."

"그럼 힘 좀 써보게!"

"아무래도 힘을 쓸 수 없을 것 같아."

"훈련의 수준을 높이게. 사상공작은 내가 맡도록 하지. 연말이면 자네랑 내가 자리를 옮길 수 있을지도 모르지 않나."

"아무리 오래 해도 장담할 수 없는 일이야."

"자오린, 자넨 내가 대대 간부 기관에서 왔다는 걸 잊은 모양이군?"

"가오바오신, 솔직히 말해보게. 한꺼번에 두 사람의 직위를 올리는 것이 가능하겠나?"

지도원이 말했다.

"100퍼센트 자신 있는 것은 아닐세."

자오린이 말했다.

"그럼 60퍼센트는 되나?"

"60퍼센트의 가능성도 확보하지 못한다면 여러 해 동안 간부생활을 헛한 셈이겠지!"

흥분하기 시작한 중대장이 몸을 일으켜 앉았다.

"이보게, 지도원. 석 달 안에 3중대를 특공중대로 훈련시키지 못하면 내가 우리 엄마 아들이 아닐세. 나를 약골 암탉이 기른 벌레 취급을 해도 좋네."

지도원 가오바오신도 몸을 일으켜 앉았다.

"라오자오, 자네를 진급시키면서 100퍼센트의 힘을 다 쓸 필요는 없을 것 같네. 내가 자네보다 먼저 한 단계 위로 올라가 있으면 되는 거야. 약속을 지키지 못하면 이 가오바오신이 사람이 아닐세. 나 가오바오신이 처녀가 낳아 기른 놈일세, 어떤가?!"

누구도 더 이상 입을 열지 않았다. 폐부에 있는 말을 털어놓은 다음에는 더 이상 할 말이 없다는 것을 두 사람 모두 잘 알고 있었다.

잠시 조용하다가 지도원이 뭔가 아쉽다는 듯이 다시 입을 열었다.

"이만 돌아가세. 오늘 밤 난 초병들 순찰을 해야 하거든."

중대장도 일어서 탁탁 엉덩이에 묻은 먼지를 털었다.

"라오가오, 한 가지만 더 묻겠네."

"말해보게."

"지금 이 순간 말이야, 자넨 마음속으로 뭘 생각하고 있나?"

지도원은 짙은 남색 기와를 쳐다보며 잠시 입을 열지 못했다.

"자네가 생각하는 것과는 다를 걸세."

"중대를 생각하고 있나?"

"아닐세."

"교도원이 될 생각을 하고 있나?"

"솔직히 말하면 가장 하고 싶지 않은 것이 고위 간부일세."

"뭐라고?"

"정말 제발 싸움 좀 안 했으면 좋겠어."

"죽음이 두려운가?"

"누가 두렵대? 1979년 그해 전투에서 우리 소대 중 나 하나만 살아남았네. 서른두 구의 시신이 풀 더미처럼 나를 뒤덮고 있었지. 소대장의 머리에서 흐른 피가 내 머리를 적셨다네……. 며칠 전에 걸프전 장면을 담은 비디오를 보고 나서도 그때 생각이 나 밤새 잠을 이루지 못했단 말일세."

"정말인가?"

"자네는 전쟁이 두렵지 않나?"

"지금 내 허리에는 아직도 포탄 파편이 하나 박혀 있지."

지도원이 말했다.

"그만하게. 그 얘긴 하지 마. 그런 얘길 하면 너무 낙담하게 되고 이상이 사라진단 말일세."

자오린이 말했다.

"가세. 업무 훈련의 수준을 높여야지. 우리 둘 다 빨리 진급해서 여길 떠나자고. 오늘 밤 우리가 말한 목표를 달성하기 위해선 염병할, 좆 먹던 힘까지 다 쏟아야 할 걸세."

여기까지 말하고 나서 두 사람이 걸음을 옮기려는 차에 문서가 달려왔다. 달은 이미 동쪽으로 사라지고 연병장은 몽롱한 분위기에 젖어 있었다. 들판에는 가을바람이 불고 있었다. 바람은 파제(靶堤)를 지나 연병장을 향해 불어왔다. 가을 옥수수의 붉은 향기가 병영에 가득 찼다. 내무반 건물의 등은 거의 다 꺼져 있고 어쩌다 하나 불이 켜진 창문은 마치 황지를 잔뜩 붙여놓은 것 같았다. 군영은 밤기운 속에서 제법 먹고살 만한 가정의 사합원(四合院) 뜨락 같은 모습이었고 대연병장은 야채를 말리기 위해 널어놓은 거친 천으로 덮여 있는 것 같았다. 문서가 황급히 연병장으로 달려오면서 가을의 누런 풀을 이리저리 발로 밟았다. 채소를 말리기 위해 널어놓은 천이 바람에 펄럭이는 것 같았다. 문서가 연병장 남쪽 구석에 채 도달하기도 전에 먼저 목이 찢어지는 듯한 소리가 들렸다.

"중대장님! 어서 가보세요. 총이 없어졌어요. 누군가 총기보관창고의 문을 열고 들어갔습니다. 중대장님을 밤새 찾아다녔어요. 영외의 음식점들을 샅샅이 뒤졌다니까요. 어서 가보세요. 염병할, 총 한 자루가 분실되었단 말입니다."

총기 도난 사건이 3중대에 정식으로 잉태되는 순간이었다.

2

솔직히 말해서 평화롭고 태평한 시대에 국가에 천만의 군대
가 있고 도처에 군영이 포진해 있는 판국에 어쩌다 우연히
총기나 실탄이 분실되는 것은 그다지 이상한 일도 아니다.
하지만 평화로운 세월이고 군대도 안녕하다는 바로 그 이유
때문에 총기와 실탄을 분실했다는 것은 큰일이 아닐 수 없었
다. 총기를 찾으면 금세 잊히고 말겠지만 찾지 못할 경우 이
일은 사건으로 변하게 된다. 그때가 되면 가깝게는 중대의
군정을 주관하는 간부들 모두 각기 한 가지씩 행정 처분을
받게 되고 멀게는 모두의 일생의 분투가 전부 물거품이 되
고 만다. 모두들 이것이 중대에게는 영욕이요 개인에게는 운
명의 핵심이라는 것을 잘 알고 있었다. 중대장 자오린과 지
도원 가오바오신은 문서를 따라 서둘러 중대로 돌아왔다. 돌
아오는 길에 수사 방안을 구상했다. 첫째는 현장을 보존하고,
둘째는 소문이 새어나가는 것을 봉쇄하는 것이었다. 이 일은
중대의 간부들과 문서만 알고 있어야 했다. 중대장이나 각
소대장들조차도 절대 이 사실을 알아선 안 됐다. 셋째는 주

요 인물들을 분석하고 개인적인 대화와 사상적 소통을 통해 조용히 총을 반납하게 하는 것이었다.

밤이 아직 깊지 않은 때라 연병장에는 여전히 병사들이 모여 있었다. 목소리를 낮춘 채 주먹을 휘두르는 소리와 건전지의 전력이 부족하여 작게 울리는 디스코 음악 소리가 연병장을 떠다니고 있었다. 천천히 돌을 피하고 바위를 돌아 흐르는 물소리 같았다. 총기를 분실한 사고에 대한 책임 소재를 따지자면 군사 간부의 책임이 정공 간부보다 더 컸다. 그래서인지 오는 길 내내 중대장이 앞서 달렸다. 연병장 한가운데 이르러 중대장이 문서에게 말했다.

"여기저기 두루 찾아보게. 3중대 사병들이 있는지 말이야."

문서가 사병들에게 뭐라고 말해야 하느냐고 묻자, 중대장은 모두 중대로 돌아와 점호에 참석하라고 전하라 했다. 그러면서 그에게 길목에서 밤새 보초를 설 것을 지시했다. 문서가 가자 중대장은 연병장에 몸이 굳은 채 서서 지도원에게 말했다.

"대대에 보고를 해야 할까?"

"자네 생각은 어떤가?"

"일단 보고를 하면 총을 찾아도 사고로 처리될 걸세."

"나도 그게 걱정일세."

"사고로 처리되면 3중대의 업무는 올해로 끝이 나겠지."

"그렇게 되면 우리 두 사람이 금년에 진급하는 일은 생각 도 하지 말아야 할 걸세."

"그럼 보고하지 말까?"

"자네가 결정하도록 하게."

"지도원 자네는 중대 당 지부 서기잖아……."

"행정 관리 업무는 군사 간부가 하는 걸세."

"젠장…… 그럼 우선 보고하지 않는 걸로 하지!"

중대장은 몸을 돌려 가버렸다. 지도원이 그 뒤를 따랐다. 지도원은 오랫동안 기관에 근무하다가 중대로 온 지 반년도 채 안 된 상태였다. 대대 간부고(股)*에서 간부로 일하면서 부 대에 내려갈 때면 항상 수장을 수행하여 차를 타고 다녔고 아무리 열악한 상황에서도 최소한 자전거는 탔기 때문에 다 리가 이미 사병 때만 못했다. 과거에 자신이 분대장이었을 때는 좋았는데 3중대로 와서 지도원으로 근무하다 보니 갑 자기 구령을 내리는 것도 여의치 않다는 것을 체감하게 되었 다. '차렷', '쉬어'는 물론이요, 대열이 행군하다가 방향을 바

* 군대 조직단위.

꿀 때 내리는 '좌향좌', '우향우' 같은 구령에도 영원히 걸음을 맞출 수가 없었다. 이제 총기가 분실되어 중대장이 빠른 걸음으로 앞서가고 있지만 자신은 좀처럼 그의 걸음을 따라잡을 수 없었다. 갑자기 무슨 일이 있어도 중대에 오래 남아 있으면 안 되겠다는 생각이 절실해졌다.

그가 말했다.

"라오자오, 좀 천천히 가세."

중대장은 고개조차 돌리지 않고 말을 받았다.

"좀 빨리 걷게. 총이 3중대 밖으로 유출되면 정말 찾기 어려워진단 말일세."

지도원은 죽자고 속도를 높여 중대장과 어깨를 나란히 하며 걸을 수 있게 되었다.

"만일 총을 찾지 못하면 어떻게 할 생각인가?"

중대장은 갑자기 걸음을 늦추고 길가에 멈춰 섰다.

"우리 먼저 대대에 보고하는 게 어떻겠나?"

지도원이 중대장을 길가의 나무 그늘 안으로 끌고 갔다. 어둠이 두 사람을 완전히 휘감았다.

"잘 생각해보게……."

"총을 못 찾게 되어 뒤늦게 보고를 했다가는 엄중한 경고가 큰 화로 변할 수 있네."

"다른 방법은 없을까?"

"어떤 방법 말인가?"

"오늘은 토요일이라서 대대 수장들이 전부 집으로 돌아갔지……."

"보고를 할 생각만 있다면 전화로 해도 되네."

"라오자오…… 만일 전화가 불통이면 어떻게 하겠나?"

지도원은 대대 수장들이 전부 가족 사택에 있기 때문에 왔다 갔다 수십 리 길이라 전화가 연결되면 보고를 하겠지만 만일 전화가 연결되지 않는다면 이 또한 제때에 보고를 할 수 없는 원인 가운데 하나가 된다고 말했다. 지도원은 이 말을 하면서 중대장을 뚫어지게 쳐다보고 있었다. 달빛은 어두웠고 별빛은 희미했다. 나무 그늘 안에 있는 중대장의 얼굴은 온통 검은빛이었다. 마치 검은 천으로 가리고 있는 것 같았다. 지도원의 이런 가르침에 그는 아무 말 없이 조용히 검은 그늘 밖으로 나왔다. 중대로 돌아온 그는 먼저 중대본부로 갔다. 마침 위생원과 통신원이 중대본부 입구에서 수다를 떨고 있다가 그가 돌아오는 것을 보고 말했다.

"중대장님, 돌아오셨군요. 문서가 사방으로 중대장님과 지도원 동지를 찾으러 다녔습니다."

중대장이 왜 찾으러 다녔냐고 묻자 통신원은 잘 모르겠다고 대답했다.

중대장은 한밤중인데 왜들 잠을 안 자냐고, 중대에 제대로 규율이 서지 않는 것 같다고 나무랐다. 위생원과 통신원은 서둘러 숙소로 돌아갔다. 이때 지도원이 중대장의 뒤를 따라 들어와서는 두 사람에게 먼저 가서 자라고 지시하면서 각 소대에 명령하여 아직 취침하지 않고 있는 사병들을 어서 재우라고 말했다. 이리하여 위생원과 통신원은 중대본부를 떠나 어두컴컴한 소대와 분대의 침실을 돌아다녔다.

중대장은 서둘러 통신원의 방으로 들어가 전화 접선함을 연 다음 나사를 느슨하게 풀고 이어폰을 들어보았다. 아무런 소리도 들리지 않자 그는 그제야 밖으로 나와 지도원과 함께 창고로 갔다. 창고는 중대본부 한가운데 있었다. 작은 방에 두 개의 창문이 달려 있었다. 절도범은 창문을 통해 들어온 것 같았다. 하지만 창문 유리는 깨지지 않았고 시건 장치도 부서지지 않은 채 아직도 굳게 잠겨 있었다. 하지만 중대장이 한 번 밀자 문은 쉽게 열렸다. 지도원은 며칠 전에 청소를 하면서 깜빡 잊고 시건 장치를 잠그지 않은 것 같다고 말했다. 중대장이 격한 어투로 투덜댔다.

"이런 썹팔, 중대 간부는 정말 못해먹겠다니까. 일주일 동안 신경 쓰지 못한 일 때문에 평생을 배상하게 되다니."

지도원이 총기 보관대의 총기 수를 헤아려보았다. 확실히 한 자루가 모자랐다. 이어서 실탄 상자가 굳게 잠겨 있는 것을 확인하고 문을 꽉 닫은 다음 중대장과 함께 각 소대를 조사하기 시작했다.

1소대를 조사했다. 2소대를 조사했다. 3소대를 조사했다. 중대 전체 103명의 사병들이 전부 침상에 누워 있었다. 한 명도 결원이 없었다. 결국 두 사람은 또다시 어깨를 나란히 하여 중대본부로 돌아왔다.

중대장의 방은 중대를 통틀어 가장 중요한 곳으로서 통신원은 항상 이 방을 아주 깔끔하게 유지해야 했다. 통신원은 중대장의 이부자리를 깔고 모기장까지 쳐두었다. 모기장은 위생원이 깨끗이 닦은 뒤였다. 세숫대야 틀에는 세면할 물이 반쯤 채워져 있고 그 옆에는 수건이 정갈하게 놓여 있었다. 양치질용 컵에는 깨끗한 물이 가득 채워져 있고 그 위에 칫솔이 가로로 놓여 있었다. 몸집이 작은 벌레 모양의 하얀 치약이 칫솔 위에 얹혀 있었다. 평소 같았으면 자오린은 방으로 돌아오자마자 양치질을 하고 수건으로 얼굴을 닦은 다음 세숫대야의 물로 발을 씻었을 것이다. 그러면 통신원이 들어와 물을 갖다 버리고 다시 들어와 "중대장님, 시키실 일 없으시지요?" 하고 물었을 것이고, 중대장은 그만 가서 자라고 지시한 다음 자신도 잠자리에 들었을 것이다. 하지만 오늘은 그렇지 않았다. 그는 먼저 문을 잠근 다음 의자를 끌어다 지도원에게 앉으라고 권했다. 그러고는 자신은 책상에 몸을 기대고 섰다.

소문은 봉쇄되고 현장 조사는 끝난 상태였다. 세 번째 단계는 중요 인물들을 찾아내는 것이었다. 중대장과 지도원은 방 안에 조용히 남아 있었다. 불빛이 두 사람의 얼굴을 은백색으로 도금해주었다. 중대장은 고참 기층 간부였고 지도원은 고참 기관 간부였다. 중대에서 총기와 실탄을 분실한 사건은 그들이 보고 들은 것만 해도 한두 건이 아니었다. 같은 창고 내에서 실탄은 없어지지 않고 백여 자루의 자동 소총과 반자동 소총 가운데 단 한 자루만 없어진 것을 보면, 절도범이 무슨 반동 조직에 가담해 있거나 폭동을 준비하고 있는 것은 아님이 분명했다. 또한 창고의 시건 장치가 잠기지 않았다고 알았던 것으로 미루어 볼 때 범인은 3중대 사람이거나 3중대와 아주 밀접한 관련이 있는 사람일 가능성이 컸다. 끝으로, 소총을 훔쳤다면 뭔가 목적이 있는 것이 분명했다. 경험상 평화의 시기에 소총을 훔칠 때는 그 동기가 일반적으로 조직을 만들거나 재물을 노려 인명을 해치려는 데 있다기보다는 대부분 일종의 보복에 있었다. 이리하여 중대장과 지도원은 중대 전체의 인명부를 가져다가 1소대 1분대부터 시작하여 4소대 12분대까지 샅샅이 따져가며 사병과 사병, 사병과 간부, 사병과 소대장 사이에 조금이라도 총기를 훔쳐 보복할 만한 동기가 있는지, 또한 서로 간에 말다툼이나 구타가 있지는 않았는지 추적하기 시작했다. 마침내 중대장이 지도원에게로 눈길을 돌리며 입을 열었다.

"라오가오, 보아하니 총을 훔친 범인은 자네와 나를 겨냥하고 있는 것 같네."

지도원은 흠칫 놀라며 중대장을 힐끗 쳐다보았다. 중대장과 눈길이 마주치는 순간 방 안에서는 파박, 스파크 이는 소리가 들렸다. 종이처럼 얇은 백회가 벽에서 부서져 내려 두 사람 사이로 떨어졌다. 별이 하나 떨어진 것 같기도 하고 장미 한 송이가 발 옆에 떨어진 것 같기도 했다. 형광등이 옹하고 울리는 소리가 방 안에 가득 찼다. 장갑차와 탱크가 두 사람의 피부 위로 요란한 소리를 내며 달리는 것 같았다. 두 사람은 그렇게 서로를 바라보고 있었다. 한참이 지나 지도원이 의자에서 몸을 일으키더니 모기장을 들추고 침대 위에 앉았다. 중대장으로부터 두 자 정도 떨어진 거리였다.

"라오자오, 오늘 밤 우리 둘 다 얼굴 가죽을 벗겨버리기로 하세. 우리 3중대에 어떤 잘못된 일이 있었는지, 누구에게 미움을 샀는지, 그 총이 불을 뿜었을 때 땅바닥에 쓰러질 사람이 자네나 나는 아닌지 따져보자고."

중대장이 말을 받았다.

"자네가 먼저 말해보게."

지도원은 양치질 컵 위에 있던 칫솔을 세숫대야 안에 던져버리고는 컵 안에 들어 있던 생수를 배 속에 쏟아부었다.

"라오자오, 난 자네에게 미안하고 3중대 사병들에게도 면목이 없네. 내가 3중대에 온 지 반년밖에 안 됐지만 세 가지 잘못된 짓을 범했네. 첫째는 3중대에서 당원을 추천할 때 모두가 사육원 리무즈(李木子)를 추천하는 데 동의하면서, 그가 중대를 위해 서른두 마리의 돼지를 키우고 있고 지난 3년 동안 백 마리가 넘는 돼지를 키웠으며 이를 팔아 3만 위안이 넘는 돈을 벌었다고 말했지. 그 돼지들을 전부 그가 직접 풀을 베어다가 먹인 것이었네. 하지만 그때 나는 7분대장을 추천하면서 그가 핵심 전투요원인 만큼 당원을 추천할 때는 우선적으로 고려해야 한다고 우겼었지. 이제 솔직히 말하겠네. 7분대장이 핵심 전투요원인 것은 거짓이 아니지만 더 중요한 것은 그가 우리 대대 정치위원의 조카라는 사실이네. 내가 왜 그랬는지는 라오자오 자네도 잘 알 걸세. 하지만 사육원이 나를 해치려고 총을 훔쳤을 리는 없을 거야…… 게

다가 7분대장과 대대 정치위원과의 관계를 아는 사람은 대대 전체를 통틀어 나 한 사람밖에 없거든. 둘째는 금년 6월 전국의 농촌이 한창 바쁠 때, 중대의 사병들 모두가 고향으로 보리를 베러 돌아가고 싶어 했네. 대대 전체를 통틀어 사흘 만에 마흔두 통의 전보가 도착했지. 전부 부모님이 위독하니 어서 돌아오라는 내용이었어. 하지만 우리 중대에는 전보가 단 한 통도 오지 않았네. 이런 사실을 대대 당위원회에서 알고는 위에서 아래까지 나의 사상공작이 아주 훌륭하다고 칭찬이 자자했었네. 자네도 읽어봤겠지만 사단에서 발간하는 〈정공간보(政工簡報)〉에 나의 사상공작 경험을 소개한 글이 실리기도 했었지. 사단 정치부 주임은 내 어깨를 두드리며 '정말 잘했어. 부대에 가장 부족한 것이 자네 같은 정공 간부야'라고 하더군. 이제 자네에게 사실대로 말하겠네. 중대 전체를 통틀어 전보가 한 통도 오지 않고, 휴가를 신청한 사병이 한 명도 없었으며, 심지어 집안에 가족이 사망했는데도 휴가를 신청하는 사람이 없었던 것은 내가 사상공작을 잘했기 때문이 아니라 우리 집에서 사흘 동안 세 통의 전보가 왔기 때문이었네. 첫 번째 전보는 어머니가 병이 나셨으니 속히 돌아오라는 내용이었고, 두 번째 전보는 어머니의 병세가 위중하니 속히 돌아오라는 것이었지. 세 번째 전보에서는 속히 돌아오라는 말이 세 번이나 반복되고 있었네. 속히 돌아오라는 말을 세 번이나 반복한 것이 어떤 의미인지는 누구나 다 알 걸세. 우리 어머님이 돌아가셨다는 거였지. 돌아가시지 않았다면 어째서 속히 돌아오라는 말을 세 번이나 연달아 했겠나? 그때 중대원 전원의 눈길이 내게 집중되었네. 내가 휴가를 신청하는지 안 하는지, 고향집에 가는지 안 가는지 지켜보고 있었던 거지. 그때 자네는 집체 훈련에 참가하느라 중대에 없었기 때문에 잘 모를 거야. 나는 그 세 통의 전보를 일부러 책상 위에 던져놓았네. 열 명이 넘는 사병들이 휴가를 신청하려다가 내 전보를 보고는 입을 열지 못하고 방을 나가더군. 이제 자네에게 솔직히 말하자면 우리 어머니는 몇 년 전에 이미 돌아가셨네. 그 세 통의 전보는 전부 가짜였지. 셋째는 내가 3중대로 온 지 일곱 달쯤 되었을 때, 〈해방군보(解放軍報)〉에서 두 번, 군구(軍区) 신문에서 세 번 나의 사상공작에 관해 자세히 보도하면서 개인의 득실을 따지지 않고 기층을 편안히 하는 데 주력하고 있다고 평한 글들이 발표되었었네. 그 가운데 세 편은 내가 쓴 것이고 나머지 두 편도 내가 대대 보도 간부에게 밥을 사주면서 써달라고 부탁했던 걸세……. 그것 말고는 라오자오, 이 가오바오신의 당성(黨性)을 걸고 맹세하건대 3중대 사병들에게 면목

없는 일은 전혀 없었고 3중대 누구에게도 미움을 산 일이 없네. 그러니 누가 총을 훔쳐 이 지도원에게 복수할 생각을 했겠나?"

말을 마친 지도원은 손에 들고 있던 컵을 탁자 위에 내려놓고는 고개를 들어 중대장의 넓은 이마를 바라보았다.

그의 이마에는 아주 가는 땀방울이 맺혀 있었다.

"라오자오."

지도원이 다시 중대장의 맞은편으로 가서 앉으며 입을 열었다.

"나의 이런 행위들이 누구에게 미움을 샀을 것 같나? 누가 총을 훔쳐갔을 것 같냐는 말일세."

중대장이 말을 받았다.

"가오바오신, 자네는 사상공작을 그렇게 하나? 자네 어머니가 돌아가셨다는 것은 가짜 전보였지만 4분대 샤오류즈(小柳子)의 어머니가 돌아가셨다는 것은 진짜 전보였네. 그러고도 샤오류즈의 얼굴을 볼 수 있었나?"

"면목이 없네."

지도원이 말했다.

"당시 자네는 중대에 없었잖아. 내가 달리 어떻게 할 수 있었겠나? 사후의 일이지만 나는 주도적으로 나서서 샤오류즈를 고향에 보내주면서 아버님께 가져다 드리라고 100위안이 넘는 건강용품도 챙겨주었다네. 샤오류즈는 너무 감동해서 날 지도원이라 부르지 않고 삼촌이라고 부르더군. 그러면서 어떻게 감사해야 할지 모르겠다고 했네. 그런 그가 내게 보복을 하려고 총을 훔쳤겠나? 내게 보복을 하려고 했다 쳐도 중대에 있지도 않았는데 어떻게 그게 가능했겠나? 그 친구는 군사학교로 보내진 지 몇 달이 지났네. 천 리 밖에 있는 군사학교에서 돌아오지 않고서야 어떻게 가능한 일이겠나? 돌아왔다면 중대 전체를 통틀어 그를 본 사람이 하나도 없었겠나? 말해보게, 라오자오."

중대장은 아무 말도 하지 않고 손을 들어 올려 이마의 땀을 훔쳤다. 그런 다음 가서 찬물로 세안을 했다. 그러고는 몸을 돌려 지도원이 앉아 있는 자리에 함께 엉덩이를 붙이고 앉았다. 마치 그 의자가 심문을 받는 자리이기라도 한 것 같았다.

"지도원."

중대장이 말했다.

"이 총구는 나 자오린을 향한 걸세……."

"자네가 누구한테 미움을 샀단 말인가?"

"3중대 전체에게 미움을 산 것 같네……."

"구체적인 일들을 잘 생각해보게."

"우리 집의 상황은 자네도 잘 알겠지…… 취사반의 샤를뤄(夏日落)*를 제외하고 3중대 사병 전원이 내게 선물을 하곤 했지."

"전부 선물을 했다고?"

"샤를뤄만 빼고 말일세."

"그걸 전부 받았단 말인가?"

"전부 받았지."

"큰 선물이었나?"

"담배 몇 갑이나 술 한 병 정도지. 때로는 땅콩을 한 근 또는 반 근을 가져다주기도 했네…… 최근 몇 년 동안의 일은 자네도 잘 알 걸세. 휴가로 집에 가는 사병들이 빈손으로 돌아오는 것을 본 적 있나?"

"그런 일은 내게도 있었네. 7분대장이 입당 원서를 쓸 때 내게 비단 이불을 하나 선물해주더군. 그런 선물은 받지 않으면 오히려 더 미움을 사게 된다니까."

"이러다가 언젠가 일이 터지고 말 거라고 오래전부터 예감

---

* 인명이지만 '여름 해가 지다'라는 뜻으로 이 소설의 제목과 쌍관어의 의미를 갖고 있다.

하고 있었네."

"총을 훔친 건 이런 일 때문이 아닐 걸세."

"그럼 무엇 때문인가?"

"어쨌든 이것 때문은 아니네……. 생각해보게. 전사가 집에서 토산품을 조금 가져다가 중대 간부에게 나눠주는 것이 뭐 그리 대단한 일이란 말인가? 담배 한 갑이나 술 한 병은 부패라고 부르기에는 아무래도 자격 미달이지. 게다가 중대에서는 간부와 사병이 한 가족이 되어 친형제처럼 지내기 때문에 이런 물건을 받지 않으면 오히려 더 미움을 사게 된단 말일세. 결국 총을 훔쳐 보복하겠다는 마음을 갖게 할 수도 있지. 총으로 위협하면서 왜 다른 사람이 주는 것은 받고 자신이 주는 것은 받지 않느냐고, 왜 사람을 차별하느냐고 따지려 들 수 있단 말일세."

또다시 오래 침묵이 흘렀다.

침묵에 지친 지도원이 입을 열었다.

"라오자오, 다른 일은 없었던 거지?"

자오린이 말했다.

"다른 일이라면……."

반쯤 말하던 그가 갑자기 입을 다물었다.

지도원이 말했다.

"라오자오, 자네나 나나 둘 다 농민 출신이니 뜸들이지 말고 솔직히 말해보게."

"중대의 쌀을 세 차례에 걸쳐 마대자루에 담아 집으로 가져간 적이 있었네."

"고향 집이 그렇게 먼데……."

"지나가는 차를 얻어 타고 갔지."

"그런 사실을 아는 사람은 없나?"

"매번 취사반장이 싸준 거였네. 취사반장이 날 위해 자발적으로 이런 일을 한 것이지 내가 요구한 것도 아니라고. 가오바오신, 인품으로 따지자면 이 중대장이 자네만 못한 것 같네."

"그런 말이 어디 있나."

지도원이 말을 받았다.

"자네에게도 나름대로의 어려움이 있었겠지. 하지만 취사반장에게는 총을 훔칠 만한 담력이 없네."

"바로 눈앞에 사병들이 있는데……."

"그가 지원병으로 전환하고 싶어 했네……."

"그건 나도 알고 있지."

"자네도 허락했나?"

"라오자오, 내가 그런 일을 허락한 적이 한 번도 없다는 건 자네도 잘 알지 않나."

"내가 허락했네."

지도원이 한숨을 내쉬며 말을 받았다.

"솔직히 말해서 취사반에도 그가 필요하거든."

"지난달에 그 친구가 내게 아스마(阿诗玛) 담배를 두 보루나 선물했네. 나는 그 담배를 도로 팔아서 마누라에게 돈을 보내주었지."

"또 다른 일은 없었나?"

"다른 일이라……."

중대장은 입을 열다 말고 갑자기 고개를 들더니 눈에 힘을 주며 말했다.

"라오가오, 그러고 보니 자네는 나를 심판하려는 것이었군. 내가 인품에 있어서는 자네만큼 깨끗하고 고상하지 못하다고 그랬지. 하지만 자네도 내 두 눈 똑바로 뜨고 보게. 설마 내가 총살을 당할 정도로 그렇게 나쁜 인간이란 말인가?"

지도원은 재빨리 얼굴을 찡그리며 중대장의 얼굴에서 창문 쪽으로 눈길을 옮겼다. 창밖의 희미한 나무 그림자가 커튼을 흔들었다. 누군가 창밖에서 두 사람의 얘기를 엿듣고 있는 것 같았다. 지도원이 재빨리 유리창을 밀어 열었다. 검은 그림자는 사라지고 등불 빛만 창문 밖으로 새어나가고 있었다. 달은 조용히 남쪽으로 떠가면서 군영 밖의 하늘에 그림을 그리고 있었다. 조밀하면서도 밝은 별들이 구슬처럼 마구 흩어졌다. 지도원은 고개를 들어 이런 별 하늘을 바라보다가 차가운 공기를 들이마시며 중대장에게 말했다.

"총을 찾기 위해서 이러는 걸세!"

중대장의 눈길이 다시 부드러워졌다.

"염병할, 곧 제대할 놈이 지원병이 되어 계속 군대에 남겠다니, 정말로 취사반장 이놈이 나를 엿 먹이려는 의도가 아닐까?"

지도원은 그렇다고 단정하긴 어렵다고 말했다.

"이렇게 하세."

중대장이 시계를 보니 이미 새벽 두 시가 넘어 있었다.

"내가 취사반장을 조사해보겠네. 중요 인물들을 좀 더 찾아보자고. 자네도 그 사육원을 그냥 넘기지 말고 잘 조사해보게. 도망칠 수 없는 사람들이라고는 몇 명밖에 없으니까 말일세."

지도원이 손을 뻗어 창문을 닫았다.

"알았네, 그렇게 하지. 일을 마구 확대하진 말게."

그러고는 먼저 중대장의 방을 나섰다. 문을 나서니 문서가길 입구의 어둔 그림자 속에 말뚝처럼 서 있었다.

3

지도원 가오바오신이 문서에게 물었다.

"밖으로 나간 사람은 없었나?"

문서가 없었다고 대답했다. 지도원의 마음속에서 한 덩이
의 검은빛 실망이 솟구쳐 올라왔다. 정말로 이 총을 찾지 못
한다면 3중대는 대대 전체에서 유일한 사고 중대로 전락하
게 되고, 연말에 있을 대대 및 중대 간부의 인사이동에서 또
다시 낙마할 수 있다는 사실을 확실히 실감하고 있었다. 그
는 이미 4년째 중대에서 썩고 있었다. 1년 전에 기관 간부의
직급이 비례에 따라 승급되었을 때도 대대 정치처에 일곱 명
의 중대장급 간사들이 있었고 그 가운데 세 명이 부대대장으
로 승급할 수 있었다. 하지만 승급 자격을 갖춘 건 네 명 다
였다. 그는 간부 간사로서 이들의 승급 업무를 담당하고 있
고 주야로 힘들게 일하는 만큼 당연히 그도 부대대장급 간부
의 대열에 들어갈 수 있었다. 정치위원이 그와 대화하는 과
정에서 네 명의 간사들 가운데 세 명만 올라갈 수 있는데 누
구를 떨어뜨려야 하겠느냐고 물었다. 그는 빙긋이 웃으면서
네 명 다 올려야 한다고 대답했다. 정치위원은 아무래도 한
명은 떨어뜨려야 한다고 말을 받았다. 그는 웃으면서 그럼
알아서 결정하라고 대답했다.

정치위원이 말했다.

"이번에는 자네가 올라가지 못할 것 같네. 잠시만 더 중대에 남아 있도록 하게."

그는 잠시 멍한 표정을 짓더니 다시 빙긋이 웃었다. 그는 정치위원이 자신을 떠보는 것이라 생각했다. 하지만 결과는 그가 계속 중대에 남는 것이었다. 이번 승급 기회를 잃은 대신 돌아온 것은 연말의 대대 표창이었다. 그는 얼굴 가득 함박웃음을 지으며 단상에 올라가 표창장과 규정에 따라 수여되는 상금 10위안을 받았다. 숙소로 돌아온 그는 표창장을 찢어 똥통에 내다 버리고 10위안은 거리에 나가서 술을 한 병 마시는 데 써버렸다. 이번에는 진급 기회가 눈앞까지 다가왔는데 또 중대에서 총을 분실하고 말았으니 마음속으로 욕이 터져 나오지 않을 수 없었다.

씹팔, 꼭 재수 없는 일들이 내 발목을 잡는단 말이야.

문서와 헤어진 그는 중대 침실 앞으로 돌아와 지난번에 사병들이 휴가를 받아 집에 다녀오려 했던 일을 곰곰이 되짚어보았다. 모두 그 세 통의 전보 때문에 휴가를 신청하지 못하고 집에 다녀오려던 생각을 접었던 병사들이었다. 1분대부터 헤아려보니 대략 열일곱 명쯤 되는 것 같았다. 이 열일곱 명의 침상 위치를 일일이 생각해낸 그는 곧장 침실로 들어가

첫 번째 병사의 침상 앞으로 가서 잠시 멈춰 섰다. 손을 뻗어 병사의 어깨를 흔들면서 말했다.

"이봐, 보초 나갈 시간이야."

깊이 잠든 병사는 미동도 하지 않았다.

다시 두 번째 병사의 어깨를 두드렸다.

"이봐, 보초 나갈 시간이야."

그 병사도 코 고는 소리만 냈다.

세 번째 병사의 어깨를 두드렸다.

"보초 나갈 시간이야……."

다섯 번째 병사의 어깨를 두드렸다.

"보초 나갈 시간이야……."

여섯 번째 병사의 어깨를 두드렸다.

"보초 나갈 시간이야……."

…….

이른 아침까지 병사들은 잠에 깊이 취해 있었다. 코 고는 소리와 단잠의 냄새가 침실 안에 가득했다. 3중대 네 개 소대가 네 개의 커다란 침실을 사용하고 있고, 그 가운데 두 소대의 침실은 미로처럼 복잡하게 얽혀 있었다. 그는 두 개의 침실을 전부 조사했다. 총 21명의 사병들 어깨를 일일이 두드려보았다. 4소대의 신병 장위안즈(张辕子)는 정치이론 시험에서 중대 전체를 통틀어 가장 형편없는 점수인 98점을 받았었다. 그가 신병을 나무랐다.

"그렇게 머리가 안 돌아가나? 자네가 이 빈칸만 제대로 채웠어도 우리 중대는 전원이 만점을 받았을 거란 말이다. 전원이 만점이라고. 그럼 사단 전체에서 일등을 하는 건데 말이야."

아무리 생각해봐도 정치 시험에서 점수가 2점 모자란 것을 비판했다고 해서 장위안즈에게 미움을 샀을 리는 없는 것 같았다. 장위안즈가 이런 말을 가슴에 담고 있었다면 오늘날 정공 간부들에게는 아예 정치공작이라는 것이 없었을 것이다. 하지만 그럼에도 불구하고 그는 조심스럽게 걸음을 옮겨 신병 장위안즈의 침상 앞으로 다가가 어깨를 두드리며 말했다.

"이봐, 보초 나갈 시간이야."

장위안즈는 흥 하는 소리와 함께 몸을 뒤집더니 계속 잠을 잤다. 지도원은 그제야 마음을 놓고 큰 걸음으로 침실을 빠져나왔다.

이제 가서 사육원 리무즈를 조사할 차례였다.

돼지우리는 중대에서 비교적 멀리 떨어져 있었다. 군영 서쪽 담장 아래로 오동나무 동산을 가로질러야 했다. 이 오동나무는 위둥 지역의 특산물로 과거 혁명열사 쟈오위루(焦裕祿)가 란카오(兰考)에서 모래바람을 근본적으로 해결하기 위해 이 나무를 심었던 것으로 잘 알려져 있다. 오동나무 중에서도 포동(泡桐)이라 불리는 이 수종은 모래 지역에서도 잘 자라기 때문에 이 군영에는 오동나무 외에 다른 수종이 없었다. 오동나무는 목질이 가볍고 벌레도 잘 먹지 않기 때문에 가구를 만들거나 관을 짜는 데 안성맞춤이었다. 10년 전 남부전선에서 전쟁을 치를 때에도 이곳에서 벌목한 오동나무로 판자를 만들었고 기차를 이용해 남부전선으로 운송한 다음 관을 짰었다. 남방의 목공 장인들은 하나같이 오동나무가 가볍고 부드러운 데다 연해서 좋다고 말했다. 그해에는 관을 짤 나무가 많이 필요하다 보니 이곳이 벌판이 될 정도로 전부 벌목을 했었는데, 몇 년이 지난 지금은 다시 울창해졌다. 지도원은 바로 이 숲을 가로지르고 사육원이 만든 닭 내장처럼 구불구불한 오솔길을 걸어 나무 사이를 에돌았다. 늦가을 밤이라 오동나무 잎이 바람에 날려 떨어졌다. 잎새들은 하나같이 누렇고 컸다. 부종을 앓고 있는 얼굴들 같았다. 지도원이 손전등을 켜자 기둥 같은 불빛이 숲 사이를 비췄다. 나무 위에서 새벽이슬이 끊임없이 떨어져 내려 그의 몸과 손, 숲에 떨어진 나뭇잎들을 적셨다. 후득, 후드득,

마치 그가 10년 전에 경험했던 총과 실탄의 소나기 같았다. 10년 전의 일을 생각하자 갑자기 온몸이 떨려와서 발밑에서도 바람 소리가 날 정도로 빠르게 걷기 시작했다.

사육원의 숙소가 가까워지자 그는 발걸음을 늦췄다.

멀지 않은 돼지우리에서 갑자기 돼지들이 울부짖기 시작했다.

그가 손전등으로 돼지우리 안을 비추자 불빛에 놀란 돼지 몇 마리가 꿀꿀대며 그를 바라보았다.

손전등을 끄자 그의 눈앞이 다시 칠흑으로 변했다.

획 하고 사육원의 방문이 열렸다.

"누구야?!"

"날세."

지도원이 다시 손전등을 켰다. 사육원은 맨발에 잠방이 차림이었다. 손에 들고 있던 쇠삽으로 얼굴을 가리고 있었다.

"뭐 하시는 겁니까!"

"나 지도원도 못 알아보겠나?"

그가 전등 불빛을 사육원의 얼굴에서 자신의 얼굴로 옮기다가 사육원의 손에 들린 쇠삽을 보더니 큰 소리로 물었다.

"그 삽으로 날 내려칠 생각이었나?"

사육원이 대답했다.

"전 돼지를 훔치러 온 도둑인 줄 알았거든요……."

"입당하지 못한 일은 마음에 두지 말게."

"마음에 두고 있지 않습니다, 지도원님……."

지도원이 말했다.

"이번에 안 됐으니 다음에는 될 걸세."

"이번에 입당을 못했다고 제게 3등 공훈을 추서해주시지 않았습니까? 돼지나 먹이고 편지 한 통도 제대로 쓰지 못하는 제가 공적이 기록된 것만으로도 나쁘지 않은 일이지요……. 저는 만족할 줄 아는 놈입니다."

사육원은 이렇게 말하면서 상반신을 떨었다. 추위 때문에 몸에 잔뜩 닭살이 돋아 있었다. 두말할 것도 없이 사육원은 총을 훔칠 인물이 아니었다. 눈가에 매달린 눈곱과 온몸을 떠는 모습, 말하는 표정을 보면 충분히 알 수 있었다. 총을 훔친 사람이 눈에 눈곱이 달릴 정도로 잠을 잘 리는 없었다. 손에 쇠삽을 들고 있다고, 옷을 다 벗고 잠을 잤다고 해서 전혀 문제될 일이 아니었다. 그가 추위에 떠는 걸 보니 어서 이불 속에 들어가 자게 하는 게 나을 것 같았다…….

"돼지를 훔쳐가는 사람들이 있나?"

"2중대에서는 어제도 한 마리 잃어버렸대요."

"누가 훔쳐가는 거지?"

"고참 사병들이 훔쳐다 팔아먹는 것 같아요. 매년 제대 직전에 없어지거든요."

"삽을 내려놓게……. 자네가 창고에 가서 전자동 총을 한 자루 수령할 수 있도록 허가해놓겠네."

"총을 사용하라고요?"

사육원이 놀란 표정으로 지도원의 얼굴을 쳐다보았다.

"정말로 돼지를 훔쳐가는 사람을 발견한다 해도 총을 쏘진 못할 것 같습니다."

"자네 사격 솜씨가 나쁘지 않다며? 열 발을 쏘면 100점 만점에 90점이 넘는다고 하더군."

지도원이 사육원의 얼굴을 유심히 살피면서 물었다.

"지도원님."

사육원은 부끄러운 듯 고개를 숙이며 말을 받았다.

"저는 사격에서 한 번도 합격한 적이 없습니다. 사격 실력이 형편없어서 돼지를 먹이게 된 것이거든요."

"그만 가서 자게."

지도원이 뒷걸음질을 치며 말했다.

"추운 모양이군. 돼지를 잘 먹이는 것도 훌륭한 동지이자 군인의 본분일세. 추위 때문에 병나지 말고 어서 들어가 자게."

사육원을 방 안으로 들여보내고 문을 잠그게 한 다음 지도원은 지뢰를 하나 제거하기라도 한 듯 길게 안도의 한숨을 내쉬었다. 그러고는 정말로 잃어버린 돼지가 없는지 살펴보기라도 하듯이 돼지우리를 한 바퀴 둘러본 다음 곧장 돌아왔다. 그가 발길을 돌리려 할 때까지 사육원은 여전히 방 안에서 있었다. 쇠삽을 문에 기대어 세워놓고 두 손으로 어깨를 감싸고 있었다.

"지도원님도 어서 돌아가 주무세요. 밤이 깊었습니다. 감기 걸리지 마시고요. 우리 중대는 돼지를 잃어버릴 일이 없습니다. 돼지들이 꿀꿀대는 소리가 들렸다 하면 제가 얼른 깨거든요."

지도원이 말했다.

"그럼 안심하고 가겠네……. 리무즈, 지난 일은 마음에 두지 말게. 내가 다음 입당 추천에는 자네를 꼭 염두에 둘 테니까 말이야."

사육원은 두 손으로 감싸고 있던 어깨를 쭉 폈다.

"신경 좀 잘 써주세요. 저희 삼촌 말로는 입당만 하면 제대해도 마을에서 치보(治保)주임을 할 수 있다더라고요."

지도원은 그 자리에 걸음을 멈췄다.

"삼촌이 뭐 하시는 분인데?"

사육원이 큰 소리로 대답했다.

"부촌장입니다. 천천히 촌을 제게 넘길 준비를 하고 계시거든요."

잠시 침묵이 흘렀다. 지도원이 입당을 하려는 목적이 촌으로 돌아가 치보주임을 하기 위한 것이냐고 물었다. 입당 동기가 불순하다고 비판하려는 의도였다. 그러다가 문득 총을 분실한 일이 다시 생각나 서둘러 얼버무려버렸다.

"잘 알았으니 어서 자게. 다음 입당 심사를 기다려보자고."

사육원은 곧 문을 닫고 들어가 잤다.

지도원은 또다시 작은 숲으로 들어왔다. 하늘은 이미 마른 우물처럼 어두워져 있었다. 별도 달도 다 사라져버렸다. 숲속의 공기는 더없이 신선했다. 안개가 떠돌고 있었다. 한 가닥 한 가닥 청량한 기운이 얼굴에 달라붙는 것 같았다. 손전등을 비추자 응결된 습기가 얼음처럼, 금은처럼 맑고 하얀 모습으로 눈에 들어왔다. 총을 잃어버리고 끝내 찾지 못했는데, 지도원과 관계가 있는 사병들은 전부 무고한 것으로 판명되었다. 이런 생각에 그는 마음이 놓여 발걸음이 가벼워졌다. 눈가의 졸린 기운도 사라졌다. 자신이 총을 찾으면 좋겠지만 중대장이 찾는 것이 더 바람직하다는 생각이 들었다. 중대장과 관련이 있는 사병이 총을 가져간 것을 그가 찾아낸다면 자신은 철저하게 마음이 가벼워질 수 있었다. 그렇게 되면 중대장에게는 일이 생기지만 자신은 더 안전해질 수 있었다. 중대 지부회의에서 어떤 문제를 놓고 논의를 하든 더 이상 중대장의 의견을 받아들일 필요도 없게 되는 것이었다. 그리고 자신이 네 개 중대에서 명실상부하게 일인자의 지위에 오르게 되는 셈이고, 이렇게 되면 '당이 총을 지휘한다'*라는 말이 정말로 실현되는 것이었다. 이런 생각을 하는 사이에 지도원의 마음속에 가벼운 기분이 솟아올라왔다. 차가운 겨울, 그믐달 밑을 걷고 있다가 저 멀리 들불을 보게 된 듯한 기분이었다.

중대장이 총을 찾게 하자.

누가 찾든지 상관없었다. 놀라긴 하겠지만 위험이 사라질 것이고 모두들 기뻐할 것이다. 하지만 그에게는 중대장이 총을 찾는 것이 더 바람직하고 더 깊은 의미를 가질 수 있었다. 두 가지 기쁜 소식이 동시에 찾아온다면 그는 해탈하게 될 뿐만 아니라 군사 간부로 하여금 정공 간부의 면전에 대고 고개를 숙이게 함으로써, 향후의 업무에서 자신이 주도권을 쥐고 모든 일을 마음대로 진행할 수 있을 것이었다. 예컨

---

* 인민 군대에 대한 중국공산당의 절대적인 영도 원칙을 상징하는 구호.

대 전사들의 입당과 휴가, 학교 입학 시험, 공훈 등의 문제에 있어서 그가 자오린에 비해 두 배의 영향력과 발언권을 갖게 되는 것이었다. 누가 이처럼 그에게 재물을 탐하게 했던가? 누가 그로 하여금 중대를 진심으로 자기 집처럼 여기지 못하게 했던가? 아마도 취사반장이 총을 훔쳐 어딘가에 감춰두고 있다가 원하던 대로 지원병이 되면 도로 가져다 두려는 것일지도 모른다는 생각이 들었다. 하지만 만일 뜻대로 되지 않을 때는 누구도 좋은 결과를 기대할 수 없었다.

중대장 자네도 참, 사병생활을 반평생이나 했으면서 어째 그놈의 농민 기질을 버리지 못하고 누가 담배를 한 갑 주면 얼른 받아서 피우고, 술을 한 병 주면 받아서 마시고, 땅콩을 반 근 가져다주면 냉큼 받아먹더군. 말로는 작은 이익을 추구하는 생산대장이 되면 안 된다고 하면서도, 어느 집에서 국수 한 그릇을 먹으러 오라고 하면 재빨리 달려가고, 누군가 듣기 좋은 말 한마디를 해주면 이를 공적 심사에 반영하곤 했지.

중대장이 되면 반은 황제나 다름없었다. 휴가를 내서 고향에 내려가거나 다시 귀대할 때 누구든지 먼저 그의 방에 들러야 했고, 그러다 보니 온갖 물건들을 그에게 갖다 바쳐 비위를 맞춰야 했다. 냉장고나 컬러텔레비전을 선물할 수도 있었다. 하지만 그럴 경우에는…… 아마도 대단히 큰일일 것이었다. 중대의 쌀 세 포대를 집으로 가져가는 것보다 얼마나 큰일인지는 알 수 없었다. 교훈은 사람을 우물에 빠뜨리는 것보다 더 깊이 다가왔다.

가오바오신, 너는 평생 동안 어떤 잘못도 범할 수 있지만 담배나 술, 쌀에 코를 꿰는 일은 없어야 해.

지도원의 손전등 덮개에 이슬방울이 맺히면서 얼룩이 생겼다. 그는 손을 들어 전등을 닦은 다음 얼굴을 훔쳤다. 한기가 몸을 엄습했다. 그는 거칠게 몸을 이리저리 움직이며 몸에서 한기를 떨어냈다. 그러고는 마음속으로 총을 찾게 되면 반드시 중대장이 찾아야 한다고, 총을 훔친 사람은 반드시 중대장과 관련된 사람이어야 한다고 생각했다. 그런 다음에 사건의 전말을 낱낱이 조사해 밝히고 이 도둑놈을 전역 처리하면 풍파가 조용히 가라앉을 것이었다. 도둑놈이 총을 훔친 것이 중대장과 관련되어 있는데, 만약 지도원이 이 사건을 크게 떠벌리지 않으면 중대장은 크게 감동할 것이고, 그러면 앞으로 크고 작은 문제에 부딪칠 때마다 그의 말에 귀 기울일 것이었다. 지난번처럼 7분대장을 입당시키기 위해서 미리 적당한 말을 준비하고, 중대장을 설득시키려고 병사들과 대화하는 것보다 더 큰 어려움을 겪는 일은 없을 것이었다. 정말로 중대장의 기를 한번 꺾을 필요도 있었다.

둘 다 상위(上尉)*이고, 자위반격전쟁의 영웅이며, 농촌 출신으로 입대했고, 영내에는 가족이 없는 독신이었다. 하지만 그는 중학교를 졸업한 데 그친 반면 나는 고등학교를 졸업했고, 그가 아주 거친 데 반해 나는 비교적 문아하고 점잖은 편이다. 그런데도 성내 야채회사의 회계는 무슨 근거로 그와 그런 사이가 됐단 말인가? 그렇고 그런 일은 없을 것이고 그도 감히 그런 일을 벌이진 않았을 것이다. 하지만 어쨌든 또 한 명의 여인이 그를 마음에 두고 있는 것이 그를 그리워하는 여인이 적은 것보다는 나을 것이다. 사랑이라고 할 수는 없지만 그렇다고 불륜이라고 할 수도 없었다. 이 일을 뭐라고 해야 할까?

비유를 들어 얘기해보자. 여인은 몸을 따스하게 해주는 저고리와 같다고 할 수 있다. 똑같은 두 사람이 있고 두 사람 모두 엄동설한에 몸이 얼어 있다. 한 사람은 집에 새로 산 외투가 있다는 것을 생각해내고는 이 외투를 몇 분 동안 몸에 걸치고 있는 것을 상상함으로써 추위를 이길 수 있을 것이다. 또 한 사람은 바로 지도원 가오바오신이다. 생각해보니 집에 옷도 없고 먹을 것도 없다. 몸을 따스하게 데워줄 겉옷

---

* 장교 계급의 하나로 중위와 대위 사이에 있음.

한 점 없다. 마음이 싸늘한 것이 정말로 들판에서 얼어 죽는 느낌이다. 또 다른 비유를 들어보자. 여인이 목마를 때 마실 수 있는 물 한 모금이라고 할 수도 있을 것이다. 자오린에게 는 물이 한 컵 있다. 오랜 가뭄에 장마를 만난 듯이 달콤하게 마실 수는 없더라도 언제든지 입술을 촉촉하게 적실 수는 있을 것이다. 하지만 가오바오신에게는 매실을 생각하며 갈증을 달래듯이 겨우 입을 축일 만한 물 한 방울조차 없다.

그 회계는 대체 어떻게 생겼을까? 나이는 어떻게 될까? 중대장에게 가슴을 완전히 열고 다가온 것일까, 아니면 줄다리기를 하다가 그만두려는 것일까?

지금의 개혁개방은 뭐든지 좋은데, 일부 여인들이 남자들에게 진심과 성실을 다하지 않게 된 것이 큰 문제였다. 때문에 수많은 간부들이 순정한 아가씨들을 만날 수 없게 되었고 전사들도 애인을 구하기가 예전처럼 쉽지 않게 되었다. 자위반격전쟁이 종전을 고한 지 3년이 지나자 영웅과 군인을 향한 아가씨들의 열정도 화르르 끓다가 순식간에 식어버렸다.

젠장! 중대장에게는 그나마 도화운(桃花运)*이 있어 군대 규

---

* 사랑하는 여인을 만나는 행운.

율의 제약만 없었다면 그는 일찌감치 그녀와 그렇고 그런 사이가 되었을 것이다. 뿐만 아니라 이미 침대에 올랐다 하더라도 개혁개방의 세월 속에서 누가 마음이 변하지 않을 수 있겠는가? 관념이 너무나 빨리 갱신되고 있다. 이 여자도 그럴 것이다! 좋은 운명을 타고 난 자오린! 그가 총을 찾게 되면 나 가오바오신은 완전히 해탈하는 동시에 또 다른 수확을 챙기게 될 것이다!

지도원이 이런 생각을 하면서 막 숲속에서 밖으로 나오는데, 그 순간 맞은편에서 누군가의 목소리가 들렸다.

"라오가오인가?"

지도원이 전등을 들어 비춰보니 중대장이 황급히 달려오고 있었다.

"젠장, 이런 곰 같은 놈이 말이야……."

"찾았나?"

"못 찾았네."

중대장은 취사반장이 자기 방 안에 무릎을 꿇고 있으니 어서 가보라고 말했다. 지도원이 무슨 일이냐고 묻자 중대장은 긴 한숨을 내쉬며 그를 자기 방으로 불러 한 차례 지도를 하고 나서 자아비판을 했다고 말했다. 중대장은 취사반장에게 자신이 중대에서 쌀 세 포대를 가져간 것은 잘못된 일이고 중대장답지 못한 일이라고 말했다.

"그가 내게 준 그 담배 두 보루도 다 피웠고 그 가격이 합쳐서 120위안이니 내가 300위안을 돌려주겠다고 했지. 그랬더니 이 곰 같은 친구가 갑자기 내 앞에 무릎을 꿇더니 내 두 다리를 붙잡고 엉엉 울기 시작하는 게 아니겠나. 그러면서 자기가 지원병이 되지 못하면 인생이 그대로 끝장나고 만다는 거야. 내가 이 문제는 지원병이 되는 것과 별개의 일이고, 중요한 것은 중대의 우두머리로서 내가 그러지 말았어야 했다는 것이라고 설명했지. 쌀 세 포대와 담배 두 보루는 별것 아니지만 당풍(党风)의 건설과 관련된 일이니만큼 중대장인 내가 솔선수범을 보여야 했다고 말이야. 그랬더니 뜻밖에도 그는 내가 300위안을 돌려주면 자기에게는 평생 더 이상 앞길이 없게 될 거라면서 집안 얘기를 늘어놓더라고. 형제가 다 합쳐서 여덟 명인데 그 가운데 일곱이 농사를 짓고 있고 조상 칠대에 걸쳐 상품량(商品粮)*을 먹는 사람이 배출되기를 소원해왔다는 거지 뭔가. 그러면서 하는 말이 염병할, 금년에 고향에 갔을 때 몰래 결혼을 했고 마누라가 임신까지 했

* 정부에서 보급품으로 지급되는 식량.

다는 거야. 여덟 형제 가운데 여섯이 백수인 형편이라 자신이 지원병이 된다는 것을 전제로 마누라가 결혼을 허락했다는 걸세. 이게 무슨 곰 같은 일이란 말인가. 곧 아이가 태어난다고 하는데 우린 그가 결혼한 사실조차 모르고 있었으니 말일세."

"정말 결혼을 했다는 건가?"

"그가 직접 그렇게 말했네."

"곰 같은 병사로군! 정말로 결혼을 했다 해도 함부로 그런 말을 해선 안 될 일이지. 그걸 말해버리면 우리 지부는 어쩌란 말인가?"

"몰래 결혼한 것은 작은 일이고, 총을 잃어버린 것이 큰일이네."

"그에게 총을 분실한 얘긴 안 했나?"

"그 얘길 어떻게 할 수 있겠나."

지도원이 등을 껐다. 병사 하나가 침실에서 소변을 보기 위해 밖으로 나왔다. 병사는 상의를 걸치고 문을 나서자마자 담장 한구석으로 가서 오줌을 갈겼다. 소리가 아주 요란했다. 강물이 3중대 앞을 흘러 지나가는 것 같았다. 지린내가 바람을 타고 날아왔다.

중대장이 코를 벌름거리며 지도원에게 말했다.

"3중대가 내 손에 맡겨져 있는데 총이 한 자루 없어진 데다 병사 하나가 몰래 결혼을 했네. 어떤 일이든지 상부에서 알게 되면 하늘이 뒤집어질 정도로 난리가 날 걸세."

지도원은 말을 받지 않고 있다가 병사가 오줌을 다 누자 곧장 중대본부에 있는 중대장 숙소로 갔다.

정말로 취사반장이 방 한가운데 앉아 있고 탁자 위에는 돈이 한 무더기 놓여 있었다. 중대장이 아니라 지도원이 들어온 것을 보고서 취사반장은 잠시 놀라는 표정을 지었다. 뭔가를 생각하고 있는 것 같았다. 한쪽 다리는 앞으로 쭉 뻗은 상태였다. 뜻밖에도 그는 다리를 다시 거둬들이더니 몸을 돌려 지도원을 향해 무릎을 꿇고는 고개를 깊이 숙였다. 그 자세 그대로 몸이 굳어버린 것처럼 미동도 하지 않았다.

지도원이 물었다.

"지금 뭐 하는 건가?"

취사반장은 몸을 움직이지도 않고 입도 열지 않았다.

지도원이 말했다.

"할 말이 있으면 일어서서 하게!"

취사반장은 여전히 몸을 움직이지도 않고 입을 열지도 않았다.

지도원이 목소리를 낮춰 엄숙하게 말했다.

"내가 일어서게 해주지!"

취사반장은 그제야 지도원을 힐끗 쳐다보았다. 하지만 여전히 미동도 하지 않았고 말도 하지 않았다.

중대장이 들어와 지도원 등 뒤에 섰다.

지도원은 탁자 앞으로 걸어가 손전등을 내려놓고 취사반장 등 뒤로 가서 섰다. 갑자기 취사반장의 거의 끊어질 듯이 가늘고 긴 목과 그 아래로 요동(窯洞)처럼 깊이 파묻혀 있는 머리통이 그의 눈에 들어왔다. 커다란 힘줄이 요동 양쪽으로 뻗어 있었다. 낡은 집에서 뜯어낸 들보가 파리하게 옆으로 늘어져 있는 것 같았다. 이 들보 좌우로 물기가 흥건했다. 머리에서 땀방울이 솟아나 요동 안으로 흘러 들어가다가 다시 옷깃을 파고 들어가 등을 적셨다. 문득 그는 옛날에 자기 집이 물난리를 만나 집 안이 전부 물바다가 되었던 일이 생각났다. 그때의 광경이 바로 지금 취사반장의 뒷목과 다르지 않았다.

"중대장이 쌀을 세 포대 가져간 사실은 아무도 모르겠지?"

취사반장은 무릎을 꿇은 채 몸은 움직이지 않고 고개만 돌렸다. 목이 붉은 꽈배기처럼 꼬였다. 머리가 위로 들리자 턱 밑의 크고 뾰족한 결후가 햇볕에 말리려고 널어놓은 대추처럼 모습을 드러냈다. 이마에 난 주름은 아주 가늘면서도 조밀했다. 갓 태어난 아기의 이마 같았다. 그는 입을 열지 않고 지도원을 향해 고개만 가볍게 끄덕였다.

"다음 주에 대대에서 눈 가리고 총기 분해 조립하기 대회가 있는데 자네가 3중대를 대표해서 참가할 수 있겠나?"

지도원이 느닷없이 물었다.

취사반장은 어찌할 줄 몰라 말없이 지도원을 쳐다보았다.

중대장도 무슨 영문인지 모르겠다는 듯이 지도원을 바라보았다.

지도원이 중대장에게 말했다.

"이번 대회에 참가하는 사람들은 최고의 훈련을 받은 병사들일세. 우리 중대에서는 취사반장을 보내는 게 좋을 것 같네. 그들에게 몇 점 지더라도 우리로서는 이긴 것이나 마찬가지니까 말일세."

이렇게 말하면서 지도원은 중대장에게 눈짓을 보냈다. 중대장의 얼굴에 어리둥절하던 표정이 사라졌다.

바로 그때 취사반장이 입을 열었다.

"지도원님, 저는 무려 2년 동안이나 훈련을 받지 못했습니다. 제가 나가면…… 저희 3중대의 얼굴에 먹칠을 하게 될 겁니다."

그러고는 잠시 멈췄다가 다시 말을 이었다.

"하지만 걱정하지 마십시오. 지도원님, 중대장님, 앞으로 훈련 성적을 크게 높이도록 하겠습니다. 정말입니다. 저를 부대에 계속 남게만 해주신다면 반드시 저희 취사반 병사들의 자질을 크게 향상시키도록 하겠습니다."

지도원이 물었다.

"신식 전자동 소총에 장전하는 실탄의 번호를 아나?"

취사반장은 눈을 휘둥그레 뜬 채 한참 동안 입을 열지 못했다.

"그만 일어서서 가보게."

지도원이 말했다.

"앞으로 훈련 성적을 크게 높이도록 하게. 그리고 우리 3중대가 잘 먹는지 못 먹는지는 전적으로 자네에게 달렸다는 사실을 잊지 말게. 계속 안심하고 일해도 좋네……. 다른 일에 대해서는 누구에게도 얘기하지 말게."

취사반장은 천천히 자리에서 일어나 어색한 표정으로 지도원의 얼굴을 쳐다보았다. 그러고는 다시 눈길을 돌려 중대장을 바라보았다.

지도원이 말했다.

"가보게. 돈은 거기 두고. 밥만 잘하면 돼……."

취사반장은 곧장 걸음을 옮겨 중대장의 몸을 스치고 지나갔다. 지도원은 문득 그가 키가 아주 크다는 사실을 발견했다. 등이 굽었는데도 중대장보다 머리 절반은 더 컸다. 취사반장의 부뚜막도 중대장의 허벅지 높이는 될 것 같았다. 취사반에서 5년 가까이 근무한 그가 입대했을 때의 나이는 열여덟에 불과했는데 지금은 스물셋이 되었다. 스물셋이란 나이에 등이 굽었으니 5년 더 밥을 하면 어쩌면 등이 활로 변할지도 모를 일이었다. 중대장은 계속 눈으로 그를 좇다가 그의 모습이 완전히 사라지자 고개를 돌려 말했다.

"저 친구는 죽어도 총을 훔칠 리가 없어."

지도원은 중대장에게 양심이 있으면 그를 지원병으로 전환시켜줘야 한다고 말했다. 중대장은 멍한 눈빛으로 탁자 위에 놓인 돈을 바라보고 있었다.

"이 돈은 어떻게 하지?"

지도원이 말했다.

"자네가 도로 갖게."

중대장이 말했다.

"그럴 생각 없어."

"그럼 그냥 두게. 총을 찾으면 그 돈으로 제대로 한번 먹고 마셔보자고."

"총을 찾지 못하면?"

두 사람은 또다시 침묵에 빠졌다. 아주 깊은 물속에 빠진 것 같았다. 문밖에는 밤의 어둠이 깊어가고 방 안에는 등불 빛이 노랗게 빛나고 있었다. 아주 깊은 밤, 가늘고 신비한 경고음이 들려왔다. 창밖에서는 또 찍찍, 쓰르르, 여름벌레들의 울음소리가 창문 틈으로 새어 들어왔다. 가는 물줄기가 방 안으로 흘러 들어오면서 졸졸 소리를 내는 것 같았다. 중대장은 탁자 모서리에 몸을 기대고 있고 지도원은 중대장의 침대 모퉁이에 엉덩이를 걸치고 있었다. 두 사람의 이마에 침울함이 구릉처럼 솟아 있었다. 늙은 모기 한 마리가 이리저리 날아다니다가 전구 위에 앉더니 더 이상 움직이지 않았다. 자살한 것이다. 목숨이 황천을 건넜다. 스스로 자신을 태워버린 것이다. 자오린은 모기를 쳐다보면서 생각했다.

꼭 그래야 했을까? 가을이 깊지도 않았는데 아무래도 좀 더 살아 있는 것이 낫지 않았을까? 설마 이 전구가 60와트짜리라는 것을 몰랐단 말인가? 반나절이나 켜 있었기 때문에 전구 유리 표면의 온도가 70도, 아니 80도는 됐을 텐데, 손으로 만져도 피부가 탈 정도인데.

전구 가까이 다가간 자오린은 손을 뻗어 모기를 만져보았다. 전구 위의 모기는 낙엽처럼 바닥으로 떨어졌다. 방 안에 희미하게 탄내가 번졌다.

지도원이 말했다.

"무슨 냄새야?"

자오린이 말했다.

"모기 한 마리가 타 죽은 것뿐일세."

지도원이 다시 말했다.

"총을 찾지 못하면 어떡하지?"

자오린이 말했다.

"찾아보자고."

"라오자오, 난 줄곧 한 가지 의심이 가라앉지 않네."

"무슨 의심 말인가?"

"성내 야채회사의 왕 회계 말일세. 두 사람의 관계가 대체
어디까지 간 건가?"

자오린이 말했다.

"젠장, 나랑 그 여자는 아주 결백하네. 가오바오신, 난 집에
처자가 있는 몸일세. 내가 그 여자랑 그렇고 그런 일이 있었
다면 나 이 자오린이 사람이 아니네!"

"정말로 그런 일이 있었다 해도 비정상이라고 할 수는 없지.
사람은 말일세, 누구에게나 칠정육욕(七情六欲)이 있는 법이거
든. 염병할, 군인이라 군복을 입었다고 해서 진심으로 좋아하
는 여자랑 잘 수 없는 건 아니지 않은가? 나 가오바오신이 그

런 여자를 만났다면 아마도 자신을 통제하지 못했을 걸세."

자오린이 화를 내며 주먹으로 탁자를 연달아 몇 번 내리쳤다.

"지도원, 라오가오, 가오바오신, 문제는 나와 그녀 사이에 그런 일이 없었다는 걸세. 문제는 우리가 소란을 피운 것이 겨우 사흘 전 일이라는 걸세. 문제는……."

자오린의 말이 끝나기도 전에 지도원 가오바오신은 낚싯바늘에 걸린 물고기처럼 침대 귀퉁이에서 벌떡 몸을 일으키며 말했다.

"라오자오, 그녀랑 말다툼을 했단 말인가?"

자오린은 씩씩거리며 탁자 모서리에서 미끄러져 침대 귀퉁이에 주저앉았다.

"그래. 싸웠네."

"언제?"

"그제."

"어디서?"

"그녀가 중대본부로 찾아왔지. 바로 이 방에서 그랬네."

"자오린."

지도원은 중대장을 향해 앞으로 한 발 나아가며 얼굴에 흥분을 감추지 못했다.

"그녀가 보복하기 위해 총을 훔친 건 아닌지 생각을 좀 해보게."

자오린이 눈을 비스듬히 뜨고 가오바오신을 쳐다보며 말했다.

"그게 가능할까?"

지도원이 말했다.

"자네, 잊은 모양이군. 지난주에 대대에서 긴급안전전화 회의를 소집하여 세 건의 총기 분실과 상해 사건에 관해 전달했었지. 그 가운데 한 건은 한 간부의 여자 친구가 실연을 하고 나서 간부의 숙소에 들어가 총을 훔쳐간 사건이었네."

지도원은 잠시 멈췄다가 다시 말을 이었다.

"나도 왕 회계가 보복을 위해 중대로 자네를 찾아와 총을 훔쳤으리라고는 믿지 않네. 자네와 그녀 사이에는 그런 일도 일어나지 않았으니 말일세. 하지만 모든 일은 일만(一萬)이 두려운 것이 아니라 만일(萬一)이 두려운 법일세. 정말로 그녀가 훔쳐간 것이라면 어떻게 하겠나? 세상에 우는 여자는 하나도 무섭지 않지만 상심한 여자는 엄청 무서운 법이거든. 자네 자오린이 정말로 남의 마음을 다치게 했다면, 아주 깊은 상처를 남겼다면, 마음에 깊은 상처를 입은 여인은 거의 제정신이 아닐 걸세……. 물론, 거의 미치기 직전의 개를 비유로 드는 것은 적합하지 않겠지만 토끼도 급하면 사람을 문다는 사실을 잊지 말게……. 3중대 전체가 침상에서 자고 있을 때 정말로 3중대 사람이 총을 훔쳤다면 어떻게 계속 침상에 누워 코를 골 수 있었겠나? 하지만 또 3중대 사람의 짓이 아니라면 3중대 외부에 누가 와서 총을 훔친단 말인가?"

지도원의 말에 자오린은 침대에 그대로 편하게 누워 있을 수가 없었다. 처음부터 그의 얼굴에는 온갖 의혹으로 안절부절못하는 표정이 역력했다. 지도원은 이런 얘기를 하면서 중대장 앞으로 가까이 다가갔다. 지도원이 아이를 타이르는 부모처럼 혹은 학생을 지도하는 선생님처럼 가까이 다가와 마지막으로 한마디 더 묻자, 자오린은 두말없이 침상에서 벌떡 일어나 탁자 위에 놓여 있던 군모를 집어 들고는 재빨리 몸을 돌려 밖으로 나왔다. 총을 누가 훔쳐갔는지, 지금 어디에 감춰져 있는지 확실히 알고 있는 듯한 표정이었다.

지도원 가오바오신이 멀리서 문을 나서는 자오린을 바라보며 말했다.

"자오 중대장, 함께 찾아보세. 자네는 성내로 왕 회계를 찾아가보고 나는 중대에서 침상마다 다 들춰가며 조사해보기로 하세."

말을 마친 그도 중대장의 뒤를 따라 방을 나왔다.

제2장

한차례 바람이 분다

4

반죽기 안에 떨어진 마(麻) 덩이처럼 일이 복잡해졌다.

자오린은 정말로 성내 야채회사로 왕 회계를 찾아갔다.

왕 회계는 이름이 왕샤오후이(王小慧)로, 줄여서 왕후이(王慧)라고 불렸다. 흔히 예쁘고 똑똑하다는 말은 그녀를 두고 하는 말이었다. 올해 서른이 채 안 된 그녀는 지역 재경학원을 나온 전문대생으로, 졸업하자마자 재정국으로 발령이 난후부터 출납업무를 담당하기 시작했다. 얼굴이 예쁜데 학력도 괜찮은 편이라 재정국장은 그녀를 자기 며느리로 맞아들이지 못해 안달이었다. 이리저리 어르고 달래보았지만 왕후이는 끝내 국장의 제안을 받아들이지 않았다. 그 결과 재정

국장이 퇴직하기 직전에 그녀는 월급도 제대로 나오지 않는 야채회사로 발령이 나고 말았다. 출납업무를 맡던 그녀가 사방에 결재를 부탁하러 다녀야 하는 말단 회계원으로 전락한 것이다. 자오린은 바로 이 시기에 그녀를 알게 되었다. 남부전선에서의 전쟁이 세계를 향해 종전을 선언한 지 2년이 지난 뒤였다. 하지만 중국과 베트남 국경에서 소규모 충돌과 전투는 계속 이어지고 있었다. 군대에서는 시도 때도 없이 어떤 부대가 남부전선으로 교대 훈련을 떠난다는 소식이 전해지곤 했다. 전쟁이 완전히 끝난 것이 아니다 보니 사회에서는 군인에 대한 뜨거운 관심과 사랑이 가득했다. 뒤늦게 도착한 조수가 해변 여기저기를 때리고 있는 것 같았다.

4년 전 이른 봄, 자오린이 막 3중대 중대장으로 부임했을 때였다. 그는 몸속에서 피가 끓을 정도로 일에 대한 열정이 대단했고, 어서 빨리 부대대장이 되어 마누라와 아이들을 영내로 데려올 수 있도록 보직이 다시 도시 지역으로 조정되기만 간절히 바라고 있었다. 게다가 남부전선의 전투에 참전한 것이 참전이 아니라 '교대 훈련'이었다 해도, 자신과 자신이 속한 부대는 이미 한 번 지나쳐왔기 때문에 또다시 차례가 돌아오지는 않을 것이라고 마음속으로 굳게 믿고 있었다.

부대가 더 이상 전쟁에 동원되지 않을 것이고, 어렵사리 천신만고의 사병생활을 거쳐 전선에 있다가 구사일생으로 평안하고 안전한 후방으로 왔는데, 대대적으로 자신의 웅지를 펼치지 못할 이유가 어디 있단 말인가? 중대장에서 부대대장으로, 부대대장에서 대대장으로 올라가지 못할 이유가 어디 있단 말인가? 설마 대대장이나 사단장은 태어나면서부터 대대장과 사단장의 운명을 타고났단 말인가? 그들 역시 농촌에서 군대에 입대했고 높아야 중학교 정도의 문화 수준을 가지고 있지 않은가?

소문에 따르면 사단장은 중학교조차 다니지 못하고 초등학교를 졸업하자마자 사병으로 입대했다고 한다. 지금 갖고 있는 중학교 졸업장은 어떤 관계를 통해서 고향에 있는 학교 신상기록부에 보충해 넣은 것이다. 그때 자오린은 처음 3중대에 부임하여 불같은 열정을 보이고 있었고 온몸에 곧은 기운이 넘쳤었다. 다음 달에 있을 대대 무술 경연에서 1등을 목표 삼아 매일 열두 시간씩 부대를 훈련시켰고, 못해도 2등은 하겠다는 각오를 다지고 있었다. 3등을 할 경우에는 이를 패전이자 지독한 불명예로 간주할 심산이었다. 그러던 어느 날 오후, 중대장이 한창 전술 훈련을 진행하고 있을 때였다. 취사반의 급양원(給養員)이 헐레벌떡 달려와서는, 야채회사에서 찾아온 사람이 중대에서 야채 구매용으로 산 새 자전거를 끌고 가려 한다고 보고했다. 자전거를 못 끌고 가게 하자 중대의 솥단지 등을 마구 집어던지는 바람에 중대 백여 명의 사병들이 밥도 물도 먹지 못하게 되었다는 것이다.

자오린이 말했다.

"그러는 이유가 뭐라던가?"

급양원이 말했다.

"중대에서 외상값 327위안을 갚지 않았답니다."

"이미 갚은 걸로 아는데."

"장부에는 400여 위안만 갚고 아직 327위안을 갚지 않은 걸로 되어 있더라고요. 이제 내일하고 모레는 저희 중대가 뭘 먹고 버텨야 하나요?"

자오린이 말했다.

"자네는 급양원이라는 사람이 그렇게 계획성 없이 지출을 하면 어떻게 하나? 식비를 수입에 맞지 않게 초과 지출을 하면 어떻게 하냐는 말이야!"

급양원이 말을 받았다.

"중대장님, 지난달에 우리 중대가 갈비를 먹었던 것은 제가 계획한 것이 아니라 중대장님이 생활개선 차원에서 갈비를 준비하라고 지시하셔서 그랬던 겁니다."

중대장이 팔을 허공에 휘두르며 말했다.

"훈련 강도가 그렇게 센데 갈비 한 끼 먹은 것이 뭐 그리 잘못된 일이란 말인가?"

급양원이 고개를 숙였다.

"갈비 한 번 먹는 데 100위안이 넘게 들었습니다. 지난주에는 또 음식을 추가해서 중대 전원에게 홍소육(红烧肉)을 먹이라고 하셨잖아요. 홍소육 한 번 먹는 데도 100위안이 넘게 들었단 말입니다."

중대장이 말했다.

"이런 염병할, 천하에 말을 달리게 하면서 말에게 풀을 먹지 못하게 하는 법이 어디 있단 말이야."

그러면서 자오린은 더위 때문에 땅바닥에 벗어 던져둔 군복을 집어 들고는 툭툭 먼지를 털면서 중대로 향했다. 이로써 비극의 서막이 열렸다. 사람의 정벌 전쟁이 시작되었다. 화살의 사정거리밖에 안 되는 연병장에서 중대까지의 길을 자오린은 빠르게 걸어 취사반 문 앞에 이르렀다. 과연 한 사람이 혼자 자전거 핸들을 붙잡고 있는 모습이 눈에 들어왔다. 이에 허리에 천을 두른 두 명의 취사병이 채소를 담으려고 자전거 뒷자리에 설치한 철사 광주리를 붙잡고 있었다. 서로 힘들여 다투지 않고 멍하니 서 있기만 하던 병사들은

그가 오는 것을 보고는 광주리에서 손을 놓아버렸다. 그러자
자전거를 끌고 가려던 사람은 더 이상 끌지 않고 자전거를
그대로 놓아둔 채 몸을 돌렸다.

뜻밖에도 여자였다. 뜻밖에도 미인이었다. 뜻밖에도 젊었다.

자오린은 원래 거칠게 화를 냄으로써 먼저 상대를 제압해
버릴 생각이었다.

"좋아, 당신이 감히 부대까지 쳐들어와서 강탈을 해? 겨우
몇백 위안 가지고 이런 소란을 피운단 말이야! 이 3중대가 어
떤 부대인 줄 알아? 방금 베트남 전선에서 돌아온 부대란 말
이야. 그곳에서 이 중대 사병 아홉 명이 희생되었고 스물네
명이 부상을 입었다고. 아직 뜨거운 피가 마르지 않았고 시신
이 식지도 않았단 말이야. 그런데 겨우 몇백 위안 빚진 것 가
지고 부대까지 찾아와 이렇게 난리를 피우는 거야!"

이렇게 일단 상대를 놀라게 한 다음, 돈을 갚겠다고 약속하
면서 자연스럽게 돈 갚는 일을 미룰 생각이었다. 하지만 뜻
밖에도 상대가 여자였다. 어깨까지 흘러내린 머리, 남색의 스
프링코트 차림에 굽이 높은 하이힐을 신고 있었다. 얼굴은
그토록 희고 부드러웠고 눈과 눈썹이 잘 어울리게 배합되어
화를 낼 때면 둘 다 한꺼번에 위로 치켜 올라갔다. 중대장은
분수를 틀려 선생님에게 굴욕을 당한 중학생처럼 그녀 앞에

서 아무 말도 하지 못했다.

그녀와 마주 선 자오린은 그녀의 얼굴에 지는 햇빛이 고스란히 몰리면서 타원형 얼굴이 붉고 촉촉한 빛으로 물드는 것을 목격했다. 그 붉은빛은 자오린과 마주친 것으로 인해 더 두터워지지도 않았고 자오린이 나타난 것으로 인해 더 엷어지지도 않았다. 그 빛은 화가 나 있는 그녀의 얼굴에 그대로 응결되어 있었다. 그녀의 얼굴에 분홍빛으로 빛나는 금박을 한 겹 입혀놓은 것 같았다.

그녀가 말했다.

"자오 중대장님이신가요?"

그가 말했다.

"네, 그렇습니다만."

그녀가 말했다.

"저희 야채회사에서는 지금 직원들에게 월급도 못 주고 있어요. 모든 기관들이 야채를 구입하면서 외상을 해놓고는 돈을 갚지 않았기 때문이지요."

그가 물었다.

"우리 3중대가 갚아야 할 돈이 얼마나 됩니까?"

"327위안이에요."

"따라오세요."

그녀는 그를 따라 그의 숙소로 들어가 방문 입구에 서 있었다. 그가 앉으라고 자리를 권했지만 그녀는 앉지 않았다. 고맙다는 인사도 하지 않았다. 그냥 그렇게 서서 그가 외상 값을 주기만 기다렸다. 그는 서랍에서 수첩을 하나 꺼낸 다음 그 사이에 끼워져 있던 돈 210위안을 다 털었다. 취사반의 사병들에게도 각자 가지고 있는 돈을 추렴하여 몇십 위안을 마련했다. 그리고 그 돈으로 그녀에게 외상값을 갚았다.

　　그녀는 곧장 떠났다.

　　문가쯤 이르러 그녀가 고개를 돌리면서 물었다.

　　"이 중대에서는 앞으로도 저희 야채회사에 와서 물건을 구매하실 생각이신가요?"

　　"오라고 하면 가지요."

　　그녀가 말했다.

　　"앞으로도 계속 오세요. 매번 현금으로 지불해주시면 월말에 전체 구매액의 5퍼센트를 리베이트로 드릴게요."

　　그가 물었다.

　　"리베이트라는 게 뭡니까?"

　　"중대장님네 중대가 저희 회사에서 물건을 산 가격의 총액 가운데 비례에 따라 중대장님 개인에게 일부를 돌려드리는 겁니다."

그가 잠시 생각해보고 나서 물었다.

"그게 얼마나 되는데요?"

그녀가 말했다.

"매달 200, 300위안 정도 될 거예요."

"우아, 그렇게나 많아요? 가서 사장님한테 전하세요. 리베이트는 필요 없고 매달 우리 중대에 갈비나 홍소육을 한 번씩 보내달라고 말이에요."

그러고는 한마디 덧붙였다.

"중대 전체가 갈비를 한 번 먹으려면 60근 정도는 있어야 합니다. 홍소육도 최소한 40근은 되어야 하고요."

"개인적으로는 받지 않으시겠다는 건가요?"

"내가 어떻게 감히 그런 걸 받을 수 있겠습니까?"

그녀는 부대의 일부 사무장(司务长)과 급양원, 그리고 기타 간부들도 그렇게 한다고 말했다.

"정말입니까? 내게는 그런 배짱이 없어요."

그녀는 그렇게 물러갔다. 한차례 바람이 분 것 같았다. 시원한 냉기와 함께 바람이 가버렸다. 자오린은 다시 연병장으로 가서 부대원들 상대로 중대전술과 장애물 통과 훈련을 실시했다. 그 일은 이렇게 지나가버렸고 그저 말만 주고받았던 것이었는데, 뜻밖에도 말일이 되자 왕후이가 정말로 60근의 갈비를 중대로 보내왔다.

갈비는 이미 잘 다듬어져 있었고 신선하면서도 연했다. 요염하게 붉은빛이 도는 것이 마치 방금 나무에서 따서 광주리에 가득 담은 물기 반드르르한 대추 같았다. 광주리에 담긴 갈비는 삼륜차의 짐칸에 실려 있었고 짐칸 양쪽에는 두 개의 나무 팻말이 세워져 있었다. 나무 팻말에는 붉은 글씨로 대련(对联)이라고 적혀 있었다. 왼쪽에는 '군민(军民)이 한 사람처럼 단결하니'가, 오른쪽에는 '그 누가 대적할 수 있을까'라고 적혀 있었다. 삼륜차를 몰고 온 사람은 중년의 사내였다. 왕후이는 삼륜차 안에 세워져 있는 나무 팻말 옆에 낡은 신문지를 깔고 앉아 있다가 3중대 취사반 입구에 이르러서야 차에서 내렸다.

그녀가 말했다.

"저희는 군대를 성원하기 위해서 왔어요."

전사들이 또 자오린을 훈련장에서 불러왔다.

그녀가 말했다.

"저희 사장님이 군대를 성원하기 위해 보내는 갈비를 전달하러 왔어요."

군대를 성원한다는 말에 그는 취사반을 시켜 광주리를 가져가 곧장 개수통에서 잘 씻은 다음 점심때 먹을 수 있도록 조리하라고 지시했다. 그러고는 왕후이와 삼륜차를 몰고 온 중년 사내를 중대 회의실로 안내하여 자리를 권하고 마실 물을 따라준 뒤, 군민이 한 가족처럼 단결한 수많은 사례들을 얘기했다. 회의실에는 중대의 표창기와 액자, 영예증서 등이 잔뜩 걸려 있었다. 상장과 트로피도 적지 않았다. 이런 환경 속에 있다 보니 마치 아무 데나 가래침을 뱉기 좋아하는 사람이 5성급 대형 호텔에 들어와 있는 것 같은 느낌이 들었다. 사람의 자질이 공중에 높이 걸리고 각오가 풍선처럼 팽창하는 것 같았다. 왕후이는 3중대의 역사영예실과 회의실을 겸하고 있는 이 방을 대충 둘러보고 나서 어제는 다소 억지를 부린 것 같다고 말하며 용서를 구했다. 자오린은 건너편에 앉아 테이블을 사이에 두고 마주 보면서 외상을 지고 돈을 갚지 않은 것은 자기 중대의 잘못이라고 말했다. 왕후이는 해방군은 전국 인민이 본받아야 할 학습 대상이라고 말했다. 그러고는 전사들이 국가를 보위하기 위해 멀리 고향을 떠나 생활하는 만큼 계란과 오리알, 육류 등을 많이 먹어야 한다면서 사실 자기네 회사에서 돈을 받지 말아야 정상이라고 덧붙였다.

자오린이 말했다.

"지금 같은 사회주의 시장경제에서 물건을 주고 돈을 받지 않으면 직원들이 어떻게 생활할 수 있겠습니까?"

왕후이가 말했다.

"자오 중대장님, 정말 저희 같은 민간인들의 사정을 헤아릴
줄 아시는군요."

"저희는 원래 인민을 위해 군대에 들어와 국가를 보위하고
있는 겁니다."

왕후이가 말했다.

"목이 좀 마른 것 같네요."

"물을 좀 드시지요."

왕후이가 부끄러운 듯이 웃으며 말했다.

"자오 중대장님, 죄송하지만 제게 결벽증이 있어 공용 컵을
사용하기가 좀 그렇거든요. 중대장님 전용 컵으로 물 좀 마
시면 안 될까요?"

자오린은 중년 사내에게 회의실에서 과즈(瓜子)*를 먹으면
서 천천히 물을 마시라고 권하고는, 왕후이를 자기 숙소로
데려갔다. 숙소로 들어오자마자 그가 재빨리 물을 따라주었
지만 그녀는 마시지 않겠다고 했다.

_____

* 수박씨나 호박씨에 향료를 넣고 볶은 것.

자오린이 물었다.

"안 마셔요?"

왕후이는 대답하지 않았다. 자오린은 찻주전자를 내려놓고 몸을 돌리다가 문득 방문이 반쯤 닫혀 있는 것을 발견했다. 문 뒤에 서 있는 왕후이는 갑자기 어제와 전혀 다른 모습이 되어 있었다. 몸에 걸친 장식이나 얼굴의 분홍빛 화장은 변함없었으나 오늘의 분홍빛에는 생기가 응결된 것 같으면서도 잔뜩 수줍음이 어려 있었다. 자오린 앞에 선 그녀는 그를 뚫어지게 쳐다보았다. 그는 멍한 눈빛으로 침대에 걸터앉아 벽에 걸려 있는 나무틀 액자를 바라보고 있었다. 액자 안에는 2등공 훈장증서가 들어 있었다.

그녀가 물었다.

"전투에도 참가하셨었나요?"

그가 말했다.

"우리 3중대에서 5년 이상 근무한 장사병들은 전부 전투를 경험했지요."

"그래서 2등공 훈장을 받으셨군요?"

그가 웃으면서 대답했다.

"그야 상부에서 저를 격려하느라 준 거지요."

그녀는 등에 메고 있던 서류가방에 손을 넣어 물건을 하나

더듬어 꺼낸 다음 그의 침대 가장자리로 다가가는 것 같더니 이내 몸을 돌려 가버렸다. 몇 년 후 자오린은 이 장면을 회상할 때마다 그녀가 몸을 돌릴 때 머리카락이 어깨 위로 휘날렸던 것을 기억했다. 그녀의 가는 목은 마치 옥을 깎아놓은 것 같았다. 그녀가 급히 문을 나서면서 하이힐이 손가락 마디 정도밖에 안 되는 문지방에 걸려 넘어질 뻔했으면서도 어느새 바람처럼 사라지고 없었던 것도 기억했다.

자오린은 약간 답답했다. 그녀의 모습이 완전히 사라지고 난 뒤에 그는 침대에서 그녀가 손수건으로 말아 내려놓은 물건을 펼쳐보았다. 아주 통속적이면서도 유혹적인 향기가 풍기는 초콜릿 사탕이었다. 그리고 편지도 한 통 있었다. 누런 크라프트지로 된 봉투 안에 담긴 편지지에는 다양한 색채의 꽃무늬와 하늘색 가지와 잎새가 인쇄되어 있었다. 편지지에는 정말로 하늘이 흔들리고 땅이 진동할 한마디가 쓰여 있었다.

아직 결혼을 안 하셨으면 중대장님께 시집가고 싶어요.

5

날이 밝아오기 얼마 전이었다. 자오린은 중대에서 급양 전용 자전거를 타고 영내를 빠져나와 곧장 정남향으로 달렸다. 자전거 체인 소리가 요란했다. 마치 징과 북, 현악기가 동시에 어지럽게 울려대는 것 같았다. 부대에서 이십 리도 채 안 되는 곳에 펼쳐진 아스팔트길이 별빛 아래서 검푸른색으로 보였다. 길 양쪽의 농지에는 사람 키 절반 정도 되는 옥수수가 왕성하게 생장하면서 공기 중에 비릿하면서도 맑은 냄새가 가득했다. 목구멍을 타고 들어온 바람이 차가운 우물물처럼 가슴을 스쳐 지나갔다. 이십 리 길을 가려면 반 시간이면 충분했다. 그는 지도원 가오바오신의 지나친 관심이 의심스러워지기 시작했다.

총을 분실한 것이 어떻게 왕후이와 연관이 있을 수 있단 말인가? 그렇게 단순하고 아무런 그림도 그려 넣지 않은 도화지 같고, 칼날 한 번 대지 않은 새 연필 같고, 중대에서 3년 넘게 근무하면서 영내를 벗어난 적도 없고 도시에 가본 적도 없는 병사들 같은 그녀가 어떻게 총 한 자루를 훔쳐 나 자오린을 해칠 생각을 한단 말인가?

이런저런 생각을 하다 보니 사흘 전 그녀가 울면서 방을 뛰쳐나갔던 일이 확실히 생각났다. 눈이 빨개진 채 어깨를 들썩이며 문을 나설 때는 사병들에게 허점을 보이지나 않을까 두려워 특별히 얼굴을 씻기도 했었다. 세안을 한 다음 얼굴을 닦은 수건을 대야에 던지는 바람에 세숫대야에 담겨 있던 물이 그의 얼굴과 몸, 침대와 바닥에 마구 튀었었다. 이런 방식으로 그녀는 자기 마음속의 원한과 고통을 표현했던 것이다. 하지만 그녀의 고통과 원한이 정말로 총을 훔쳐 자오린을 해치지 않으면 안 될 정도로 깊었던 것일까?

자오린은 그럴 리가 없다고 생각했다. 절대로 그럴 리가 없었다. 자오린은 그녀의 손을 잡았고, 그녀에게 입을 맞췄고, 깊은 밤 버스 정류장 팻말 아래서 그녀의 몸을 껴안은 적이 있었던 것은 사실이지만, 끝까지 자발적으로 마지막 경계선은 넘지 않았다.

그녀가 기꺼이 자신의 몸을 바치려 했을 때도 나는 변함없이 나 자신을 통제하면서 그녀를 소용돌이 속으로 너무 깊이 빠져들지 않도록 막아주지 않았던가?

말하자면, 그들의 첫 번째 그윽한 약속 장소는 방 안도 아니었고 나무 아래도 아니었다. 강가도 아니었다. 두 사람은 시끄럽고 어지러운 시장, 사람들 사이에서 발아래 온갖 채소와 마늘, 파 등이 널려 있는 곳에서 만났다. 그녀가 건넨 구애의 편지 때문에 나이 서른이 넘은 자오린은 밤새 한숨도 자지 못했다. 30여 년 동안 학교에서나 농촌에서, 군대에서, 그리고 장교가 된 후에도 그에게 구애를 한 아가씨는 단 한 명도 없었고 그에게 좋은 감정을 드러낸 여자도 없었다. 그는 자신이 그녀와 결혼을 할 수 없다는 사실을 잘 알고 있었다. 자기 딸이 이미 네 살이라 이웃에 가서 소금이나 기름을 얻어오는 심부름을 할 수 있을 정도였다. 그가 그녀와 결혼을 한다면 그것은 중혼죄에 해당했다. 하지만 그녀의 편지는 그에게 설탕물로 갈증을 해소하는 듯한 달콤함을 가져다주었다. 그는 그녀가 준 사탕을 꺼내 절반은 중대의 통신원과 문서, 부중대장 등에게 나눠주고 나머지 절반은 서랍 속에 잘 감춰두었다. 그런 다음 그다음 날이 바로 일요일이라 직접 성내에 가서 식재료 가격을 알아보고 계획성 있게 식사를 준비할 수 있게 하겠다며 급양원과 함께 성내로 갔다.

성내에 도착한 그는 급양원에게 끌려 다니며 자유시장의 무와 배추, 달걀, 돼지고기, 콩나물, 파, 마늘 등의 소매 가격을 알아보고 이를 일일이 수첩에 기록했다. 마지막으로 오후가 되어서야 그는 집무(集貿)시장에 있는 야채회사의 간이 매장으로 찾아갔다. 간이 매장은 성내의 얼다오가(二道街) 한가운데 자리 잡고 있었다. 사방에 기둥이 세워져 있고 기둥 사이에 천막이 쳐져 있었다. 위에는 흰 플라스틱 패널로 지붕을 얹어 대충 엮어놓은 상태였다. 이곳이 바로 야채회사의 진지였다. 그가 급양원과 함께 진지 안으로 들어서자 채소

썩는 고약한 냄새가 코를 찔렀다. 반쯤 썩어 시커멓고 푸르
딩딩하게 변한 온갖 야채에서 뿜어대는 고약한 악취가 매장
을 가득 날아다니는 것을 목격할 수 있었다.

그가 말했다.

"자유시장보다 공기가 더 안 좋은 것 같군."

그에게서 몇 걸음 떨어져 뒤따르고 있던 급양원이 말을 받
았다.

"여기는 국영이라 무얼 팔든지 근수가 모자라진 않습니다."

매장은 그리 크지 않았다. 방 두 칸 정도의 너비에 길이는
방 예닐곱 칸 정도였다. 양쪽에 높이 1미터 정도의 콘크리
트 매대가 설치되어 있고 그 위에 채소류와 육류, 어류 등으
로 코너가 구획되어 있었다. 두 사람은 이 콘크리트 매대 사
이를 걷고 있었다. 식재료를 사러 온 사람들이 시끄럽게 떠
들면서 지나다니는 광경이 마치 뜨겁게 달궈진 찜통 같았다.
자오린은 맨 처음에는 정말로 매대 위에 놓인 물건들의 가격
을 유심히 살폈다. 그러다가 육류 코너에 이르렀을 때쯤 눈
앞이 어지럽기 시작하더니 물건 가격도 희미하게 보였다. 마
침내 그는 육류와 계란 코너 사이의 테이블 앞에 서 있는 왕
후이를 발견했다. 테이블 위에는 주판과 계산기, 그리고 돈을
셀 때 손가락을 적시기 위해 마련된 물 먹은 스펀지가 하나

놓여 있었다. 이런 풍경은 스물네 살이었던 그가 분대장으로 있을 때와 다르지 않았다. 처음 가족을 만나러 고향에 내려가 아내 마잉잉(马英英)의 집에 갔을 때도 가슴이 몹시 쿵쾅거렸었다. 수많은 소설에 묘사되듯이 가슴속에 미친 듯이 달리는 토끼 한 마리가 들어 있는 것 같았다. 급양원은 그와 어깨를 나란히 하고선 쉴 새 없이 무를 비롯하여 온갖 야채들을 가리키며 말했다.

"이곳은 무가 자유시장보다 한 근에 반 편(分) 정도 비싼 것 같습니다."

이번에는 마늘을 가리키며 말했다.

"자유시장보다 5편 정도 싼 것 같아요. 하지만 물건이 별로 좋지 않네요. 자유시장의 마늘은 아주 크고 깨끗하거든요. 문제는 마늘을 한 자루 사서 중대로 가져간 다음에 열어보면 그 안에서 돌덩이나 벽돌이 하나씩 나온다는 겁니다. 그런 돌덩이나 벽돌 무게가 엄청나거든요."

그는 이렇게 급양원의 설명과 여러 매장에 대한 소개를 들으면서 걷다가 왕후이를 발견했다.

왕후이도 그를 보았다.

그 순간 두 사람은 몸이 그대로 굳어버렸다. 그는 왕후이의 얼굴에 홍조가 번지는 것을 발견했다. 이마에 가늘게 빛나는 땀방울도 맺혀 있었다. 다행히 그는 이미 결혼한 몸이었다. 다행히 그는 군인이었고 일개 중대의 수장이었다. 옆에는 또 급양원을 대동하고 있었다. 손을 뻗어 주머니에 넣은 그는 허벅지를 세게 긁어댔다. 흥분에서 벗어나기 위한 몸부림이었다. 그러고는 대담하게 왕후이에게 다가갔다. 우연히 길에서 아는 사람을 만난 것처럼 황급히 그녀에게로 다가갔다.

계란을 파는 매대를 지나는 순간 계란을 파는 사람이 큰 소리로 외쳤다.

"해방군, 이리 와서 계란 좀 사가세요. 오리알도 있어요. 아주 쌉니다."

자오린이 급양원에게 지시했다.

"가서 계란과 오리알 가격을 좀 알아보고 오게."

그럼 다음 곧장 왕 회계의 테이블 쪽으로 다가간 그는 얼굴에 미소를 띠며 장사가 아주 잘되는 것 같다고 말했다. 왕후이는 아무 대꾸도 하지 않고 천천히 의자에서 일어났다. 손님에게 돈을 거슬러주기 위해 뻗은 손이 허공에 그대로 멈춰버렸다.

어지럽게 오가는 사람들을 바라보며 자오린이 말했다.

"장사가 아주 잘되는군요."

왕후이는 이마에 흘러내린 머리칼을 걷어 올리고는 손으

로 이마에 맺힌 땀방울을 닦았다.

그녀가 말했다.

"오늘은 일요일이잖아요."

그가 말했다.

"장사가 매일 이 정도라면 보너스가 월급보다 많겠네요."

"오늘은 일요일이라서 그렇다니까요."

"중대에 갈비를 보내주셔서 정말 감사합니다. 살점이 정말 많더군요."

그녀는 입술을 달싹거리긴 했지만 끝내 아무 말도 하지 않았다.

그가 그녀를 빤히 쳐다보며 말했다.

"우리 중대에 오셨을 때는 제가 과즈와 차를 대접했었는데 제가 찾아오니 물도 한 잔 안 주시는군요."

그녀는 그제야 그가 왜 왔는지, 그가 자신에게 뭘 해주기를 기다리고 있었는지 알 것 같았다. 그녀는 그가 얘기하는 틈에 얼른 몸을 빼내 고기 몇 근을 들고 있는 노부인에게 거스름돈을 건네주고 생선을 파는 아주머니를 이모라고 부르면서 몇 마디 당부를 해놓고는, 마지막으로 서랍을 잠근 뒤 자오린을 끌고 나와 매장 바로 앞에 있는 영업 사무실로 들어갔다. 하지만 사무실로 들어온 그녀는 수줍음을 견디기 어려웠는지 그 자리에 그대로 서서 가볍게 말했다.

"여기는 얘기할 곳이 못 되는 것 같아요. 저희 집으로 가시는 게 어떻겠어요? 자전거로 5분밖에 안 걸리거든요."

그가 말했다.

"됐어요."

그녀가 말했다.

"저희 집에는 아무도 없어요."

"난 그냥 몇 마디만 하면 돼요."

두 사람은 쌓아놓은 파 더미를 넘어 매장 담벼락에 늘어서 있는 마늘 자루 앞에 섰다. 마늘 냄새가 너무 진해 코가 맵고 가슴까지 싸할 정도였다. 마늘 자루 사이마다 배춧잎과 푸른 파가 발에 밟히면서 주위가 코를 찌르는 악취로 가득했다. 이런 분위기에서 그가 그녀에게 말했다.

"샤오왕, 내가 올해 몇 살인지 알아요?"

그녀는 그를 잠시 바라보다가 다시 고개를 돌려 마늘 자루를 바라보았다. 그가 또 말했다.

"우리 집 귀염둥이가 벌써 네 살이에요."

그녀는 아무 말 없이 집요하게 마늘 자루만 쳐다보았다.

"제가 영웅이라고 생각해서 편지를 보냈던 것이겠지요?"

그녀는 그를 힐끗 쳐다보고는 다시 눈을 내리깔았다.

"부대에는 나보다 영웅적인 인물들이 수두룩합니다. 샤오왕은 전문대학 출신인 데다 일을 시작한 지 1년이 넘었잖아요. 그런데 어째서 이렇게 대학도 안 나온 사람처럼 유치하게 구는 겁니까?"

그는 잠시 머뭇거리다 다시 입을 열었다.

"나도 잘 모르겠어요. 사람이 전투 한번 치르고 나면 빌어먹을 영웅이 된다는 걸 말이에요. 영웅이라고 해서 또 멋있을 게 뭐가 있겠습니까. 제발 선전에 속아 넘어가지 말아요."

그러고는 한마디 덧붙였다.

"생각해봐요. 내가 샤오왕보다 아홉 살이 더 많아요. 내가 반년만 더 일찍 태어났어도 열 살 차이가 났을 텐데, 우리가 서로 어울린다고 생각해요?"

그는 얘기를 계속하고 싶었다. 정말 감격했다고 말하고 싶었다. 원한다면 결혼해서 부부가 되지 않더라도 오빠가 되어줄 수 있다고 말하고 싶었다. 친오빠처럼 잘해줄 수 있다고, 친오빠처럼 관심을 갖고 보살펴줄 수 있다고 말하고 싶었다. 하지만 이런 말을 머릿속에 가득 담고 뜸을 들이고 있는 사이에 그녀가 몸을 돌려 가버렸다.

아무 말도 하지 않고 가버렸다.

그는 그녀가 가면서 눈물 훔치는 모습을 보았다.

그녀가 눈물을 훔치는 순간 자오린의 가슴도 몹시 쓰리고 아팠다. 누군가 가슴을 뚫어낸 다음 차가운 눈 속에 던져버린 것 같은 느낌이었다. 옆에서 파와 마늘을 팔던 사람들이 모두 고개를 돌려 그를 쳐다보았다. 그들이 두 사람의 대화를 들었는지 못 들었는지, 그들이 회계 왕샤오후이와 아는 사이인지 아닌지는 알 수 없었다. 걸어가는 그녀의 뒷모습을 바라보면서 자오린은 그녀가 하이힐을 신지 않았고 허리가 잘록한 남색 근무복을 입고 있다는 사실을 발견했다. 갑자기 키가 아주 작아 보였다. 비둘기가 작은 참새로 변한 것 같았다. 사람들이 요란하게 떠들어대는 소리와 물건을 사고파는 사람들 무리가 그녀를 완전히 삼켜버리고 나서야 그는 자신이 물가에 있던 그녀를 물속으로 밀어버린 것 같다는 생각이 들었다. 후회와 고뇌가 왈칵 솟구쳐 올라와 마음속이 쓰리고 아팠다. 더 중요한 것은 그녀가 하이힐을 신었을 때, 다리가 짧아서 그렇게 길고 뾰족한 하이힐을 신은 것이라고 오해했었는데, 알고 보니 굽이 평평한 보통 신발을 신고 낡고 색이 바랜 데다 몸에 꽉 끼는 청바지를 입었는데도 몸매가 잘 자란 파처럼 아주 늘씬하다는 사실이었다.

내가 결혼을 안 했으면 얼마나 좋았을까, 내가 독신이었으면 얼마나 좋았을까. 그러면 성내에서 결혼하고 가정을 이루어 안목이 아주 높고 먼 농민 출신 군관처럼 단번에 도시인이 되고, 더 이상 가족들을 영내로 데려오느니 마느니 하는 문제로 고민하느라 밤새 잠 못 자는 일도 없을 것이다.

그는 지금의 아내가 왕샤오후이라면, 군대가 나아가면 자신도 공격하고 군대가 물러서면 자신도 수비할 수 있을 것이며, 아무런 근심걱정이 없을 것이라고 생각했다. 앞에 놓인 길은 대대장을 거쳐 사단장을 향해 달리는 것뿐이라고, 영전망이 없을 경우에는 전업하여 도시에 남아 이 예쁘고 아름다운 아내를 잘 지키면서 하루하루 즐겁고 유쾌한 세월을 보낼 수 있을 것이라고. 그러면 인생이 헛되지 않을 것이고 스스로 땅을 버리고 나와 군대에서 분투노력했던 것이 헛되지 않을 것이라고 생각했다.

이는 자오린이 일생을 통틀어 혼인에 대해 처음 절감하는 후회이자 한탄이었다. 이처럼 후회막급한 상황이 이 순간에 쾅 하고 생겨나서는 몇 해가 가도록 그의 머릿속에서 꺼지지 않았다.

6

자오린의 자전거는 갈수록 속도가 느려졌다. 도시 외곽에 있는 후청하(护城河) 다리에 이르러 자오린은 마침내 자전거에서 내렸다.

그녀가 어떻게 총을 훔쳐 날 해칠 수 있겠는가. 라오가오가 의심이 지나치게 많은 것은 정공 간부들 특유의 고질병이야. 하지만 그들은 항상 이런 의심을 사상정치공작의 치밀함이라고 치부해버리곤 하지.

후청하의 콘크리트 다리 한가운데 서서 자전거를 한쪽에 세워둔 자오린은 다리 난간에 몸을 기댄 채 낮에는 온통 검정색이었다가 밤이 되면 빛이 나는 강물을 내려다보면서 자신이 왕후이를 찾아가선 안 되는 일이고, 왕후이에게 전자동 소총을 훔쳐갔느냐고 묻는 것은 더더욱 말이 안 되는 일이라고 생각했다.

도대체 그녀가 자신과 무슨 관계란 말인가? 부부인가? 애인인가? 개 궁둥이 같은 소리다. 좋은 친구인가? 연인인가? 더더욱 말이 안 되는 소리다. 남매인가? 친척인가? 역시 아니다. 그럼 도대체 어떤 관계란 말인가?

그 마늘 자루 옆에서 헤어진 뒤로 두 사람의 관계는 그저 한 사발의 맹물일 뿐이었다. 단지 자오린에게는 그 맹물이 상황이 분명하지 않을 때 왕후이가 스쳐가면서 설탕을 잘못 넣는 바람에 맛이 달달해지기도 하고 또 때로는 식초를 너무 많이 넣어 시큼할 수도 있었다. 그녀에게는 그가 잿물과 소금을 넣어 쓴맛이 나고 떫을 수 있었다. 그녀는 전과 다름없이 매달 또는 보름에 한 번씩 중대에 무료로 갈비나 엉덩이 살코기를 가져다주었다. 그녀가 중대를 찾을 때마다 취사반이나 통신원이 군과 민은 물과 물고기처럼 친밀하다는 의례적인 말들을 건네며 중대 영예실로 안내했고, 얼굴을 닦을 물과 차를 주면서 그녀가 얼굴을 다 씻고 난 뒤 차를 마실 수 있게 했다.

그녀가 물었다.

"중대장님은요?"

"훈련 중이십니다. 불러드릴까요?"

"괜찮아요."

그녀는 그렇게 그냥 돌아가곤 했다.

설이 되어 연하장이 한 장 날아왔다. 낙관도 없이 '수신 : 자오린 중대장'이라고만 쓰여 있었다. 그리고 "군민이 한 사람처럼 단결하니, 그 누가 대적할 수 있을까"라는 구절도 적혀 있었다. 이처럼 일반적이면서도 유명한 구절에 또 다른 함의가 담길 수 있는 걸까? 모든 것이 지나가버렸다. 가는 비가 내린 것 같았다. 땅의 표면만 살짝 젖었다가 비가 지나가자 다시 날이 갠 것 같았다. 가벼운 바람이 분 것 같았다. 땀방울이 떨어지기도 전에 바람이 멎어버린 것 같았다. 하늘

위에 채색 구름이 떠다니다가 무지개로 변하기도 전에 바람에 다 날려가버린 것 같았다. 이듬해 설이 되기 전에 그녀가 또 군대를 성원하는 고기를 보내왔다. 그녀가 설이 되기 전에 고기를 보낸 것은 자오린이나 다른 부대 간부를 만나기 위해서임이 분명했다. 그런데 그녀는 또 우편으로 그에게 낙관이 없는 연하장을 보내왔고 그도 기꺼이 길을 에돌아가듯이 우체국을 통해 그녀에게 가격이 아주 싸고 온통 미녀 스타들의 사진으로 가득한 벽걸이 달력을 보냈다.

사흘 뒤 두 사람은 서로 만났다. 그녀와 야채회사의 직원이 함께 바람과 비에도 끄떡없는 불변의 고객인 중대에 감사의 뜻을 전하기 위해 부대로 찾아온 것이다. 한차례 인사치레를 주고받은 뒤, 그녀는 회의실을 빠져나오면서 화장실에 가고 싶다고 말했다. 자오린이 황급히 달려 나와 한쪽 방향을 가리키면서 말했다.

"화장실은 저쪽에 있어요."

그녀는 동쪽으로 몇 발짝 걸음을 옮기더니 회의실에 남아 있는 사람을 피해 갑자기 입을 열었다.

"자오 중대장님, 저 결혼해요."

그는 멍한 표정을 지으면서 그녀의 뒤를 따라 걷다가 지도원의 숙소 옆을 지나치며 물었다.

"누구랑 하는데요?"

"그 사람 말고 누가 또 있겠어요."

"그 사람이라니요?"

"국장 아들 말이에요."

그가 억지로 얼굴에 미소를 띠었다.

"잘됐네요. 나한테도 희당(喜糖)*을 먹게 해주는 것 잊지 말아요."

그녀도 그를 바라보며 웃었다. 그의 얼굴에 멍청하면서도 엄숙한 표정이 일었다. 그녀는 눈에 남은 여광(餘光)으로 주위를 둘러보더니 곧 여광을 거둬들이고는 회의실 쪽을 바라보며 말했다.

"자오 중대장님, 중대장님 말대로 할게요. 중대장님이 결혼하지 말라고 하시면 안 할 거예요."

자오린이 거둬들였던 웃음이 입가에서 그대로 굳어버렸다.

"내가 관여할 수 있는 건 3중대의 일뿐이에요. 내가 어떻게 샤오왕의 일에 관여할 수 있겠어요."

왕후이는 모든 눈빛을 거둬들여 자오린의 얼굴에 집중했

---

* 결혼식 때 하객들에게 나눠주는 사탕.

다. 그의 얼굴에서 기필코 뭔가를 보고 말겠다는 듯한 태도였다.

그녀가 말했다.

"얼마든지 저를 주관하실 수 있어요. 한마디만 하시면 돼요."

그는 더 이상 억지웃음을 짓지 않고 정색을 하며 말을 받았다.

"결혼하세요. 나이도 적지 않잖아요. 난 딸이 이미 여섯 살이라고요."

"그 말 한 번만 더 해보세요."

그가 다시 말했다.

"결혼하시라고요. 어쩌면 내년쯤이면 우리 마누라도 영내로 들어올 수 있을지 몰라요. 샤오왕은 시아버님이 국장님이시니 간부의 자녀인 셈이잖아요. 일자리를 구할 때 샤오왕에게 도움을 청할 수도 있겠네요."

그녀가 그의 얼굴에서 눈길을 거둬들였다. 그녀는 오른발을 들어 엄숙하게 그의 왼쪽 정강이를 걷어찼다. 그러고는 몸을 돌려 중대 동쪽에 있는 화장실을 향해 걸어갔다. 자오린은 그녀가 자기를 걷어차리라고는 뜻밖에도 생각지 못했다. 그것도 그렇게 힘을 주어 차리라고는 전혀 예상치 못했다. 너무 아파서 하마터면 소리를 지를 뻔했다. 그는 왼발을 들어 두 손으로 감싸 쥐고 정강이를 어루만지면서 중대 숙소 모퉁이를 도는 그녀의 뒷모습을 바라보았다. 그런 다음 군복을 걷어 올리고 발에 차인 부위를 살펴보았다. 피가 조금씩 솟아 나오더니 금세 양말을 흥건하게 적셨다.

그는 재빨리 담장 아래 있는 흙을 한 줌 집어 상처를 덮었다. 대충 지혈을 하고 나서 몸을 돌려보니 어느새 급양원이 사인을 받으려고 영수증 몇 장을 들고 서 있었다.

급양원이 말했다.

"중대장님, 왕 회계가 중대장님께 정말 진심으로 잘하는 것 같습니다."

자오린이 말을 받았다.

"당장 꺼져!"

급양원은 얼른 몸을 돌려 취사반 쪽을 향했다. 걸음을 몇 발짝 옮기던 그가 다시 고개를 돌렸다.

"이 영수증은 어떻게 할까요. 오늘 재무고에서 각 중대에 장부를 조사하라는 지시를 내렸거든요."

자오린이 말했다.

"이리 가져와."

급양원은 재빨리 도로 다가와 영수증과 미리 준비해둔 펜을 내밀었다. 사인을 받고 나서 그가 자오린에게 말했다.

"중대장님, 전 아무것도 모릅니다. 누구에게도 말하지 않을 거예요."

자오린은 손바닥으로 그의 머리를 한 대 후려갈겼다.

급양원이 가고 나자 그는 다시 군민이 물과 물고기처럼 어울리고 있는 회의실로 돌아왔다.

왕후이는 그날 다시 돌아오지 않았다.

밤이 되자 자오린은 혼자 자기 방에서 술을 반 근이나 마시고 방 안에 온통 토악질을 해놓았다. 그러고도 자신이 한 짓인 줄 전혀 모르고 있었다. 다음 날이 되어 통신원이 그가 술에 취해 눈물을 쏟고 입만 열었다 하면 왕후이의 이름을 불렀다고 말해주었다. 그것으로 그치지 않고 통신원을 비난하면서 입에 담지 못할 말들을 마구 토해냈다고 했다. 중대 간부로서의 존엄과 이미지는 전혀 안중에 없는 것 같았다는 것이다.

해가 가기 전에 왕후이는 후다닥 결혼을 해버렸다.

해가 바뀌어도 여전히 중대에 군대를 성원하는 고기를 보내왔지만 이제는 왕후이가 아니라 중년 남자가 가지고 왔다. 그녀는 다시 재무국으로 자리를 옮겨 재무고에서 일하게 되었을 뿐만 아니라 재무고의 부고장이 되었다.

사정은 이랬다. 모든 것이 물처럼 조용했다. 자오린은 왕후이가 결혼한 뒤로 아주 오랫동안 그녀와 왕래하지 않았다. 마치 입구가 느슨한 매듭 양쪽 끝을 두 사람이 각각 잡아당겨 완전히 단절시킨 것 같았다. 세월은 흐르는 물과 같아서 반년이 지나자 두 사람은 손에 들고 있던 한쪽 끈마저 어딘가에 던져버리고 말았다. 유일한 소식은 급양원이 전해주었다. 하루는 식재료를 사가지고 온 급양원이 한창 훈련을 하고 있는 자오린을 찾아와 길거리에서 왕후이와 마주쳤다고 말했다.

중대장이 말했다.

"왕후이를 보았다고?"

급양원은 사거리에서 만났다고 대답했다.

중대장이 물었다.

"어떤 모습이던가?"

급양원이 대답했다.

"새로 산 자전거를 타고 있더군요."

"시장에 다시 갔다 오게. 오늘은 중대에 홍소육을 먹게 해줘야 할 것 같네."

이렇게 말하고 자오린은 곧장 자리를 떴다. 급양원이 그의 등 뒤에 대고 한마디 덧붙였다.

"중대장님, 왕 회계가 중대장님께 말 좀 전해달라더군요.

부인이 영내에 입주하게 되면 자기가 일자리 찾는 걸 도와주
겠답니다."

자오린은 대연병장 귀퉁이에서 걸음을 멈추고는 고개를
돌렸다. 그러고는 눈을 가늘게 뜨고 급양원을 쳐다보다가 입
을 열었다.

"급양원, 왕후이를 다시 만나게 되면 전하게. 이 자오린이
정말 고마워하더라고 말일세. 시간 있으면 우리 중대로 한번
놀러 오라고 하게."

왕후이는 다시는 3중대를 찾아오지 않았다. 급양원이 거리
에서 왕후이와 마주치는 일도 없었다. 이 기간 동안 자오린
의 부대는 사단 군사경연대회에서 전체 2위를 차지했다. 마
침 대대에 부대대장 자리 하나가 공석이라서 연대장은 그에
게 부대대장 자리를 맡을 준비를 하라고 말했다. 그리고 아
내와 아이들이 영내로 들어올 수 있도록 수속을 진행하라고
했다. 곧 일곱 살이 되어 학교에 가는 딸이 도시에서 학교를
다닐 수 있게 되는 셈이었다. 도시에서의 교학 수준은 농촌
보다 월등히 높았다. 그는 이미 이런 소식을 가족들에게 전
하면서 아내에게 살림을 정리하라고 당부했다. 부대대장의
명령서가 도착하기만 하면 아내와 아이를 데리러 가겠다고
했다.

그러나 부대대장 자리에 대한 명령서가 떨어지긴 했지만 명령서에 적힌 이름은 그가 아니라 류쌍치(刘雙棋)라는 사람이었다. 나중에 알아보니 명령서만 받고 아직 부임하지 않은 류쌍치라는 인물은 사단 작전과에서 가장 젊고 진급도 가장 빠른 참모였고, 그의 부친이 군단의 부군단장이었다.

자오린은 아무 말도 하지 않았다. 그저 중대에 새로 배속되어 곧 부임하게 될 지도원 가오바오신에게 술이나 한잔 하자고 청했을 뿐이다. 이번에도 그는 대취했고 술이 깨자 가오바오신이 그에게 말했다.

"라오자오, 자네가 술에 취하니까 마치 머리에 칼을 맞은 돼지 같더군. 침상에 누워서 질질 짜면서 연신 욕을 해대더라고. 그러면서 '농민, 이놈의 농민, 다음 생에는 돼지나 개로 태어나는 한이 있더라도 절대 농민으로 태어나진 않을 거야!'라고 소리치더군."

지도원은 잠시 입을 다물었다가 다시 말을 이었다.

"자오린, 술에 만취해서 농민을 욕하는 게 대체 무슨 의미인가?"

자오린이 말했다.

"내 처지가 정말 그렇잖아!"

지도원이 말했다.

"녹음을 해둘까 하다가 말았네."

자오린은 다소 마음이 놓였다. 술에 만취해서 욕을 하면서도 그 사람, 이미 남의 아내가 되어 있는 왕샤오후이의 이름을 입에 올리지 않은 것이 너무나 다행스러웠다. 그는 이미 철저하게 그녀를 잊은 것 같았다. 술에 취해 울고불고하면서도 더 이상 그녀의 이름을 부르지 않았으니 말이다.

모든 것이 이미 철저한 과거가 되어 있었다. 그는 오로지 다시 기회를 잡아 아내와 딸을 영내로 데려올 생각만 하고 있었다.

그러나 사흘 전에 갑자기 왕후이가 나타났다. 바람처럼 그녀가 다시 찾아온 것이다. 여전히 "군민이 한 사람처럼 단결하니, 그 누가 대적할 수 있을까"라고 적힌 나무 팻말이 세워져 있는 삼륜차를 타고 와서 여전히 갈비와 수십 근의 채소가 담긴 광주리를 내려놓았다. 그날 그는 여전히 중대를 이끌고 연병장에서 훈련을 하고 있었다. 전임 급양원은 제대하여 고향으로 돌아갔고 신임 급양원이 처음으로 왕샤오후이와 접촉하여 처음으로 지역에서 군대를 성원하기 위해 가져온 갈비를 받아놓고는 황급히 연병장으로 달려와 중대장에게 보고했다.

"중대장님, 어떻게 할까요? 제가 사흘 동안 그 집에서 물건을 사지 않았더니 갈비 한 광주리와 피망 스무 근, 푸른 채소 서른다섯 근, 그리고 제비콩 등을 보내왔습니다."

중대장이 말했다.

"돌아가 있게. 그건 리베이트란 말이야."

급양원이 말했다.

"기어이 중대장님을 뵙고 가야겠답니다."

"누가 왔는데 그래?"

"여자입니다. 왕후이라고 하더군요."

"먼저 가서 갈비랑 채소를 받아놓게. 취사반장에게는 서둘러 갈비를 다듬어 오늘 점심때 중대원들에게 먹일 수 있도록 하라고 전하고. 그리고 갈비를 가져온 사람에게 조금만 기다려달라고 하게. 나도 이 과목 훈련만 마치면 곧장 돌아갈 테니까."

자오린은 급양원이 중대에 도착하기 무섭게 뒤따라 당도했다. 취사반 문 앞에 왕후이와 취사병 몇 명이 함께 서성대고 있었다. 햇빛이 그녀의 얼굴을 약간 노랗게 물들이고 있었다. 그녀는 그사이에 몸이 좀 야윈 것 같았다. 머리도 짧게 자른 상태였다. 전보다 나이를 몇 살 더 먹은 것 같았지만 가까이 다가가보니 오히려 성숙미가 돋보였다. 가슴이 뭉클했다. 그녀는 위에 야채회사의 파란색 작업복을 입고 있고 아래에는 색이 바랜 그 청바지를 입고 있었다. 발에는 굽이 평평한 검정색 헝겊신을 신고 있었다. 전체적으로 대담히 소박하고 앙증맞으면서도 초췌한 모습이었다. 큰 병을 앓고 난 듯한 형색이었다. 그녀는 그를 보자마자 중대장이라고 불렀다. 얼굴에는 어색한 미소가 걸려 있었다. 예전에 중대를 찾아올 때마다 반드시 했던 군민이 한 가족처럼 친밀하다는 인사치레와 다르지 않은 표정이었다. 자오린이 왜 왕후이를 회의실로 안내하여 물을 대접하지 않았느냐고, 그 정도 예의도 모르냐고 호되게 나무랐다.

왕후이가 황급히 나서며 말을 잘랐다.

"자오 중대장님, 제가 공용 컵으로 물을 마시지 않는다는 것 잘 아시잖아요."

자오린이 말했다.

"그럼 내 방에 가서 내 컵으로 드시지요."

침대 하나와 탁자 하나, 의자 하나가 전부인 그의 숙소 안으로 들어서자 자오린은 그녀에게 의자를 권한 다음 재빨리 몸을 돌려 컵을 한 번 또 한 번 깨끗이 씻었다. 그가 허리를 구부려 물을 따르는 동안 왕후이는 지난번에 이 방에 들어왔을 때와 마찬가지로 문 뒤에 서서 벽에 걸린 액자를 바라보고 있었다.

그녀가 말했다.

"자오 중대장님, 그렇게 애쓰실 필요 없어요. 저, 물 안 마셔요."

그가 말했다.

"그러지 말고 앉아요. 조금이라도 드세요."

그녀는 억지로 자리에 앉아 벽에 가득 걸려 있는 중대의 실력 보고표와 각종 총기 및 무기 등록표로 눈길을 옮겼다. 그녀가 말했다.

"저 다시 야채회사에서 일하게 됐어요."

그가 컵을 그녀의 손에 건네주며 말을 받았다.

"정말이에요?"

그녀는 물 위에 떠 있는 찻잎을 들여다보면서 물었다.

"새 차가 아닌가 보군요?"

그의 얼굴에 미안해하는 기색이 떠올랐다.

"중대 전체를 합치면 백 명이 넘는데 고향이 차 재배 지역인 놈이 하나도 없네요."

"다음에 제가 좋은 차를 가져다 드릴게요."

그가 물었다.

"차도 있어요?"

그녀는 그를 쳐다보며 미지근한 어투로 말했다.

"잊으셨어요? 저 국장님댁 며느리예요."

그는 그녀가 장난치는 것임을 알고 말을 받았다.

"한데 어쩌다가 야채회사로 돌아가게 된 겁니까?"

그는 컵을 탁자 위에 내려놓고 다시 의자에 앉았다.

"오늘은 중대장님께 한 가지 묻고 싶은 게 있어서 찾아온 거예요. 저 이혼할까요, 말까요?"

그는 화들짝 놀라지 않을 수 없었다.

"지금 무슨 말을 하는 거예요?"

"이혼하고 싶어요."

"결혼한 지 1년도 채 안 됐잖아요."

"하지만 전 이혼하고 싶은 걸요."

"이유가 뭔가요?"

"특별한 이유는 없어요. 제 남편이 전에 결혼을 한 번 했었더라고요. 그런데 제게 그런 사실을 말하지 않았어요. 그리고 또…… 아무리 비교해봐도 그 사람은 중대장님만 못해요. 제가 이혼하려는 것은 그 사람 때문이지만 절반은 중대장님 때문이기도 해요."

그는 너무 놀라 뒤로 반걸음 물러서서는 몸을 탁자 위에 기댔다.

"왕후이, 제발 그렇게 함부로 말하지 말아요. 여기는 부대예요. 왕후이 집도 아니고 성내도 아니란 말이에요."

그녀가 의자에서 일어서며 말했다.

"그냥 제가 이혼하고 싶어서 그러는 것뿐이에요. ……됐죠? 하지만 중대장님이 제가 이혼하는 데에 어떤 견해를 갖고 있는지 들어보고 싶네요."

"난 아무 생각도 없어요. 왕후이가 이혼을 하건 안 하건 나와는 아무 상관이 없단 말이에요."

"이혼하지 말라는 뜻이군요."

"정말이에요. 이혼하든 안 하든 나와는 관계없는 일이에요."

"괜찮아요. 솔직히 말하자면 저는 완전히 중대장님 때문에 이혼하고 싶은 거예요."

고집을 부리듯이 그녀는 이 한마디를 던져놓고는 방문을 나섰다. 얼굴에는 오히려 아무런 일도 일어나지 않은 것처럼 평온하기만 했다. 물을 한잔 마시러 방에 들어갔다가 마시지 않고 그냥 나온 것 같았다.

뜻밖에도 그녀는 무척 성숙해져 있었다. 그는 그녀가 결혼을 하면서 단번에 많이 성숙해진 것이라고, 이제 한 가정의 성숙한 주부가 되어 있는 것이라고 생각했다.

자오린은 문가로 나와 왕후이를 배웅하지 않았다. 그냥 한참 동안 방 안에 나무토막처럼 서 있었다.

7

그녀는 그런 사람이었다. 직선적이고 단순하며 성숙함 속에 약간의 유치함이 섞여 있는, 유치한 사람치고는 결단력이 있는, 세상물정을 잘 아는 사람이었다. 그런 그녀가 어떻게 총을 훔칠 생각을 할 수 있단 말인가? 설마 나를 해치기 위해 그랬단 말인가? 그런 다음에는 총을 누구에게 준단 말인가? 나에게? 아니면 그녀 스스로 보관한단 말인가? 아니면 지금의 남편에게?

그녀의 남편에게 생각이 미치자 자오린의 마음속에 딩동 댕 하고 벨소리가 울렸다. 그녀는 남편이 전에 한 번 결혼을 한 적이 있으면서도 사전에 자기에게 그런 사실을 밝히지 않았다고 말했다. 어쩌면 이것이 모든 일의 근원이자 총을 훔치게 된 최종적인 원인인지도 모른다는 생각이 들었다. 자오린은 후청하에서 다시 자전거를 타고 성내를 향해 달리기 시작했다. 그녀가 총을 훔쳤든 안 훔쳤든, 그녀가 총을 누군가에게 주었든 안 주었든 간에 그녀를 한 번은 꼭 만나봐야 했다. 어쨌든 그는 이미 성내에 가까이 와 있었다.

이곳은 웨이둥 평야 유일의 작은 도시로서 자오린의 고향과 비교하자면 거리도 훨씬 깨끗하고 건물도 높은 편이었다. 넓은 도로와 밤새 꺼지지 않고 도로를 밝히고 있는 가로등,

그리고 갈수록 더 많아지고 있는 길가의 광고판 등, 이 모든 도시의 장식들이 과거에는 볼 때마다 신비감과 함께 부러움을 자아내곤 했고, 마음속에 품고 있는 갈망이 억제하기 힘들 정도로 용솟음쳐 올라오곤 했다. 이 도시의 일원이 되고 싶다는 그의 희망은 학교의 축구팀에 들어가고 싶어 하는 소년의 갈망과 다르지 않았다. 그러나 이날 밤 또다시 이 도시에 발을 들여놓은 그는 도로와 건물, 광고판에 대해 전에 느꼈던 친밀감을 느낄 수 없었다. 그는 이런 것들을 거들떠보지도 않고 곧장 광명로(光明路) 회나무 후퉁(胡同) 9호 원자의 담장을 향해 달려갔다. 황혼의 가로등 아래서 오래된 건물의 낮은 뒷담을 바라보며 그는 연달아 세 번을 외쳤다.

"왕샤오후이! 왕샤오후이! 왕샤오후이!"

그럼 다음 주먹으로 굳게 잠겨 있는 창문 아래 담장을 있는 힘을 다해 내려쳤다.

하지만 이 모든 짓이 이미 다 소용없는 일이었다. 그가 이처럼 다급하게 왕후이의 이름을 소리쳐 부르고 있을 때 사고와 사건은 콰르릉 하는 소리와 함께 악화일로를 치닫고 말았다. 이 도시 밖에 주둔하고 있는 병영 안에서 갑자기 총성이 울리면서 천지가 진동한 것이었다. 자오린이 데리고 있는 3중대 하사 샤를뤄가 피바다 속에 쓰러져 있었다. 사람이 죽은 것이었다. 열일곱 살, 민들레처럼 젊은 나이였다. 인생의 가장 좋은 한 구간이었다.

자오린이 뒷담을 주먹으로 치면서 요란하게 자기 이름을 불러대는 소리에 왕후이가 반응하기 시작했다.

"누구세요?"

그가 큰 소리로 대답했다.

"나예요! 3중대 중대장 자오린이라고요!"

아주 빨리 고색창연한 건물 아래로 문이 열리는 소리가 들리더니 왕후이가 몸에 착 달라붙는 스웨터 차림에 재킷을 걸친 모습으로 나타났다. 그녀는 방금 잠에서 깬 얼굴이었다. 그러나 자오린을 보자 정신이 번쩍 드는지 눈을 비비더니 머리를 매만졌다. 그러고는 자오린을 똑바로 쳐다보며 말했다.

"정말 자오 중대장님이시네요."

자오린은 그녀 앞에 우뚝 선 채 물었다.

"내게 솔직히 말해줘요. 우리 중대에서 총을 가져갔나요?"

왕후이가 말했다.

"뭐라고요?"

"우리 중대에서 총이 한 자루 없어졌어요. 철제 개머리판이 달린 전자동 소총이에요…… 샤오후이, 혹시 그 총을 샤오후이가 가져갔다면 어서 돌려줘요. 나 자오린에게 아무리 불만

122

이 많다 해도 이런 식으로 장난을 쳐선 안 돼요."

왕후이는 약간 짜증이 났다.

"자오 중대장님, 지금 꼭두새벽에 찾아와서 무슨 말씀을 하시는 거예요?"

"가져갔으면 어서 돌려줘요. 일이 커지면 나 자오린과 3중대만 망가지는 게 아니라 샤오후이도 다칠 수 있단 말이에요."

왕후이가 말했다.

"제 마음속에 자오 중대장님이 들어 있는 것은 분명해요. 하지만 이 왕후이의 마음속에 3중대의 총은 없어요. 지금 당장 우리 집에서 나가주세요!"

그녀는 큰 소리로 이렇게 말하면서 손가락으로 자오린이 왔던 골목을 가리켰다. 그 순간, 그녀가 손가락으로 가리킨 회나무 후통 안으로 세 시간 전에 자기 면전에서 무릎을 꿇었던 취사반장이 2중대의 급양용 자전거를 타고 나는 듯이 들어오고 있었다. 왕후이의 집 앞에 도착하기도 전에 그는 목이 찢어져라 소리를 질렀다.

"자오 중대장님! 총을 찾았습니다. 샤를뤄가 총을 쏴서 자살했어요. 자오 중대장님! 샤를뤄가 총을 쏴서 자살했다고요!"

그가 외치는 소리가 한밤중에 메아리치며 골목 안을 온통 핏빛으로 물들였다.

자오린과 취사반장이 황급히 자전거를 타고 왕후이의 집을 떠나려는 순간, 왕후이가 그들의 등 뒤에 대고 한마디 소리쳤다.

　"자오 중대장님, 내일 저는 가도(街道) 사무소에 가서 이혼 수속을 할 거예요."

제3장

하늘을 가르는 총성

8

어쩌면 가오바오신이 말한 것처럼 정말로 긴급 집합이 없었
더라면 좋았을지도 모른다. 원래는 3중대 장사병을 전부 군
영 밖으로 끌어내 3킬로미터 들판 행군이나 5킬로미터 쾌속
도보 행군을 실시하고 남아 있는 인원을 동원하여 중대 전체
를 조사해볼 생각이었다. 시간을 따져볼 때 이 전자동 소총이
부대 밖으로 옮겨졌을 가능성도 충분히 있었다. 반드시 3중
대 안 어딘가에 묻혀 있거나 돼지우리 부근의 강 속에 빠졌을
것이라고 단정할 수 없었다. 그러나 긴급 집합을 알리는 호각
소리가 울리고 부대가 채 집합을 하기도 전에 총소리가 먼저
울리리라고는 누구도 생각지 못했다.

지도원의 호각은 구리로 되어 있었다. 3중대 지도원이 된 뒤로 중대장이 자리를 비워 자신이 직접 부대를 통솔해야 할 때를 대비해서 그 독수리표 구리 호각을 사두었던 것이다. 구리 호각은 품질이 아주 좋아 한 번 불면 소리가 무척 날카로워 귀를 찔렀다. 이 사건이 일어나기 전에도 가오바오신은 호각을 사용한 적이 있었다. 그때도 호각을 불었을 때 귀가 윙윙 울릴 지경이었다.

지도원이 중대장에게 말했다.

"이 호각, 정말 괜찮아."

중대장이 말했다.

"이거 나 주게. 내가 이 독수리표 구리 호각을 불어서 우리 마을 어귀의 큰 회나무에 달린 낡은 종보다 더 큰 소리를 낼 테니까 말이야. 그 낡은 종이 한 번 울렸다 하면 인근에 사는 마을 사람들이 전부 잠에서 깬다니까. 그때는 염병할, 생산대장이 크고 작은 일이 있을 때마다 늘 그 종을 쳐대곤 했지."

지도원이 말했다.

"내가 이 호각을 어디에서 샀는 줄 아나? 일부러 사람을 시켜 상하이(上海)까지 가서 가져온 거라네."

이쯤 되자 중대장은 더 이상 그 구리 호각을 달라고 조를 수 없었다. 지도원은 늘 이 구리 호각을 불 기회를 찾아다니면서 신문을 읽거나 공문서를 익히고 사상교육을 진행했다. 자신의 정치공작 직무에 속한 일이면 그는 항상 직접 부대를 집합시켰고, 그때마다 직접 호각을 불었다. 이번에도 그는 힘껏 호각을 불었다. 때는 새벽 4시 40분이었다. 연이어 들리는 호각 소리는 마치 몇 초 뒤에 일어날 지진을 알리는 것 같았다. 3중대의 모든 건물과 시설이 호각 소리에 몸을 떨고 있었다. 호각이 울리기 전에 미리 잠자리에서 일어나 있었던 중대본부의 통신원과 위생원은 지도원의 호각 소리가 울리자마자 곧장 각 소대로 달려가 소대장들에게 알렸다.

"어서 서둘러요! 빨리요! 2급 전시대비 경보입니다, 긴급 집합! 2급 전시대비 경보입니다, 긴급 집합!"

때는 늦은 가을이라 날씨가 추워질 것 같으면서도 수시로 더웠다가 쌀쌀해지기를 반복하고 있었다. 부대의 야전 훈련을 하기에 최상의 시기였다. 예컨대 사단 훈련이나 연대 훈련을 하기에 안성맞춤이었다. 대대와 중대의 긴급 집합은 병영의 일상사였다. 특히 토요일에는 더 그랬다. 지도원의 호각 소리가 울렸을 때 여전히 꿈속을 헤매고 있던 병사들은 힘들게 몸을 뒤척이며 침대에서 일어나고는 시끄럽게 툴툴거렸다.

"빌어먹을, 누가 어젯밤에 안 돌아와가지고 모든 사람을 생고생시키는 거야!"

"몇 급 전시대비 경보래? 수통을 챙겨야 하나?"

"씹팔, 내 배낭은 대체 어디다 둔 거야?"

"떠들지 마! 불 켜지 말고! 서둘러!"

"이런 곰 같은 놈들 같으니라고! 이게 진짜 전쟁이었다면 적이 네놈들 침대까지 왔을 거다……."

몹시 혼란스러웠다. 예전처럼 중대장이 있었더라면 그는 각 소대의 침실 입구에서 초시계를 손에 들고 병사들의 동작을 평가하면서 벌점을 매기고 있었을 것이다. 하지만 오늘은 중대장이 없었다. 지도원인 그가 스스로 긴급 집합 때 불을 켜선 안 된다는 규정을 위반하고 있었다. 그는 갑자기 1소대로 달려가 탁 하고 전등 스위치를 켰다. 침실이 환하게 밝아졌다. 모든 병사들의 동작과 표정이 그의 눈앞에 고스란히 드러났다.

지도원은 어느 병사가 긴급 집합에 이상을 보이는지 확인할 심산이었다.

2소대의 침실 등이 켜졌다…….

3소대의 침실 등이 켜졌다…….

4소대의 침실 등이 켜졌다…….

아무 소득이 없었다. 마치 적의 병영을 급습했으나 적이 이미 후퇴한 뒤인 것 같았다. 지도원은 문서에게 두 개 소대의 침실 앞에 서서 혹시 사병들 중에 누군가 침실에서 나올 때 이상한 모습을 보이지 않는지 유심히 살피게 했다. 하지만 침실에서 나올 때의 모습은 모든 사병이 거의 똑같았다. 하나같이 배낭을 메면서 매듭이 제대로 묶였는지, 모자는 똑바로 썼는지 확인하며 큰 소리로 투덜대고 있었다.

"젠장, 토요일에도 맘 편히 자지 못하게 하는군!"

"빌어먹을, 누가 내 군용 장갑을 이따위로 만들어놨어. 내 군용 장갑은 새것이었는데 말이야!"

지도원은 얼굴빛이 어두워지면서 온몸에 힘이 빠졌다. 중대본부로 돌아온 그는 문서에게 별다른 상황이 있었는지 물었다. 문서는 별 특별한 일은 없었다고 대답했다. 이어서 지도원은 길가의 신발 건조대 위에 섰다. 시멘트로 만든 신발 건조대는 신발을 말리는 장소인 동시에 긴급 집합 때 중대의 지휘관이 올라서는 곳이기도 했다. 그는 매번 이 건조대 위에 설 때마다 중대의 모든 사람보다 머리통 두 개는 더 높은 위치에 있는 자신이 마치 열병대 위에 서 있는 것 같은지 몹시 흡족해했다. 하지만 오늘은 그런 흡족함이 완전히 사라진 채 얼굴은 점점 더 침울해지기만 했다. 달도 없고 별도 없는 밤과 한데 섞여 있어, 밤이 그의 얼굴을 비추고 있는 것인지 그의 얼굴이 밤을 비추고 있는 것인지 구별할 수 없었다. 그렇게 그는 나무처럼 서 있었다. 오른손에는 구리 호각을 쥐고 있었다. 몸은 굳어 있는데 심장만 요란하게 뛰고 있었다.

각 소대장들이 부대를 그의 앞으로 인솔해왔다.

1소대장이 그에게 보고했다.

2소대장이 그에게 보고했다.

3소대장이 그에게 보고했다.

4소대장이 그에게 보고했다.

"취사반은 어디 있나?"

지도원이 물었다.

"아직 도착하지 않았습니다."

부중대장이 대답했다.

"그들에게 취사도구는 가져올 필요가 없다고 전하게."

부중대장이 취사반으로 뛰어갔다. 취사반은 중대본부 뒤쪽 1소대 건물 안에 있었다. 부중대장은 모퉁이를 채 돌기도 전에 동작을 멈추더니 그대로 몸이 굳어져버렸다.

지도원이 바람처럼 취사반 쪽을 향해 달려갔다.

바로 그 순간 총성이 울렸다. 소리는 매우 둔탁했다. 마치 총구가 표적에 바짝 붙어 있어 탄알이 총구를 벗어나자마자 곧장 표적에 꽂힌 것 같았다. 하지만 이런 총소리는 경쾌한 소리보다 훨씬 더 사람들을 경악하게 만들었다. 전투에 참가한 적이 있는 지도원 가오바오신은 총소리를 듣는 순간 상황이 심상치 않다는 것을 곧바로 알아차렸다. 취사반에서 일어난 일이라는 것도 알아차렸다. 과연 사건이 일어난 곳은 취사반이었다. 그가 달려가보니 취사반장과 취사반 병사 다섯 명이 솥과 광주리를 메거나 지고 손에는 전투 대비용 땔감을 든 채 취사반 창고 앞에 몰려 있었다. 병사들은 하나같이 너무 놀라 넋이 나간 표정으로 반원을 그리며 둥그렇게 모여 있었다.

창고는 취사실 바로 옆에 있는 작은 곁방이었다. 나중에 취사반장은 전문 조사팀에게 이렇게 진술했다.

"긴급 집합 호각 소리가 울리자마자 저는 곧장 침대에서 뛰어내려왔습니다. 그날 밤 속이 안 좋아서 화장실을 두 번이나 다녀온 터라 아예 옷을 입고 잠자리에 들었었지요. 제가 침대에서 내려와 불을 켜보니 샤를뤄가 보이지 않았습니다. 화장실에서 돌아왔을 때 샤를뤄는 이미 잠자리에서 일어나 있었던 것이지요. 그날 밤 샤를뤄는 아주 일찍 잠자리에 들었습니다. 소등 신호가 울리기도 전에 침대에 누워 머리를 이불 속에 푹 집어넣은 채 자고 있었지요. 그는 항상 머리를 이불 속에 파묻고 잤습니다. 사람들이 보는 것을 두려워하기라도 하는 것 같았지요. 입대 후 열 달이 되도록 그는 밤마다 그런 자세로 잠을 잤습니다."

취사반장의 얘기는 계속되었다.

"샤를뤄는 성실하긴 하지만 지나치게 내성적이라 사람들과 이야기하는 것을 몹시 싫어했습니다. 항상 혼자서 말없이 시름에 잠겨 있곤 했지요. 다른 도시에서 온 병사들처럼 자신이 도시 사람이라고 으스대는 일도 없었습니다. 게다가 샤를뤄는 대학 입학 시험에서 커트라인 점수를 넘겼는데도 불구하고 무슨 이유에서인지 입학을 하지 않았습니다. 저희는 모두 그를 존경했지요. 사격을 잘 못하고 제식 훈련도 형편없긴 했지만 일단 그가 군사학교 입학 시험을 치르면 단번에 붙을 것이라 믿고 있었습니다. 때문에 그가 시름에 잠겨 있을 때면 우리는 그가 마음껏 사색에 잠길 수 있도록 일부러 방해하지 않으려고 신경을 썼지요. 저희 취사반원들은 전원이 중학교를 졸업하지 못했습니다만, 개인 신상기록부에는 전부 고등학교를 졸업한 것으로 기재되어 있습니다. 저도 마찬가지고요. 초등학교밖에 나오지 못했지만 민병 대대장 집에 대추 몇 근을 가져다주고 입대를 하면서 고등학교 졸업생이 된 겁니다. 저희는 샤를뤄가 저희와 생각하는 것이 다르다고 여겼습니다. 그날 밤 그가 잠이 들었다가 나중에 다시 일어나서 뭔가를 하고 돌아왔을 때는 얼굴이 무척 창백해져 있더군요. 그래서 제가 어디 아프냐고 물었습니다. 그는 아픈 데는 없고 약간 어지럽다고만 하더군요. 제가 위생원을 찾아가 약을 두 알 타 먹으라고 권했지만 그는 괜찮다면서 한숨 자고 나면 괜찮아질 것이라고 했습니다. 그러면서 다시 침대에 올라가 머리끝까지 이불을 뒤집어쓰고 자더군요. 긴급 집합 신호가 울렸을 때 그의 침상이 비어 있는 것을 보고는 밖으로 나가 그를 찾아보았습니다. 그는 문밖 공터 한가운데서 열병에 걸린 닭처럼 혼자 멍하니 앉아 있더군요. 제가 샤를뤄에게 긴급 집합이라고 알렸지만 그는 저를 거들떠보지도 않았습니다. 제가 다가가 그의 팔을 들어 올렸는데, 그때 그의 군복이 축축하게 젖어 있다는 걸 보고는 그가 틀림없이 한참 동안 이러고 있었을 것이라는 생각이 들었지요. 중대에서 호각 소리가 울리는 것을 못 들었느냐고 물었지만 그는 여전히 저를 거들떠보지도 않았습니다. 그러더니 몸을 돌려 방으로 들어가서는 배낭을 싸기 시작하더라고요. 그는 아주 느린 동작으로 대충 배낭을 꾸렸습니다. 마치 이삿짐을 싸면서 물건을 대충 쑤셔 넣는 것 같았지요. 모두 배낭을 다 꾸리고 취사반으로 와서 전투 대비용 솥과 광주리, 자루, 수동식 송풍기 등 온갖 잡동사니를 챙겨 취사실 밖으로 나와 문 앞에 한 줄로 도열했습니다. 그제야 방 안에서 나온 그는 양손에 아무것도 들지 않은 채 취사실로 들어갔습니다. 저희는 모두 업무가 분담되어 있어 긴급 집합을 할 때면 각자 자기 배낭을 꾸리는 것 말고도 아주 많은 취사도구들을 짊어져야 합니다. 하지만 그는 신병인 데다 몸이 허약해 긴급 집합 때에도 따로 분담하는 짐이 없었고 그저 연료로 쓸 장작 한 다발만 챙기면 되는 입장이었습니다. 장작은 매우 가벼워 한 다발이라 해도 스무 근이 채 되지 않았지요. 평소에도 장작은 풀지 않은 채 창고에 보관해두고 있다가 긴급 집합 때만 사용하곤 했습니다. 저희는 열을 맞추어 선 상태로 어서 그가 장작을 들고 나오기만 기다리고 있었지요. 부반장이 그의 배낭을 들고 있었기 때문에 그는 나오자마자 배낭을 메고 중대본부 앞으로 가기만 하면 되는 상황이었습니다. 매번 긴급 집합이 있을 때마다 취사반은 휴대해야 할 짐이 많았기 때문에 다른 분대나 소대보다 좀 늦게 대열에 합류하곤 했습니다. 그의 배낭을 대신 들면서 너무 느슨하게 맨 것을 발견한 부반장은 배낭을 다시 단단하게 매어주면서 그의 침상 밑에 있던 해방화 한 켤레를 배낭 안에 쑤셔 넣었습니다. 그런데 부반장이 배낭을 들고 나오기 전에 총성이 울리고 만 것입니다. 총성이 울리자, 저희는 창고로 달려갔지요. 샤를뤄는 이미 쓰러져 미동도 하지 않았고 한쪽에 총이 내던져져 있었습니다. 총에 쌀가루가 묻어 있고 방아쇠에 쌀 두 톨이 끼어 있는 것으로 보아 총은 창고 안 쌀통 속에 묻어두었던 게 틀림없었습니다. 쌀통은 아주 크고 쌀이 가득 차 있는 데다 그가 총을 아주 깊숙이 묻어놨기 때문에 전투 대비용 솥으로 쌀을 푸러 갔을 때는 총을 찾아낼 수 없었습니다. 누구도 그가 총을 훔쳐 자살하리라고는 상상도 하지 못했지요. 그가 무엇 때문에 마음고생을 하고 있었는지도 알지 못했습니다. 저희는 모두 농촌에서 왔는데도 잘 살고 있는데, 그는 대도시에서 왔으면서도 스스로 죽음을 택한 겁니다. 그가 무엇이 불만이었는지 도무지 알 수가 없네요. 대입 시험을 보려는 마음만 먹으면 얼마든지 볼 수 있었고 이듬해에 군사학교에 입학할 생각이 있었다면 군사학교에 입학할 수도 있었습니다. 학교에 다니지도 않고 간부로 발탁되지도 않겠다면 제대해서 고향으로 돌아가 일을 하면 되는 처지였습니다. 열심히 일해서 입당을 하면 도시에 가서 우선적으로 일자리를 배정받을 수도 있었지요. 그런데 도대체 뭐가 불만이었는지 모르겠습니다. 그는 훈련도 받지 않았습니다. 중대에서 특별히 그를 배려해 취사반으로 보냈거든요. 분대에서도 나이가 가장 어리고 덩치도 가장 작은 데다 문화 수준은 또 가장 높았기 때문에 그에게는 더러운 일이나 힘든 중노동을 일절 시키지 않았습니다. 그런데도 그가 어딘가에 불만을 갖고 있었다는 사실이 믿어지지 않네요. 그가 불만을 말한 적이 없었거든요. 저희는 전부 시골 출신인데도 이렇게 팔팔하게 살아 있는데 도시 출신인 그가 자살을 했네요."

총을 훔친 사람이 바로 샤를뤄이리라고는 누구도 짐작하지 못했고 샤를뤄가 자살하리라고는 누구도 상상하지 못했다. 아무도 그가 왜 자살을 했는지 알지 못했다. 열일곱 살이라 나이도 가장 어리고 아무 걱정거리도 없는 데다 인생에서 가장 순수해야 할 시기에 있는 그가 왜 굳이 자살을 한단 말인가. 지도원은 먼저 취사반 창고로 뛰어 들어가 취사반의 병사들을 제치면서 말했다.

"무슨 일인가?!"

취사반의 사병들이 말했다.

"샤를뤄가 총으로 자살을 했습니다!"

뒤이어 부중대장이 뛰어 들어왔다.

"무슨 일이야?"

"샤를뤄가 총으로 자살을 했습니다."

1소대장이 달려왔다.

"무슨 일이야, 어떻게 된 거야?"

"샤를뤄가 총으로 자살을 했습니다!"

백 명이 넘는 3중대의 병사들이 전부 현장을 둘러싸고는 다들 무슨 일이 일어났는지 물었다. 그때마다 취사병들은 매번 샤를뤄가 총으로 자살을 했다고 대답해주었다. 3중대는 자살이라는 경악스런 상황에 정신을 차리지 못했다. 자살과 생명을 연결해서 생각할 겨를도 없었다. 갑자기 지진이 일어나 마루판이 머리 위를 내리찍었는데도 아직 누구도 그것이 지진이라는 것을 깨닫지 못하고 있는 것 같았다. 취사반 주위가 시끌벅적해지자 바깥쪽에 있던 사람들도 안으로 밀치고 들어와 진상을 확인하려 했고, 진상을 확인한 사람들은 다시 밖으로 나가 다른 사람들에게 사실을 이야기했다. 지도원은 샤를뤄의 머리 옆에 멍하니 서 있었다. 샤를뤄는 쌀통 곁에서 머리는 북쪽을, 다리는 남쪽을 향한 채로 몸을 곧게 뻗고, 얼굴은 한쪽으로 돌린 상태로 쓰러져 있었다. 실탄은 그의 앞가슴을 뚫고 들어가 등 뒤로 나온 다음 다시 창고의 뒤 창틀을 맞췄다. 붉은 칠을 한 창틀에 구멍이 하나 뚫려 있고 나무 냄새와 피 냄새가 섞여 희미하게 떠다니고 있었다. 창고의 불빛은 극도로 밝았다. 가오바오신은 얼굴이 창백하게 굳은 채 사색이 되어 있었다. 죽은 샤를뤄의 얼굴색과 다르지 않았다. 죽은 사람이 샤를뤄가 아니라 지도원 가오바오신인 것 같았다.

누군지 모르지만 사람들 틈에서 한마디 외치는 소리가 들렸다.

"어서 영내에 있는 위생소로 옮겨요!"

이 한마디가 지도원의 정신이 들게 하면서 동시에 그를 10년 전 남부전선에서 벌어졌던 전투의 상황 속으로 이끌었다. 그가 전사들을 바라보며 큰 소리로 물었다.

"혹시 중대에 자주 갈비를 가져다주던 왕후이 집이 어디 있는지 아는 사람 있나?"

취사반장이 그의 면전으로 비집고 들어왔다. 중대에 유혈 사태가 발생해서 그런지, 아니면 사건이 취사반에서 일어나서 그런지 그에게서는 방금 전 무릎을 꿇고 앉아 있던 때의 위축된 모습은 찾아볼 수 없었다.

"제가 알고 있습니다!"

취사반장은 큰 소리로 대답했다. 그 모습이 마치 드디어 공을 세울 수 있는 기회를 잡기라도 한 것 같았다. 그가 말했다.

"지도원님. 제가 왕후이 집이 어딘지 알고 있습니다. 급양원과 함께 식자재를 사러 그녀의 집에 간 적이 있습니다."

지도원은 그에게 서둘러 중대장을 찾아서 데려오라고 명령을 내렸다. 그러고는 또 최대한 능숙하게, 마치 전장에서 부상자를 들쳐 메듯이 허리를 굽혀 샤를뤄의 시신을 자신의 어깨 위에 얹었다. 샤를뤄의 목에서 흐르는 피가 그의 등을 타고 옷 안으로 흘러 들어갔다. 그는 등이 얼기라도 하듯 싸늘해지는 것을 느꼈다. 부대 위생소는 대대본부 앞의 1소대 건물 안에 자리 잡고 있었다. 3중대 취사반에서 200미터도 안 되는 거리였다. 지도원은 이 200미터를 나는 듯이 달렸다. 3중대 병사들 전원이 그 뒤를 바짝 따랐다. 어지럽게 울리는 발걸음 소리에 1중대와 2중대 병사들이 옷을 걸치고 침실 문 앞에까지 나와 바라보고 있었다.

동이 트기 직전 칠흑같이 어두운 그 순간에 모든 것이 지독한 어둠 속에 싸여 있었다. 지도원이 샤를뤄를 업고 위생소에 도착했을 때 군의관은 이미 소식을 듣고 자리에서 일어나 있었다. 지도원은 샤를뤄를 재빨리 군의관의 침대에 눕혔다. 군의관이 말했다.

"이것은 내 침대야. 절대로 침대에 피를 흘려선 안 된단 말이야. 저기 구급용 침대가 있잖아."

지도원은 다시 샤를뤄를 안아 위생소의 구급용 침대로 옮겼다. 군의관은 간단히 샤를뤄의 상처를 싸매주고는 응급조치를 취하기 시작했다.

지도원은 군의관 뒤에 선 채 긴 한숨을 내쉬고 나서야 자신의 몸이 온통 땀으로 젖어 있고 호각도 아직 오른손에 쥐어져 있다는 것을 깨달았다. 그는 손을 들어 구리 호각의 주둥이에 온통 샤를뤄의 피가 묻어 있는 것을 보고는, 습관적으로 안에 남아 있는 침을 떨어내듯이 호각을 흔들어댔다. 그러고는 습관적으로 침을 닦듯 호각에 묻어 있는 핏자국을 옷에 문질러댔다. 그런 다음 갑자기 뭔가 생각난 듯이 잠시 머뭇거리더니 밖으로 나가 호각을 한 번 흔들고 결국 멀리 던져버렸다. 불길한 물건을 버리는 것 같았다. 그는 한밤중에 불어오는 바람이 주둥이로 밀려들어가면서 공중에 뜬 호각에서 미약하나마 소리가 나는 것을 들었다. 이어서 호각이 딸그락하고 땅바닥에 떨어지는 소리도 들었다. 막막한 밤기운 속에 혼자 서 있자니 으스스 몸이 떨려왔다. 그는 자신의 모든 것, 미래와 운명, 희망이 전부 그 총소리를 따라 방향을 틀었다는 사실을 잘 알고 있었다. 시간은 빠르게 흘러갔다. 그가 문밖에 얼마나 오래 서 있었는지 알 수 없었다. 다시 돌아와 위생실로 들어선 그는 군의관의 어깨 너머로 샤를뤄를 바라보다가 아주 조심스럽게 군의관에게 물었다.

"살릴 수 있겠습니까?"

군의관은 그보다 5년 먼저 입대한 사람으로 부대대장 직급에 계급은 소교(小校)였다.

"아직까지 연대 위생대에 전화하지 않고 뭐 하고 있는 건가?!"

지도원은 서둘러 밖으로 나왔다. 전화를 하려고 중대로 돌아가려는 순간 중대장이 자전거를 타고 미친 듯이 달려오는 모습이 보였다.

9

샤를뤄가 죽었다.

샤를뤄는 중대장 자오린에 의해 연대 위생대로 이송됐고 지도원은 중대에 남아 부대를 지켰다. 그러나 중대장이 샤를뤄를 연대로 이송하고 나서 얼마 지나지 않아 그는 조용히 숨을 거두었다. 위생대에서 사망했다. 새벽 5시 20분에 구급차에서 내린 그는 응급실로 옮겨졌다. 위생대의 의료 요원이 전부 동원되어 약품과 기계, 혈액 등을 준비했다. 눈 깜짝할 사이에 모든 준비가 끝났다. 응급실 문이 굳게 닫히고 응급차를 뒤따라온 중대장과 위생원 등은 전부 응급실 밖으로 격리되었다.

10분 뒤, 응급실에서 나온 위생대 대장이 자오린의 어깨에 달려 있는 계급장을 바라보며 말했다.

"자네가 그가 속한 중대의 간부인가?"

자오린이 대답했다.

"제가 중대장입니다."

"이미 죽은 사람을 데려와서 뭘 어쩌라는 건가?"

위생대 대장이 큰 소리로 그를 꾸짖으며 설명했다.

"군대 간부가 이런 것도 제대로 몰라서야 되겠나. 탄알이 심장에 박히면 그 자리에서 즉사하는 걸세. 얼른 돌아가 시신을 매장할 준비나 하게!"

위생원에게 시신을 지키게 한 뒤 자오린은 곧장 몸을 돌려 중대로 돌아왔다. 갈 때는 위생대의 구급차를 타고 갔지만 돌아올 때는 걸어서 왔다. 이때 동쪽 하늘은 이미 붉은빛을 띠고 있었다. 해가 둥글고 찬란한 모습으로 지평선 위로 솟아오르고 있었다. 가을이 지난 위둥 평원은 가을걷이가 끝난 뒤라 시야가 끝없이 넓게 펼쳐졌다. 도로 위에는 차도 없고 사람도 없어 황금물결이 일듯 햇빛만 가득 쏟아지고 있었다. 멀리서 어슴푸레한 안개가 햇빛 속에서 은백색으로 빛났다. 밭에 깔려 있는 옥수수 줄기들은 빛 속에 녹아들기라도 한 것처럼 짙은 황색과 암홍색을 띠고 있었다. 벌거벗어 썰렁해진 논과 밭에는 늦가을의 달콤한 냄새가 가득 떠다니고 있었다. 맑고 투명하게 걸러낸 듯한 공기가 점점 평원을 향해 막막하고 아득하게 퍼져가고 있었다. 모든 것이 아주 먼

곳을 향해 천천히 떠가면서 사람들의 마음을 대지의 황금빛 가장자리로 인도하여 분말처럼 흩어진 그 빛의 온기를 만지게 하는 것 같았다. 바로 이 순간 이런 풍경 속에서 자오린은 갑자기 마음이 편안해지는 것을 느꼈다. 오지 말아야 할 사람이 갑자기 온 것 같았다. 갑자기 온 사람은 그를 마주하고 그를 접대해야 하는 것 같았다. 한밤중의 긴장이 이 빛나는 풍경 속에서 천천히 흩어졌다. 사람은 이미 죽었고 어떻게도 만회할 수가 없었다. 남은 일이라고는 뒷수습을 잘하는 것뿐이었다. 장기를 둔 것처럼 정말로 지고 말았다. 이제는 오히려 이기기 힘든 상대와 마주하고 있는 것보다 마음이 훨씬 편했다.

어쨌든 샤를뤄는 이미 죽었다.

죽은 이상 달리 방법이 없었다.

자오린, 너는 이제 어떻게 해야 하지?

나도 어떻게 해야 좋을지 모르겠어.

그럼 마음 내키는 대로 아무렇게나 처리할 생각인가?

상부에서는 나를 어떻게 처리할까?

샤를뤄가 도대체 어떤 이유로 자살했는지 알아봐야 했다.

내게도 책임이 있긴 하겠지만 내가 직접적인 원인을 제공한 것은 아닐 것이다.

어차피 사람이 죽었으니 직위가 강등될 것이고 전역 처리
될 수도 있을 것이다.

이런 생각을 하면서 걸음을 옮기던 자오린은 몸서리를 치
면서 잠시 걸음을 늦췄다. 직위가 더 내려간다면 부중대장이
될 것이었다. 그리고 다시 전역을 하게 된다면 모든 것이 끝
나버리는 셈이었다. 그는 원래 부대대장이었다. 2년 전만 해
도 명실상부한 부대대장이었다. 부대대장으로 반년하고도
일주일을 더 지내는 동안 가족들은 부대 영내로 들어오기 위
한 수속을 밟고 있었고, 수속이 끝나면 그의 가족 모두가 더
이상 농민으로 남지 않아도 되는 것이었다. 바로 이때, 아내
를 데리러 고향에 내려간 그는 아내가 딸을 데리고 마을 어
귀 정거장까지 나와 자신을 기다리고 있는 것을 발견했다.
아내의 배는 불룩하게 튀어나와 있었다. 차에서 내린 그는
아내의 배를 쳐다보았다. 아내가 그를 향해 웃으며 말했다.

"저 또 임신했어요. 지난번에 부대를 이끌고 지나는 길에
집에 잠깐 들렀을 때 그랬나 봐요."

기분이 잡쳐버린 그는 짐을 들고 집을 향해 걸으면서 말
했다.

"임신한 걸 알았으면 곧바로 지웠어야지."

아내가 말했다.

"사람들이 그러는데, 아들이래요."

그가 갑자기 걸음을 멈추며 말을 받았다.

"누가 아들이래?"

"현 의원에서요."

"의사가 그렇게 말했단 말이야?"

"기계로 촬영해보니 아들이래요."

그는 다시 집을 향해 발걸음을 옮겼다. 저녁도 먹지 않고 잠자리에 든 그는 아내를 건드리지도 않았다. 그러다가 한밤중이 되어 그는 느닷없이 침대에서 일어나 앉았다.

"이봐, 확실히 남자아이래?"

아내 역시 잠을 이루지 못하고 있었다.

"확실하대요."

"그러면 어떻게든 낳는 걸로 하지. 아이가 태어나면 호구(戶口)를 옮기는 거야."

"딸애는 어쩌고요?"

"집에 남겨두고 할머니한테 몰래 키워달라고 하면 되잖아."

"그러면 딸애가 고생을 하게 될 텐데요."

"그러게 누가 저더러 딸로 태어나라 했나!"

아내는 결국 아이를 낳았다. 또 딸이었다. 아내가 아이를 낳고 나서 영내로 입주하기 위한 수속을 하는 과정에서 계획

생육을 관장하고 있는 간부에게 둘째 아이를 낳은 사실이 발각되는 바람에 그는 사흘도 지나지 않아 부대대장에서 중대장으로 강등되고 말았다. 아울러 아내의 영내 입주 자격마저 취소한다는 명령이 내려졌다. 강직(降職) 명령을 받자마자 아무 말도 하지 않고 집으로 돌아간 그는 아내를 붙잡고 오른손을 치켜들었다. 귀싸대기를 갈기려는 것이었다. 죽도록 귀싸대기를 갈기고 싶었지만 아내의 옷깃을 움켜쥐는 순간 마음이 누그러진 그는 쥐었던 손을 풀어버렸다. 밤이 되자 발로 아내를 걷어차 침대에서 밀어내고 싶었지만, 결국에는 침대 머리맡에 일어나 앉아 담배를 한 대 태우면서 베개를 걷어찼다.

지금의 연대장은 그가 남부전선 전투에 참가했을 당시의 중대장이었다. 연대장이 그를 불러놓고 말했다.

"자네, 그렇게도 사내아이가 갖고 싶었나?"

그가 대답했다.

"연대장님 같은 도시 분들은 농촌에서 남자아이가 얼마나 중요한 존재인지 모르실 겁니다."

연대장이 물었다.

"요구 사항이 더 있나?"

"바라는 것은 아무것도 없습니다. 단지 공을 세워 속죄할 수 있게 해주셨으면 합니다. 3중대를 부대 전체에서 가장 우수한 중대로 이끌어 제가 부대대장이 되면 제 아내의 호구를 옮길 수 있도록 기회를 주십시오."

연대장이 말했다.

"그렇게 해보게."

3중대로 돌아온 그는 다시 중대장으로 근무했고 눈 깜짝할 사이에 3년이라는 세월이 지나갔다. 과연 3중대는 부대 전체에서 가장 우수한 중대가 되었지만 3년 동안의 인사이동이 전부 끝난 터라 부대대장 자리가 나지 않았다. 그러다가 달과 별을 좇으면서 어렵사리 기다린 끝에 간신히 중대와 대대에 간부 인사가 있다는 소식을 듣게 되었는데, 갑자기 알 수 없는 원인으로 샤를뤄가 자살을 하고 만 것이었다.

그의 모든 것이 끝나버렸다.

샤를뤄 네놈이 이 자오린을 망가뜨리다니!

이미 중천에 떠오른 해는 강한 빛줄기로 그를 비추고 있었다. 도로에 차들이 많아지기 시작하면서 요란한 소리가 아침의 고요함을 엉망으로 망가뜨리고 있었다. 출근하는 사람들이 무리 지어 그의 앞을 지나갔다. 갑자기 그는 몹시 외로워졌다. 혼자 남아 완전히 무너진 참호를 지키고 있는 것만 같았다. 그는 더 이상 이 참호를 지킬 수 없다는 것을 알고 있었다. 참호가 곧 적의 수중에 떨어질 것이라는 사실을 잘 알고 있었다. 그 역시 적의 수중에 떨어질 것이었다. 고독이 그를 견딜 수 없게 만들었다. 그는 더 이상 싸우고 싶지 않았다. 반항하지 않고 순순히 참호에서 나가고 싶었다. 그 순간, 어쩌면 적이 그를 가엽게 여겨 살길을 열어줄지도 모를 일이었다. 그랬다. 사람은 누구나 동정심을 갖고 있는 법이다. 그 역시 그랬다. 아내의 귀싸대기를 후려치고 아내를 발로 걷어차 침대 밑으로 떨어뜨리려 했을 때, 아내가 우는 모습을 본 그는 침대에서 고개를 쳐든 채 한숨만 내쉬었고, 오히려 아내에게 온갖 위로의 말을 건네기도 했다. 심지어 아내 대신 밥을 해서 그 앞에 가져다 바치기까지 했다.

그렇다. 사람이라면 어떻게 동정심이 없을 수 있겠는가?

이런 생각을 하는 순간, 지도원이 자전거를 타고 사람들 틈에서 나와 그의 앞으로 다가오더니 갑자기 자전거를 세우면서 말했다.

"라오자오, 자넬 데리러 왔네."

자오린은 걸음을 멈추고 가오바오신의 얼굴에 가득한 평안함을 바라보았다.

"샤를뤄가 죽었네."

가오바오신은 자전거를 반대 방향으로 돌렸다.

"알고 있네. 연대장과 정치위원, 대대장, 교도원 등 모두 중대에 모여 있네. 자네와 나더러 어서 상황을 보고하라고 하는군."

자오린이 말했다.

"가세."

"날 따라오게."

가오바오신이 자전거를 끌면서 말했다.

"이쪽으로 가자고. 지름길로 말이야. 내가 자네를 데리러 온 것은 자네랑 좀 걷고 싶어서야."

이리하여 두 사람은 도로를 벗어나 좁다란 오솔길로 돌아서 들어갔다. 오솔길은 작은 강을 끼고 앞으로 쭉 뻗어 있었다. 강물은 바짝 말라 강바닥까지 쩍쩍 갈라져 있었다. 오솔길은 좁고 곧게 나 있는 것이 마치 팽팽하게 조인 가죽 끈 같았다. 말라서 시든 채 길가에 늘어져 있던 건초들은 밤새 내린 이슬에 젖어 보드라워져 있었다. 생명력이 느껴졌다. 가끔씩 아직 사라지지 않은 이슬이 두 사람의 발등으로 계속 떨어져 신발을 적셨다. 발이 축축하고 서늘해졌다. 하지만 해가 두 사람의 얼굴을 따뜻하고 기분 좋게 비춰주고 있었다. 두 사람 모두 입을 열지 않은 채 어깨를 나란히 하고 걷고 있었다. 길이 좁다 보니 자오린은 강가로 밀리면서 이따금씩 흙가루가 발등 위로 올라왔다. 참새는 머리 위를 날아가다가 마른 강가의 버드나무 위에서 낭랑한 목소리로 지저귀고 있었다.

자오린이 먼저 입을 열었다.

"정말 재수 더럽게 없네!"

가오바오신이 고개를 돌렸다.

"방금 안 사실인데, 이번 달에 대대 및 중대 간부에 인사이동이 있을 예정이라더군."

자오린이 걸음을 늦췄다.

"샤를뤄가 우리를 해친 셈이지."

가오바오신 역시 발걸음을 늦췄다.

"원래 연대 당위원회에서는 이번에 중대장과 나 두 사람 모두 진급시킬 예정이었다고 하더라고."

자오린이 멈춰 섰다.

"그럼 지금은?"

가오바오신도 걸음을 멈췄다.

"지금은……."

그는 말을 꺼내다 말고 입을 다물고는 다시 자전거를 밀면서 앞으로 나아갔다. 자오린도 그 뒤를 따라 걸으며 말했다.

"샤를뤄가 우리 두 사람을 망친 거야."

가오바오신이 말을 받았다.

"사람은 죽었으니 더 이상 말해봤자 아무 소용도 없네. 이제 상황은 아주 분명해졌어. 그가 무슨 연유로 죽었든 간에 이미 죽은 것은 분명한 사실이네. 3중대에 남는 방법을 생각해봤는데, 우선 우리 둘 다 과오가 하나씩 기록되고 직급이 강등되거나 전역을 하는 방법이 있네. 그렇게 되면 중대장 자리를 내놓아야겠지. 아니면 우리 둘 중 하나가 책임을 몰아서 지는 걸세. 그러면 한 사람만 직급이 강등되거나 전역하게 되고 한 사람은 자리를 보전할 수 있는 거지."

가오바오신은 이런 얘기를 하면서도 걸음을 멈추지 않았다. 얼굴도 똑바로 들고 있었다. 해가 그의 얼굴을 붉은 광채가 나도록 환하게 비춰주고 있었다.

사방에는 아무도 없었다. 오로지 두 사람뿐이었다. 들판으로 나오자 해는 더 이상 조금 전처럼 그렇게 맑고 아름답지 못하고 몹시 끈적끈적해 보였다. 마치 노란 물 같았다. 개 한 마리가 땅바닥 위를 이리저리 뛰어 다니고 있었다. 서로 물어뜯으려고 짖어대는 소리가 멀리까지 퍼져나갔다. 어느새 대대의 숙소가 눈에 들어왔다. 멀리 보이는 붉은 건물은 마치 낡고 더러워진 붉은 천 조각 같았다. 자오린은 가오바오신이 맨 마지막으로 한 말이 무슨 뜻인지 알아채지 못했다.

둘이 한 몸이라면 당연히 어려움도 같이 겪어야 마땅했다.

책임을 둘이 나눠 분담하면 당연히 작아지겠지만 한 사람이 책임을 전담한다면 염병할, 이런 사이가 무슨 친구고 형제란 말인가!

중대에서 인명 사고가 발행한 이상, 이에 대한 책임은 중대장과 지도원의 어깨 위로 떨어지는 수밖에 없었다. 하지만 지도원의 이 한마디에 자오린의 생각이 바뀌었다. 그의 말도 충분히 일리가 있다는 생각이 든 것이다. 예컨대 가오바오신이 책임을 전부 떠맡으면서 이번 샤를뤄의 자살 사건은 전적으로 자기에게 책임이 있다고, 사상공작을 치밀하게 하지 못한 탓이라고, 그가 세 번이나 공청단 입단 신청서를 제출했지만 그에게 차례가 돌아가지 않아 큰 불만을 갖고 있던 터에 자신이 지도원으로서 제때 그와 이야기를 나누지 못했기 때문에 그가 자살을 하게 된 것이라고 말하기만 하면 되는 것이다. 그렇게만 된다면 중대장인 자오린은 사건에 대한 책임에서 벗어날 수 있을 것이고, 연대 당위원회에서는 그를 부대대장으로 진급시키는 문제를 계속 고려할 수도 있을 것이었다. 한 걸음 물러서서 설사 진급이 되지 않는다 해도 그의 군 복무 경력이 이미 14년째인 만큼, 전역하지 않고 내년 연말까지 잘 버티기만 하면 간부로서의 복무 경력이 15년을 넘게 되고 가족들이 영내로 입주할 수 있을 뿐만 아니라 가족들의 농민 호적을 비농민 호구로 전환할 수 있게 될 것이었다. 그렇게 되면 자오린도 다른 사람들처럼 아내와 딸을 농촌에서 데리고 나와 도시 주민을 만들어줄 수 있다. 마음속으로 이렇게 생각을 바꾸자 자오린은 스스로 놀라움을 금치 못하면서 앞서 걷고 있는 가오바오신을 눈이 빠지도록 쳐다보았다.

"지도원, 설마 우리가 반드시 전역 처분을 받게 되는 것은 아니겠지?"

"우리가 계속해서 자리를 지킬 수 있겠나? 전역을 하거나 대대에서 부중대장 또는 소대장으로 근무하는 수밖에 없을걸세."

상황은 분명했다. 자오린은 이미 강직 처분을 받았던 사람이었다. 이번에 또다시 처분을 받게 된다면 부대에서는 죽어도 그를 그대로 둘 리가 없었다. 그가 나가면 부중대장이 올라갈 수 있을 것이고 부중대장의 업무도 편안해질 수 있었다. 부중대장이 진급하면 1소대 소대장도 따라서 진급하게 되니 마음이 편해질 것이다. 이렇게 되면 3중대 간부 전원이 바둑판처럼 살아남을 수 있을 것이었다. 하지만 그가 물러나면 그의 일생도 그것으로 끝장이었다. 한 가족 몇 식구가 완전히 끝장나는 것이다! 자오린은 이런 처분을 감당할 수 없었다. 그는 아내가 도시 사람이고 장인이 부현장이라 마누라와 아이의 호적은 신경 쓰지 않아도 되는 지도원과는 입장이 달랐다. 도저히 이 사건의 책임을 혼자 뒤집어쓸 수 없었다. 지도원이 이 일의 책임을 혼자 감당해주기만 한다면 새로운 전기를 마련할 수 있을 것 같았다. 지도원과 얘기를 해봐야 할 것 같았다. 그가 동의할지도 모를 일이었다. 어쨌든 잘 말해보는 수밖에 없었다. 가족 전체의 삶 절반이 걸린 일이라고 사정해봐야 했다.

자오린이 걸음을 재촉하기 시작했다.

"지도원, 할 얘기가 있는데 말이야······."

가오바오신이 갑자기 걸음을 멈추고는 몸을 돌려 자오린을 쳐다보았다. 눈빛이 불안하게 움직이는 것이 감히 자오린의 얼굴을 똑바로 쳐다보지 못하는 것 같았다.

"라오자오······ 자네랑 상의하고 싶은 일이 하나 있네."

자오린이 가오바오신의 얼굴을 똑바로 쳐다보며 말했다.

"말해보게."

"내 말을 들어주든 안 들어주든 화는 내지 말게."

"어서 말해보라니까."

"자네 아내와 아이의 호구를 농촌에서 빼내고 싶어 하지 않았었나?"

"그랬지."

"그런 일은 그다지 어렵지 않네."

자오린이 눈을 깜빡였다. 눈동자가 커졌다.

지도원이 말했다.

"기껏해야 3,500위안 정도만 쓰면 되는 일일세."

자오린이 물었다.

"그 돈이 어디서 난단 말인가?"

지도원이 말했다.

"내가 자네에게 5,000위안을 주지."

자오린이 앞으로 한 걸음 나아가며 말했다.

"좀 알아듣게 말을 해보게."

지도원이 말했다.

"라오자오, 내가 솔직하게 얘기하겠네. 올해 연대에서 내게 3중대 지도원 자리를 맡긴 것은 중대의 사정을 충분히 숙지하라는 뜻이었네. 한 단계 위로 올라가 교도원이 될 준비를 하라는 뜻이었지. 자네는 이미 한 차례 과오가 기록되어 강직 처분을 받은 경력이 있기 때문에 샤를뤄의 죽음에 대한 책임을 혼자 덮어쓴다 해도 기껏해야 과오가 하나 더 기록되어 강직되거나 전역하게 되는 것뿐일세. 자네가 전역하게 되면 내가 5,000위안을 주겠네. 그 돈이면 자네가 바라던 대로 아내의 호구를 도시로 옮길 수 있을 걸세. 돈만 있으면 안 되는 일이 없지."

자오린의 얼굴에 갑자기 미소가 피어올랐다.

"5,000위안으로 세 사람의 농전비 호구를 만들 수 있단 말인가?"

지도원의 얼굴이 갑자기 노래졌다.

"집에 모아둔 돈이 다 합쳐서 8,500위안밖에 없네. 그 돈을 전부 자네한테 주지."

자오린이 웃음을 거두었다.

"자네가 교도원이 되고 싶어 한다는 건 나도 오래전부터 알고 있었네!"

"자넨 어차피 희망이 없지 않은가……."

"내가 어떻게 말할 것 같은가?"

"내가 이미 대대와 연대의 당위원회에 말을 해두었네."

"뭐라고 말했다는 건가?"

"샤를뤄의 죽음에는 세 가지 원인이 있다고 말했지. 첫째는 지난주에 제식 훈련에서 그가 제대로 못하자 자네가 지나칠 정도로 엄하게 야단을 쳤고, 둘째는 중대의 행정 관리가 세심하지 못해 창고 문의 자물쇠를 확실하게 채워놓지 않았으

며, 각 분야별 행정 간부들도 제대로 검사를 안 한 것이 원인
이라고 말했네. 셋째는 나의 사상공작이 제때에 이뤄지지 못
해 샤를뤄와 대화를 나눈 횟수가 충분하지 않았기 때문이라
고 했지."

"라오가오."

자오린은 지도원의 얼굴을 뚫어지게 쳐다보았다. 눈빛은
검고 강렬했고 입술은 보랏빛을 띠고 있었다.

"내가 언제 샤를뤄를 야단쳤단 말인가?"

"라오자오."

지도원의 눈빛은 극도로 부드러웠다.

"두 사람이 다치는 것보다는 한 사람만 다치는 게 낫지 않
겠나? 어차피 자네는 처분을 받은 경력이 있으니까 하는 말
일세."

자오린이 말을 받았다.

"자네는 나를 잘못 봤네."

지도원이 말했다.

"잘 생각해보게. 내가 만 위안을 주면 되겠나?"

자오린이 말했다.

"가오바오신, 나는 재물을 좋아하는 사람일세. 하지만 나는
자네가 나보다 편하고 자유롭게 사는 것을 두고 볼 수가 없

네. 우린 둘 다 농촌 출신으로 입대하지 않았나? 그런데 어째서 자네는 이런 시점에 나를 밟고 오르려 하는 건가?"

지도원이 말했다.

"라오자오, 내가 자네에게 빌어도 안 되겠나?"

"그만 가보게, 라오가오. 우리 둘 다 당원이니 실사구시적으로 해결하자고."

이 한마디를 던지고 자오린은 정말로 자리를 떴다. 아주 빠른 걸음으로 가버렸다. 어젯밤에 연병장에서 중대로 돌아올 때와 다르지 않았다. 그의 등 뒤로 그림자가 이상할 정도로 길게 드리워졌다. 검은 천 자락 같았다. 지도원이 자전거를 타고 그의 곁으로 다가가서 말했다.

"라오자오, 올라타게."

자오린은 고개를 돌리지도 않고 말했다.

"자네나 먼저 가게."

"나는 자네를 데리러 왔던 걸세. 연대장님과 정치위원님이 자넬 기다리고 있네."

자오린은 그제야 자전거에 올라탔다. 해가 두 사람의 그림자를 하나로 만들어버렸다. 자전거를 아주 숙련되게 잘 모는 지도원은 잠시 후에 병영 입구에 도착했다.

지도원이 말했다.

"라오자오, 내가 했던 말을 다시 한 번만 생각해주게."

"지금 생각 중이니까 안심하게. 나는 절대로 자네를 함정에 빠뜨리지 않을 테니까 말일세. 하지만 자네도 나를 함정에 빠뜨릴 생각 말게."

제4장

죽음의 그림자

10

자오린과 가오바오신이 네 벽이 텅 비어 있는 작은 방으로 보내진 것은 연대장이 그들에게 샤를뤼 사건을 보고받은 뒤였다. 그 작은 방은 너무나 깨끗했다. 원래는 2중대의 도서관으로 쓰려던 방인데, 이제 3중대 중대장과 지도원을 가두는 구금실이 되고 말았다.

사정은 이랬다. 점심식사가 끝나자 연대장이 자오린에게 말했다.

"이리 좀 오게."

그러고는 그를 그 작은 방으로 데려갔다. 작은 방은 몹시 어두웠다. 작은 창문이 하나 달려 있고 천으로 된 커튼이 쳐져 있었다. 방 안에는 의자 두 개와 텅 빈 책장이 하나 놓여 있었다. 방 안으로 들어온 연대장은 문을 잠그고 줄을 당겨 등을 켰다. 먼저 의자에 앉은 그는 자오린에게도 앉으라고 권했다. 자오린도 앉았다.

"자네가 내게 말한 것이 전부 사실인가?"

연대장이 물었다.

자오린이 대답했다.

"연대장님, 저 자오린을 믿지 못하겠다는 말씀이십니까?"

"자세한 상황을 다시 한 번 얘기해보게."

자오린은 잠시 침묵하다가 아주 일상적인 일인 것처럼 사건을 설명했다.

"샤를뤄는 극도로 내성적인 성격을 가진 사병이었습니다. 제가 병력을 인도하러 그의 집에 갔지요. 그의 부친은 초등학교 교사이고 모친은 환경보호 노동자로 매일 새벽 네 시에 일어나 도로를 청소하고 있었습니다. 그렇게 38년을 일했다더군요. 그에게는 형이 셋 있고 누나도 하나 있습니다. 누나는 출가했고 형 하나는 건축 노동자로 일하고 있으며 나머지 두 명은 실업 상태라 개체호(個體戶)로 이런저런 잡일을 하고 있지요. 샤를뤄는 대학에 합격하지 못해 군대에 입대하여 앞길을 찾고자 했습니다. 예를 들어 시험에 합격하여 입당을 하거나 다른 길을 찾으려 했던 것이지요. 하지만 군대 내 시험에 새로운 규정이 생겼습니다. 참가자가 반드시 분대장이나 부분대장 같은 중대의 골간이어야 한다는 것이지요. 하지만 그는 사격 성적도 좋지 않았고 제식 훈련도 잘하지 못했습니다. 정말 이해하기 어려운 일이었지요. 똑똑한 데다 성성(省城)에서 입대한 친구가 뜻밖에도 사격에서는 탄착점이 삼각형을 이루지도 못했고 열 발을 쏜 점수가 30점도 넘지 못했거든요. 취사반으로 가게 된 것은 그가 제게 직접 요구했던 것입니다. 이 점은 연대장님께 맹세할 수 있습니다. 골간이 되지 못하자 그는 시험에 참가하려는 생각을 접었지요. 아주 자연스런 일이지만 도시 병사들은 입당만 하면 제대하여 집으로 돌아가도 일자리가 쉽게 주어집니다. 물론 입당을 하려면 먼저 입단*을 해야 하지요. 그도 입단 신청서를 썼습니다. 취사반장을 통해 지도원에게 제출했지요. 다른 중대는 공청 단원의 업무를 소대장이 관장하지만 저희 3중대에서는 지도원이 관리하고 있었거든요. 지도원의 말은 나름대로 일리가 있었습니다. 공청 단원은 분대와 소대의 훈련에 핵심 역량이 되

---

* 공산주의 청년단에 들어가는 것을 말함.

어 중대의 군사 훈련을 촉진시킬 수 있어야 한다는 것이었지요. 그래서 지난주에 공청 단원을 선발했습니다. 전부 세 명인데 여기에도 샤를뢰는 끼지 못했습니다. 샤를뢰는 신청서를 낸 사병들 가운데 유일하게 입단하지 못한 낙오자가 되고 말았던 겁니다. 그는 한동안 아무 생각도 없다가 나중에는 자신의 앞길에 희망이 없다고 생각하게 되었을 겁니다. 게다가 지도원은 일이 너무 바쁜 나머지 입단은 입당만큼 중요하지 않다고 생각하여 제때에 그를 불러 대화를 나누지 못했지요. 그래서 결국 총을 훔쳐 자살하게 된 것입니다."

찻잔을 손에 든 연대장은 천천히 잔을 돌리며 물었다.

"자네에겐 책임이 없는 건가?"

"물론 있습니다. 제가 중대장인 만큼 남에게 책임을 전가할 생각은 없습니다."

"어떤 책임이 있다는 건가?"

"지도원이 바쁘면 저라도 시간을 내서 샤를뢰와 얘기를 나눴어야 했습니다."

"그게 전부인가?"

"군사 훈련을 중시하다 보니 행정 관리를 소홀히 했습니다. 총기 보관소에 강철로 된 시건 장치를 했어야 했지요. 병참 부서에 세 번이나 얘기했지만 그들이 설치해주지 않았고 저도 재촉하지 못했습니다."

"누구에게 얘기했나?"

"영방고(营房股)의 장(张) 조리에게 했습니다."

"장 조리는 아직 있나?"

"연초에 전역했습니다. 연대장님도 아시지 않습니까?"

"장 조리에게 언제 그런 얘길 했지?"

"그가 전역하기 전이었습니다."

"그가 전역한 뒤에는 왜 병참부서에 다시 얘기하지 않았나?"

"제가 이번에 얻은 교훈이 바로 그겁니다. 저는 장 조리가 전역하면서 자신이 다 하지 못한 일들을 전부 후임자에게 인수인계했을 것이라고 생각했습니다. 그가 그렇게 무책임할 줄은 몰랐지요."

연대장은 더 이상 손에 든 잔을 돌리지 않았다.

"자오린, 자네 3중대에서 사람이 죽은 사건이 연대 전체의 업무에 얼마나 큰 영향을 미치는지 알고 있나?"

"압니다. 연대가 앞으로 3년 동안 선진 연대에 뽑힐 수 없다는 것도 압니다."

연대장은 정치위원이 사단 전체에서 가장 나이가 많은 연대 정치위원인데 군단에서 방금 그를 사단 정치부 주임으로 발탁하여 부사단장 직위의 문제가 해결되었다고 말했다.

"하지만 이제 모든 것이 끝났네. 정치위원님은 이 자리를 위해 14년이나 전전긍긍하며 공을 들여왔지. 14년이면 자네의 군대생활 전체를 합친 세월이란 말일세! 정치위원님은 3중대에서 사람이 죽었다는 얘기를 듣자마자 화가 나서 눈물까지 흘리시더군. 나를 보자마자 던진 첫마디가 뭔지 아나? '연대장, 나는 그만 물러나야 할 것 같네. 이 자리를 다른 사람에게 양보해야 할 것 같아……' 그러시더란 말일세."

자오린은 고개를 숙인 채 아무 말도 하지 못했다. 그는 갑자기 샤를뤄의 죽음이 자신과 지도원에게만 연관된 일이 아니라 대대장과 교도원, 연대장과 정치위원에게까지 큰 영향을 미치는 사건이라는 사실을 깨달았다.

샤를뤄, 모두가 무슨 면목으로 자네를 볼 수 있겠나? 도대체 어떤 일이 그렇게 괴로워 죽음을 택한 것이란 말인가?

고개를 푹 숙인 채 자오린은 자기 발밑에 모여 있는 개미 떼를 내려다보았다. 개미 떼는 흰 종이 한 장을 물고 빠르게 이동하고 있었다. 눈길을 개미 떼에게 집중시킨 그는 문득 신기하다는 생각이 들었다.

이렇게 작은 개미들이 어떻게 저리 큰 종이를 끌고 갈 수 있는 것일까? 그 힘은 도대체 어디에서 나오는 것일까?

연대장은 방 안을 이리저리 왔다 갔다 하다가 갑자기 무슨 생각이 떠올랐는지 걸음을 늦췄다. 창가로 다가간 그는 커튼을 들치고 밖을 내다보았다. 순간 햇빛이 쏟아져 들어왔다. 보석처럼 찬란한 한 줄기 빛이었다. 강한 등불 빛이 유리를 비추고 있는 것 같았다. 개미 떼가 종이를 끌고 가는 소리가 단조로우면서도 맑게 울리고 있었다.

연대장이 다시 커튼을 내리고 몸을 돌렸다.

"자오린, 자네는 어쩔 작정인가?"

자오린이 고개를 들었다.

"연대장님, 저는 연대장님의 부하입니다. 1975년에는 연대장님과 같은 전선에서 여섯 달을 함께 싸운 적도 있었지요. 전 연대장님의 지시에 따를 뿐입니다."

연대장이 창문틀에 찻잔을 올려놓았다.

"난 자네에게 사직서를 쓰게 할 작정이네. 전역하도록 하게!"

자오린은 어깨를 크게 들썩이더니 눈길을 연대장의 얼굴에 모았다. 연대장의 얼굴은 창백하면서도 엄숙했다. 차가운 석판 같았다. 그 석판에서 차가운 냉기가 뿜어져 나오면서 방 안이 몹시 춥게 느껴졌다. 연대장은 이미 결심을 굳힌 것 같았다. 도저히 뒤집을 수 없을 것 같았다. 자오린은 연대장에게 아직 남은 열기가 있을 것이라고 생각했다. 그리고 이번에는 연대장이 한기를 느낄 차례라고 생각했다. 갑자기 앞길이 막혔다는 생각도 들었다. 눈앞에 펼쳐진 것은 차가운 산과 바다뿐이었다. 길이 없었다. 그는 슬픔과 추위를 동시에 느끼며 연대장의 얼굴을 쳐다보면서 조심스럽게 물었다.

"제가 떠나면 3중대는 누구에게 맡기실 건가요?"

"3중대는 해산될 걸세."

"해산된다고요?"

"그래, 해산될 걸세. 최근에 문건이 내려왔지. 일부 연대의 편제를 조정하기로 했네. 모든 보병 대대에서 1개 중대씩 차출하여 포병 대대를 만드는 거지. 1대대에서는 자네의 3중대가 차출 대상으로 정해졌네."

"조정되더라도 편제 번호는 변하지 않나요?"

"병종이 바뀌는데 무슨 편제 번호가 있겠나? 중대와 소대는 전부 해체되어 분대 단위로 새롭게 조직되는 걸세."

"요컨대 1대대 3중대는 이제 완전히 사라진다는 말씀이시군요?"

"영원히 사라지는 걸세."

"그럼 지도원은 어떻게 되나요?"

"전역하겠다고 하면 보내줄 생각이네. 가지 않겠다면 새로운 대대로 보내는 방법을 고려해봐야겠지."

"그에게는 어떤 직책이 주어집니까?"

"자네가 그걸 물어서 뭐 하나?"

자오린은 말문이 막혔다. 마음속으로 두려움이 몰려오면서
어젯밤에 취사반장이 자기 면전에 무릎을 꿇었던 광경이 떠
올랐다. 자신이 의자에서 굴러 떨어져 갑자기 연대장의 면전
으로 굴러간 듯한 느낌이 들어 얼른 무릎을 꿇었다. 그러고
나서 갑자기 후회했다. 일개 중대의 우두머리로서 나이가 마
흔이나 된 사람이 연대장 앞에서 무릎을 꿇는 행위는 오히려
연대장에게 혐오감을 주고 자신을 더 무시할 수 있는 빌미
를 제공할 수 있었다. 그는 재빨리 몸을 일으켜 연대장 앞에
꼿꼿하게 섰다. 그러나 그 순간 그의 두 무릎이 딱딱한 나무
처럼 바닥에 부딪치고 말았다. 시멘트 바닥이라 몹시 차갑고
단단했다. 다시 주저앉아 무릎을 꿇고 말았다. 철저한 굴욕이
었다. 사람에게는 동정심이 있기 마련이다. 10여 년 전 남부
전선 전투에서 맨 처음 2등공 표창을 받은 사람들 명단에는
그가 없었다. 당시 중대장은 그의 집에서 온 편지 한 통을 읽
었다. 병상에 있는 그의 모친이 매일 밤낮으로 식음을 전폐
하고 있다는 것이었다. 이에 그는 1분대 부분대장의 전공을
그에게로 돌려주었다.

당시에 중대장이 말했다.

"이 공적을 자네에게로 돌리겠네."

자오린이 그런 방법은 바람직하지 못하다고 말하자 중대
장이 다시 말을 받았다.

"1분대 부분대장은 부친이 공사 서기일세. 전역해서 집에
돌아가도 일자리가 있으니 밥걱정할 필요가 없지. 이 공적을
자네에게 돌리면 전쟁이 끝난 뒤에 간부로 진급할 기회도 주
어질 걸세. 일단 간부가 되면 평생 밥걱정은 안 해도 된단 말
일세."

그가 물었다.

"1분대 부분대장은 이견이 없던가요?"

중대장은 1분대 부분대장이 전쟁이 끝나면 전역하고 싶어
한다고 말했다. 나중에 그가 간부로 진급하게 된 것은 정말
로 1분대 부분대장이 자신의 공적을 양보한 덕분이었다. 그
리고 1분대 부분대장은 그에게 공적을 양보하고도 다른 공
을 세움으로써 간부로 진급하여 다른 기관에 배속되었다.

그 1분대 부분대장이 바로 지금 그의 정치공작 파트너인
가오바오신이고, 당시 중대장은 바로 지금의 연대장이자 샤
를뤄 사건의 조사팀장이었다. 무릎을 꿇지 않으면 안 된다는
것을 연대장도 이해하지 못할 리 없었다. 자오린은 어젯밤에
취사반장이 무릎을 꿇고 자신을 바라보았던 것처럼 그렇게
연대장을 바라보며 말했다.

"연대장님, 제발 3중대를 해산하지 말아주십시오. 샤를뤄가 죽지만 않았다면 3중대는 1중대나 2중대, 4중대에게 절대로 뒤지지 않았을 겁니다. 정말로 3중대를 해산시키기로 결정하셨다면 저를 그대로 부대에 남게 해주십시오. 제게 큰 과(過)를 기록하셔서 포병 대대로 가서 죗값을 치르게 해주십시오. 저는 포병으로 근무한 경력이 있는 만큼 3년 내로 훌륭한 포병 중대의 모습을 보여드릴 것을 약속할 수 있습니다."

너무나 유창한 한마디였다. 교과서를 달달 외워 읽어대는 것 같았다. 연대장이 정신을 차리기도 전에 와르르 할 말을 다 토해낸 그는 서글픈 눈빛으로 연대장의 얼굴을 쳐다보았다.

연대장이 큰 소리로 명령을 내렸다.

"어서 일어서지 못해!"

그는 어떻게 해야 자오린의 말을 믿을 수 있을지 모르겠다고 말했다.

"자네가 또다시 중대를 잘 거느리지 못하면 어떻게 하지……."

자오린은 그때 가서 자신을 전역시켜도 할 말이 없을 것이라고 말했다. 연대장이 말했다.

"그때가 되면 자네의 군령이 15년이 넘기 때문에 가족과 아이들을 영내로 데려올 수 있겠지."

그의 마음속에 한기가 돌았다. 고개를 푹 숙인 그는 아무 말도 하지 않았다. 흰 종이를 물고 있던 개미는 계속 기어서 마침내 그의 무릎 위에 올라와 있었다. 다시 무릎 아래로 기어 내려가려는 것 같았다. 개미가 무릎 부위를 기어갈 때는 바지가 몸에 착 달라붙어서 그런지 약간의 간지러움을 느꼈다. 그는 얼른 무릎을 털고 손으로 문질렀다. 더 이상 가렵지 않았지만 개미는 이미 죽고 말았다.

연대장이 말했다.

"전역하지 않는다면 큰 과를 기록하는 것으로 그치지 않을 걸세. 인명은 하늘에 달린 거야. 알겠나?"

"1계급 강등되어도 괜찮습니다."

"직급도 강등되어 부중대장이 될 텐데 어떻게 훌륭하게 중대를 이끌 수 있단 말인가?"

"부중대장 직급으로 중대장 직을 대행할 수 있지 않습니까?"

"지금 농촌은 예전 같지 않네. 자넨 어째서 아내와 아이의 호구를 위해서라면 물불을 가리지 않는 건가?"

"연대장님은 농민이 아니시기 때문에 농민들의 속마음을 모르십니다. 저는 꿈속에서도 아내와 아이에게 도시 호구를 만들어줄 생각뿐입니다.”

연대장은 자오린에게 어서 일어서라고 말했다.

“저를 전역시키지 않겠다고 약속하실 수 있겠습니까?”

연대장이 버럭 소리를 질렀다.

“어서 일어서지 못해!”

그는 연대장에게 거의 애걸하듯 말했다.

“제가 연대장님께 사정하는 것이 아니라 제 아내와 아이가 무릎을 꿇고 간곡하게 부탁드리는 겁니다.”

연대장의 마음이 약해졌다. 그는 샤를뤄의 사인이 구체적으로 밝혀진 다음에 다시 얘기하자고 말했다.

이리하여 그는 땅바닥에서 일어나 탁탁 무릎에 묻은 먼지를 털었다. 죽은 개미는 먼지를 턴 그의 손에 붙어 있었다. 그는 개미를 손에서 떨어내고 고개를 숙인 채 심판받는 사람처럼 연대장 앞에 나무처럼 서 있었다.

연대장은 찻잔을 들고 자리를 뜨려고 했다.

“샤를뤄의 사인이 정말 자네가 말한 그대로인가?”

“정말 그대로입니다.”

“솔직히 말해서 자네 중대 당 지부는 단결이 잘되는 편인가 아니면 그렇지 못한 편인가?”

“당 지부는 무슨 일을 하든지 의견이 통일되고 있습니다.”

172

"자오린."

연대장이 갑자기 목소리를 높였다.

"그럼 자네와 지도원의 관계는 어떤 편인가?"

"아주 좋습니다."

"솔직히 말해주기 바라네."

"원칙적인 문제에서는 서로 부딪친 적이 한 번도 없습니다."

"됐네, 3중대장."

연대장은 방문을 열고는 입구에서 걸음을 멈췄다.

"정말 간부 노릇을 할 줄 아는군. 서로 갈등이 없다면 둘이 한 방에서 지내도록 하게. 샤를뤄의 사인에 대해 의견이 통일되고 입장이 일치하면 다시 대대와 연대의 당위원회에서 심사를 받도록 하게."

이렇게 말하고 나서 연대장은 문을 나섰다. 문을 열 때 쏟아져 들어왔던 빛이 한순간에 사라져버렸다. 자오린은 연대장의 말이 무슨 뜻인지 몰라 잠시 어리둥절해 있었다. 그러다가 문을 열고 밖으로 나가려는 순간 대대장이 병사 둘과 함께 간이 철사침대를 들고 들어왔다.

"라오자오, 사람이 죽긴 했지만 인명은 하늘에 달린 걸세. 마음을 편히 갖도록 하게. 연대장님이 자네와 지도원에게 이 방에서 며칠을 함께 지낼 수 있게 하라고 하시더군."

말을 마치기 무섭게 병사 둘이 그와 지도원이 깔고 덮을 요와 이불을 가지고 들어왔다. 그 뒤를 이어 교도원과 지도원이 따라 들어왔다.

바로 이렇게, 자오린과 지도원은 임시 구금 상태에 들어가게 되었다.

제5장

단절된 두 사람

11

7일 동안의 구금이 중대장과 지도원에게는 7만 리 장정(長征)처럼 느껴졌다. 입구에 총을 들지 않은 초병이 서 있어 문밖에 나서려면 초병을 통해 대대장에게 허가를 받아야 했다. 하지만 문밖에 나가지 않고 방 안에만 있는 것은 정말 참기 힘든 일이었다. 곧 공황 상태에 빠질 것처럼 갑갑했다. 햇빛도 없고 가을바람도 없었다. 하늘은 다섯 장의 천장판으로 축소되어 머리 위에 무겁게 얹혀 있었다. 사방의 벽돌담도 언제든지 무너져 내릴 것만 같았다. 3중대의 병사들도 보이지 않고 연병장도 보이지 않았다. 해가 뜨고 지는 것도 보이지 않았다. 유일하게 눈에 보이는 것은 문 앞에 서 있는 초병뿐이었다. 두 사람은 갑자기 깨닫게 되었다. 구금이라는 것이 사실은 사람들의 일손을 덜어주는 감옥이나 다름없었다. 가장 참기 어려운 것은 이 감옥 같은 방이 아니라 그와 지도원 가오바오신 사이의 단절과 적대감이었다. 두 사람 사이에 두터운 담장이 쳐져 있는 것 같았다. 원수가 외나무다리에서 만나 서로 한 발도 양보하지 않으려고 버티는 것과 같은 상황이었다.

처음에는 그나마 서로 말을 주고받곤 했다. 그러다가 나중에는 말이 없어졌다. 그날 밤, 연대장과 대대장, 보위간사가 두 사람을 찾아와 얘기를 나누고 간 뒤로 자연스럽게 말이 없어졌다. 두 사람 모두 마음속에 시기심이 가득 쌓이고 원한이 생긴 것 같았다. 연대장은 샤를뤄 사건 조사팀의 팀장이고 대대장은 부팀장, 보위간사는 팀원이었다. 샤를뤄가 총기를 훔쳐 자살했다는 사실은 분명한 일이었다. 조사팀의 임무는 왜 샤를뤄가 총을 훔쳐 자살했는지 그 이유를 분명히 밝혀내고 주요 책임자들의 처리에 관한 의견보고를 작성하는 것이었다. 조사팀이 물러가자 작은 방의 문은 다시 굳게 닫혔고 중대장과 지도원은 각자 자기 침대 위에 누워 있었다. 천장판 사이에 네 가닥의 곧은 경계선이 뚜렷하게 드러났다. 담벼락은 극도로 깨끗하여 거미줄 하나 보이지 않았다.

두 사람은 각자 자기 두 손을 머리 뒤로 놓고 베개 삼아 누워 있었다. 눈처럼 흰 전등 불빛은 두 사람의 얼굴을 핏기 없이 누렇고 창백한 모습으로 비춰주었다. 두 사람이 손목에 차고 있는 시계만 경주라도 하듯이 요란하게 똑딱거렸다. 이처럼 죽도록 고요한 분위기에서 자오린은 마음속으로 수많은 일들을 생각하고 있었다. 기억이 샘물처럼 마구 솟아올라와 수습할 방법이 없게 되었다.

그는 10년 전에 자신이 입대할 때를 생각했다. 그와 함께 입영검사를 받던 같은 마을의 마밍수이(马明水)가 생각났다. 두 사람은 같은 해에 태어나 함께 학교에 다녔고 신체검사실도 같이 들어갔다. 마을이 작다 보니 이 마을에는 이미 3년 동안이나 입대 인원이 배당되지 않았다. 그러다가 당 지부 서기가 강력하게 요구한 덕분에 그해에 배당된 인원이 반 명이었다. 간이 신검의 경쟁률이 4대 1이었고 마을에서는 그 두 사람만 간이 신검을 통과했다. 무장부(武装部)에서는 마을에서 자체적으로 정식 신검을 실시하여 한 명을 떨어뜨리고 한 명만 선발하라는 지시가 내려왔다. 정식 신검과 입대의 비율이 2대 1이었기 때문에 마을에 내려온 지표에 따르자면 정식 신검에서는 한 명만 통과할 수 있었다. 그리하여 간이 신검이 끝나고 공교롭게도 지부 서기가 집을 새로 짓게 되었을 때, 그와 마밍수이는 아무런 보상도 없이 자발적으로 보름 동안 일을 해주었다. 돌을 나르고 땅의 기초를 다졌으며 담장을 쌓고 시멘트와 흙을 배합했다. 들보를 올리고 벽돌도 날랐다. 하루의 일을 마치면 땅바닥에 쓰러져 일어나지 못할 정도로 피곤했다. 식사 시간이 되면 다른 사람들은 전부 지부 서기가 설치한 큰 솥 앞에 앉아 푸짐한 식사를 했지만 그 두 사람은 지부 서기 집 양식을 절약해주기 위해 하루 세끼를 전부 집에 와서 먹었다. 방 세 칸짜리 기와집이 거의 완성될 즈음 장인들은 다 돌아가고 다른 잡역부들도 전부 떠났지만, 마밍수이가 돌아가지 않는 것을 보고는 그도 그대로 남았다. 마밍수이는 지부 서기의 집 마당을 쓸고 깨진 벽돌과 기와 나부랭이를 깨끗이 치웠다. 사흘 만에 지부 서기의 집 안팎이 아주 말끔해졌다. 그러자 자오린은 몹시 다급해졌다. 그는 지부 서기의 집을 이리저리 살펴보았지만 할 일을 찾을 수가 없었다. 하루는 고개를 숙이고 할 일을 찾다가 마당의 오동나무에 머리를 부딪치고 말았다. 순간 영감이 떠오른 그는 집으로 돌아가 양식 반 자루를 팔아 곧고 튼실하게 자란 오동나무 묘목 여섯 그루를 사다가 지부 서기의 집 뒤에 심었다. 마밍수이는 자오린이 지부 서기의 집에 나무 여섯 그루를 심은 것을 보고는 지부 서기의 집 안팎을 이리저리 살피고 연구한 끝에 결국 지부 서기의 집 담장 한구석에 닭장과 돼지우리를 지어주었다. 지부 서기의 집에 닭장과 돼지우리가 지어진 것을 본 자오린은 뒷담 쪽 바람이 통하는 길목에 변소를 한 칸 마련하고 지부 서기의 집 대문 밖 왼쪽 공터에는 퇴비를 쌓아두었다. 아울러 개숫물을 버릴 수 있도록 커다란 똥통도 하나 만들어놓았다.

두 사람이 이렇게 지부 서기의 집에서 경쟁적으로 일을 찾아서 하고 있을 때, 나이가 이미 쉰이 넘은 지부 서기는 새로 지은 집 처마 밑에 쭈그리고 앉아 마른 담배를 피우고 있었다. 이제 마당과 집 안에서 할 일이 없는 것은 확실했고 이틀만 지나면 정식 신검이 시작될 예정이었다. 담배를 피우던 지부 서기가 긴 한숨을 내쉬며 말했다.

"얘들아, 그만 좀 쉬도록 해. 둘 다 군대에 가려고 그렇게 기를 쓰는 게 아니더냐? 그렇다고 해서 둘 다 갈 수는 없지 않느냐?"

누가 가지 않을 것인가? 두 사람은 지부 서기의 면전에 쭈그리고 앉아 아무 말도 하지 않았다.

지부 서기가 말했다.

"누가 못 가게 될지 모르지만, 못 가게 되는 사람은 공사(公社)의 수리 공사장으로 보내주마. 들리는 말에 의하면 그곳에 가면 매일 화모(花饃)*와 볶음국수를 먹을 수 있다더구나."

그러면서 두 사람에게 물었다.

"둘 중에 누가 군대를 양보할래?"

그는 마밍수이의 눈치를 살폈다. 마밍수이도 고개를 들어 그의 눈치를 살폈다. 누구도 가지 않겠다고 말하지 않았다.

지부 서기가 말했다.

"대대(大队) 회계가 나이가 많아서 계산을 제대로 못하고 있어. 너희 둘 중 하나는 2년만 지나면 대대 회계가 될 수도 있다. 어떠냐?"

이치대로 하자면 대대 회계도 나쁠 것이 없었다. 당시에는 농촌 사람들만 그 자리를 맡을 수 있었다. 그러나 2년이 지나면, 그 긴 2년의 세월이 흐른 뒤에는 상황이 어떻게 변할지 아무도 알 수 없는 일이었다. 반면 군인이 되는 것은 내일모레 바로 정식 신검이 있고 신검에 합격하면 아마 보름도 안 돼서 군복을 입게 될 것이었다. 어떤 것이 더 좋은지는 두말할 필요 없이 자명했다. 두 사람은 아무 말도 하지 않고 지부 서기와 함께 그 집 마당에 멀지도 않고 가깝지도 않게 떨어

---

* 화려하게 장식한 찐빵.

180

져 앉아 있었다. 마밍수이는 지부 서기의 집안일을 해주느라 해진 바지를 끊임없이 손으로 문지르고 있었다. 손가락으로 해진 부위의 구멍을 꿰매기라도 하려는 것 같았다. 자오린은 지부 서기의 집안일을 하느라 손에 잡힌 물집 몇 개를 대추를 꿸 때 쓰는 바늘로 터뜨렸다. 물집이 터지면서 피가 나자 흙을 한 줌 집어 상처 위에 덮었다. 두 사람은 그렇게 말없이 쭈그리고 앉아 있었다. 아주 오래 침묵이 이어졌다. 그러는 사이에 지부 서기는 세 봉지나 되는 담배를 다 피우고 담뱃재를 떨어낸 다음 머리에서 모자를 벗어 들고는 마을길을 한 바퀴 돌았다. 다시 돌아온 그의 모자 안에는 동그란 종이 뭉치가 두 개 들어 있었다. 지부 서기는 이 작은 종이 뭉치 두 개 중 하나에는 보리가 들어 있고 다른 하나에는 흙과 돌멩이가 들어 있다면서 하나씩 골라 집으라고 말했다. 보리가 들어 있는 걸 집은 사람은 내일 진(鎭)에서 거행되는 정식 신검에 참가하고, 흙과 돌멩이가 들어 있는 걸 집은 사람은 집으로 돌아가 농사를 지으면서 돌과 황토를 벗 삼아 평생 농부로 살아야 했다.

　하늘은 조금 흐렸다. 때는 또 엄동설한이었다. 마당 안은 온몸이 떨릴 정도로 추웠다. 곧 큰 눈이 내릴 것만 같았다. 마을 밖에서 불어온 처량한 높새바람이 마당의 담장을 넘어 지부 서기의 집 안을 맴돌았다. 지부 서기는 솜으로 된 모자를 이마 쪽으로 당겼다. 그 모자는 퇴역 군인 하나가 그에게 선물로 준 군모였다. 너무 낡아 거무튀튀한 솜이 삐져나와 있는 데다 머릿기름 냄새가 지독했다. 땅콩만 한 종이뭉치 두 개가 그 군모 안에서 형제처럼 조용히 엎드려 있었다.

지부 서기가 말했다.

"누가 먼저 집을래?"

둘 다 입을 열지 않았다. 지부 서기가 두 사람에게 먼저 집든 나중에 집든 마찬가지라고 말했다.

"자, 어서들 집어. 누가 군인이 되고 누가 못 되는지는 운명에 달렸다."

먼저 손을 뻗으려 하던 마밍수이는 자오린을 향해 곁눈질하더니 이내 손을 거둬버렸다. 그때 사실 자오린의 손에는 땀이 잔뜩 배어 있었다. 그는 정확하게 누구든지 먼저 손을 내밀어 종이뭉치를 집는 순간 두 사람의 운명이 확실하게 결정된다는 사실을 잘 알고 있었다. 보리를 집은 사람은 정식 신검에 참가할 수 있다 하더라도 반드시 군인이 될 수 있는 것은 아니었다. 군인이 된다고 해도 반드시 간부로 진급할 수 있는 것도 아니었다. 그래도 일생을 외지에 남아 좋은 세월을 보낼 수는 있을 것이었다. 반면에 군인이 되지 못하면 평생 이 궁벽한 땅 위에 남아 설에도 하얀 밀가루로 빚은 교자를 먹을 수 없을 것이고 새 옷 한 벌 입기 힘들 것이었다. 일단 군대에 들어가면 밥도 국가가 제공하고 옷도 국가가 제공했다. 겨우 3년에 불과하더라도 식견을 크게 넓힐 수 있을 것이었다. 게다가 더 중요한 것은 군인이 되어 군복을 입기만 하면 인근 마을의 아가씨들을 전부 집으로 불러들일 수 있을 것이고 약혼이나 결혼을 원하는 여자들이 대문 앞에 줄을 서게 될 것이었다.

땀이 물 흐르듯 자오린의 두 손을 적셨다. 손등에서도 뜨거운 땀이 솟아나오는 것 같았다. 쭈그려 앉아 있는 허벅지도 온통 땀으로 젖어 있는 것 같았다.

그는 친구 마밍수이를 힐끗 쳐다보았다.

마밍수이도 몰래 곁눈질로 그를 훔쳐보았다.

그도 고개를 숙이고 있었고 마밍수이도 고개를 다른 쪽으로 돌리고 있었다. 지부 서기가 손에 모자를 받쳐 들고서 말했다.

"자, 집어! 어서들 집으라고!"

마밍수이가 벌떡 일어서며 말했다.

"지부 서기님, 서기님이 우리 대신에 집어주세요. 서기님이 보리가 든 종이를 집어서 자오린에게 가라고 하면 제가 집에 남고, 저더러 가라고 하시면 자오린이 집에 남는 걸로 하지요."

지부 서기가 자오린의 얼굴을 살폈다.

자오린도 몸을 일으켰다. 바짓가랑이 사이로 바람이 새어 들어오는 것이 느껴졌다. 다리가 접혀 있던 부위에서 땀방울이 떨어져 내렸다. 그는 축축한 손을 나무에 문지르면서 마밍수이와 마찬가지로 아무래도 좋다는 듯한 표정을 지었다.

"지부 서기님, 어서 집어주세요. 저랑 밍수이는 같은 학교 학우이자 아주 좋은 친구예요. 형제나 마찬가지라고요. 우릴 대신해서 지부 서기님이 제비를 뽑아주세요."

지부 서기가 모자에 손을 넣어 제비를 하나 집으며 말했다.

"이건 누가 가질래?"

마밍수이는 아무 말도 하지 않았다. 자오린도 입을 열지 않았다. 두 사람은 잠시 서로를 쳐다보다가 종이뭉치로 눈길을 돌렸다. 지부 서기가 다시 말했다.

"이 제비를 누가 가질 거야? 누가 가질 건지 어서 말해봐. 둘 다 말하지 않으면 아무도 신검에 나가지 못할 줄 알아! 둘 다 군대에 갈 생각이 없다면 정식 신검은 없던 일로 하지. 반명밖에 안 되는 입대 인원 할당도 다른 마을에 줘버리면 그만이야."

184

지부 서기는 여기까지 말하고 나서 손에 들고 있던 종이뭉치를 다시 모자 안에 넣고 흔들어댔다. 역시 아무도 보지 않는 상태에서 모자 틈으로 손가락 두 개를 집어넣어 제비 한 개를 뽑더니 손에 꽉 쥐고는 그 손을 마밍수이 앞으로 뻗으며 말했다.

"밍수이, 이 안에 보리가 들었을지 돌멩이가 들었을지 말해봐라. 답을 맞히면 네가 신체검사를 받으러 가게 될 것이고, 신체검사에 붙으면 황제의 양곡을 먹게 될 거다. 하지만 못 맞히면 평생 집에 남아 농사를 져야 한다."

마밍수이가 지부 서기의 손을 뚫어지게 쳐다보았다.

지부 서기가 다시 말했다.

"어서 맞혀봐!"

마밍수이가 가볍게 입을 움직였지만 아무 말도 입 밖에 내지 못했다. 잠시 침묵이 흘렀다. 생각에 잠기던 그는 뒤로 한 걸음 물러서 바위 위에 엉덩이를 걸치고 앉았다. 그러고는 마침내 한마디했다.

"자오린에게 먼저 맞히라고 하세요. 저희는 나이가 같지만 그가 저보다 한 달은 더 일찍 태어났거든요. 그가 저보다 형이니까 먼저 맞히라고 하세요."

지부 서기가 자오린 앞으로 손을 내밀었다.

자오린이 앞으로 나서더니 무릎을 꿇으며 말했다.

"전 고르지 못하겠어요. 밍수이에게 맞히라고 하세요. 그가 고르고 남는 걸 제가 가질게요."

지부 서기가 다시 마밍수이 앞으로 손을 내밀었다.

마밍수이가 말했다.

"저도 못 고르겠어요. 이건 제 일생이 걸린 일이란 말이에요."

지부 서기는 화가 났다. 그는 두 개의 제비를 땅바닥에 내던진 다음 발로 짓이기면서 말했다.

"너희 둘 다 가서 밤새 생각해봐. 둘 다 양보하려고 하지 않으니까 내일 아침 일찍 자오린 너는 네 엄마에게 대신 제비를 뽑으라고 하고, 밍수이 너는 여동생에게 대신 와서 제비를 뽑으라고 해라, 알겠지?"

이렇게 지부 서기의 집을 나온 두 사람은 문밖에서 서로 힐끗 쳐다본 다음 곧바로 헤어져 한 사람은 마을 동쪽으로 가고 한 사람은 마을 서쪽으로 걸음을 옮겼다.

그날 밤, 사태에 변화가 일어났다. 가을이 가고 겨울이 온 것처럼 거대한 변화가 아주 당돌하게 찾아왔다. 물이 도랑에 이르기도 전에 변해버린 것 같았다. 그때 자오린은 바러우(耙耧)산맥의 그 고향집 초가와 자신이 무릎을 꿇고 있는 구금실의 크기가 비슷하다는 것을 발견했다. 방 안이 온통 어둡고

186

우수로 가득 차 있는 것도 비슷했다.

자오린은 밤새 뒤척이며 잠을 이룰 수 없었다. 아무 생각 없이 입대를 포기하고 기회를 마밍수이에게 넘길 수는 없었다. 마밍수이도 특별한 이유 없이 일생을 농지 위에서 보내기로 마음먹을 수는 없었다. 모든 것이 지부 서기의 결정에 달려 있었다. 정식 신검은 내일 정오로 예정되어 있었고 35리 길을 가야 했기 때문에 적어도 반나절의 시간이 필요했다. 다시 말해서 내일 아침에 그가 지부 서기의 집에 가서 제비를 뽑든 그의 엄마가 가서 뽑든 간에, 그 순간이 그의 일생을 결정하게 될 것이었다. 손가락을 한 번 내밀어 집은 그 종이뭉치 안에는 보리 한 알, 아니면 흙이나 작은 돌멩이 한 알이 들어 있을 것이었다. 그것이 그의 운명이었다. 제비 하나가 한 사람의 일생을 결정하는 것이었다. 너무나 황당하면서도 실재적인 일이었다. 우연이면서도 공평한 일이었다. 이런 상황에서 그가 어떻게 잠을 잘 수 있겠는가. 하늘만큼 큰일이 머리카락 한 가닥, 지푸라기 한 가닥에 매달려 있었다. 누가 잠을 잘 수 있겠는가?

그는 침대 위에서 밤새 이리저리 몸을 뒤척였다.

날이 밝아올 무렵, 그가 막 잠이 들려고 할 때 누군가 쉬지 않고 그 작은 방의 창문을 두드렸다. 그는 억지로 정신을 차리고 귀를 기울였다. 소리는 창문 쪽에서 나는 것이 분명했다.

"누구세요?"

"나 마밍수이야."

그는 놀라움을 금치 못했다.

"밍수이라고? 무슨 일이야?"

"문 좀 열어봐."

"이제 막 잠이 들려던 참이었단 말이야. 할 말이 있으면 어서 해."

마밍수이는 창밖에서 잠시 가만히 있다가 다시 말했다.

"자오린, 나 군대 안 가기로 했어. 내일 신체검사는 네가 가도록 해."

자오린은 너무 놀라 침대에서 튕겨 나오듯 벌떡 일어났다.

"밍수이, 지금 뭐라고 했어?"

창가에 있던 마밍수이가 문 앞으로 돌아서 왔다.

"문 좀 열어봐."

그는 황급히 신발을 끌며 옷을 걸친 다음 문을 열어주었다.

"들어와, 밖은 너무 춥단 말이야."

마밍수이가 문가에 몸을 기댄 채 말했다.

"안 들어갈래. 몇 마디만 하면 돼."

그가 물었다.

"방금 신체검사에 가지 않겠다고 했어?"

마밍수이가 말했다.

"너에게 기회를 넘길게. 한데 한 가지 조건이 있어."

"밍수이, 어서 말해봐."

"정말로 신체검사에 붙어서 군대에 가게 되거든 열심히 해
서 두각을 좀 나타내봐."

"그야 물론이지."

"자오린, 나는 어려서부터 부모님이 안 계시고 여동생 잉
잉이와 단둘이 살고 있다는 것을 잘 알고 있지? 네가 신체검
사에 합격하면 내 여동생을 너에게 주고 싶어. 이렇게 너랑
친척관계가 되면 오빠인 나도 마음을 놓을 수 있을 것 같아."

그때 자오린은 방 안에 서 있었다. 날이 추웠기 때문에 두
손으로 어깨를 감싸고 있었다. 마밍수이의 얘기를 듣는 순간
너무 놀란 나머지 그는 정색을 하며 두 손을 아래로 내렸다.
그는 문밖에 서 있는 자기보다 머리의 반 정도는 더 큰 마밍
수이를 바라보면서 그의 말이 진심인지 거짓인지 감히 따져
보지 못했다. 마밍수이는 두 손을 소매 안에 넣은 채 차가운
달과 별 같은 빛 속에 희미하고 거무스름한 얼굴만 드러내고
있었다. 그는 마밍수이가 자신에게 이렇게 말하면서 마음속
으로 무슨 생각을 하고 있는지 알지 못했고, 마밍수이의 얼굴

에 드러난 표정이 어떤지 정확히 보지도 못했다. 군인이 된다는 것과 혼인 상대가 결정된다는 것, 하늘만큼이나 큰 이런 일들이 세 마디 말로 결정될 수 있는 것일까? 마잉잉은 원래 그도 너무나 잘 알고 있었다. 하지만 지금 그녀의 오빠가 그녀를 자오린에게 주겠다고 하자, 그 순간 그는 마잉잉의 모습을 완전히 잊고 말았다. 그저 매일 풀을 베고 소를 키우던 비쩍 마른 여자아이의 모습이 희미하게 눈앞을 지나갔을 뿐이다. 같은 마을 사람인데다 두 집 사이의 거리가 200미터도 채 되지 않았다. 한 집은 마을 동쪽에 있고 한 집은 마을 서쪽에 있었다. 하지만 그 순간에는 그녀의 살결이 검은지 흰지, 이목구비가 어땠는지 도무지 생각나지 않았다.

자오린은 문 안에 선 채 입을 열지 못하고 있었다.

마밍수이는 그가 대답할 때까지 기다리지 못하고 단도직입적으로 말했다.

"자오린, 내 여동생과 혼인하는 데 동의하지 않는 거야?"

그는 뭐라고 대답해야 좋을지 몰랐다. 마밍수이의 여동생의 구체적인 모습이 전혀 떠오르지 않았기 때문이다.

마밍수이가 대담하게 말을 이었다.

"동의하지 않아도 괜찮아. 내가 너에게 기회를 넘기겠다고 했으니 난 더 이상 너와 다투지 않을 거야. 내일 아침 신체검사장에는 네가 가도록 해."

말을 마치고 나서 마밍수이는 고개를 떨어뜨린 채 걸음을 옮겼다. 터벅터벅, 풀이 죽은 모습이었다. 스스로 하지 말아야 할 일, 아주 재미없고 극도로 낭패스러운 짓을 한 것 같았다. 아주 맛있는 음식 한 쟁반을 남에게 주었더니 상대는 고마워하기는커녕 오히려 자신을 비천한 놈으로 취급하는 것 같았다. 자오린은 재빨리 밖으로 쫓아 나왔다. 당장 마밍수이의 여동생과 혼인하겠다고 약속하고 싶었다. 하지만 아무래도 그녀의 모습이 선명하게 떠오르지 않았다. 말을 하려고 입을 벌리긴 했지만 끝내 입 밖으로 말을 꺼내진 못했다.

그는 그렇게 떠났다.

자오린은 아침 일찍 지부 서기를 따라 진으로 가서 정식 신체검사에 참가했다. 마을에 할당된 인원이 반 명밖에 안 되기 때문에 떨어질 것을 우려한 지부 서기는 진에 도착하자마자 자기 집에서 가져온 땅콩 한 자루를 들고 자오린과 함께 신체검사장에 들어가 공사 무장부의 우두머리에게 건넸다.

그러나 입영통지서를 받던 그날, 그는 수리공사장에서 전해져온 안 좋은 소식을 함께 받았다. 마밍수이가 수리공사장에 도착한 다음 날 이웃 마을의 청년들과 함께 둑을 쌓았는데, 다른 사람들 뒤에서 돌을 쌓다가 발을 헛디뎌 땅바닥으로 떨어지고 말았다는 것이다. 그리고 손에 들고 있던 광주리만 한 돌이 구르면서 그의 가슴을 내리눌렀다는 것이었다. 그때 자오린은 어머니에게 입영 통지서를 읽어주고 있다가 마을 거리에서 놀라 울부짖는 소리를 듣게 되었다. 불길한 예감에 얼른 뛰어나가 보니 마을 사람들이 마밍수이를 떠메고 마을 입구로 들어서는 모습이 눈에 들어왔다. 마밍수이는 돌을 운반하기 위해 잡목에 줄을 매어 만든 들것 위에 조용히 누워 있었다. 얼굴은 창백했고 머리와 가슴에는 피가 흥건한 흰색 천이 덮여 있었다. 그의 여동생은 수척한 모습으로 들것 위에 엎드려 곧 죽을 것처럼 울어대고 있었다. 사람들 틈을 비집고 들어간 자오린이 무릎을 꿇고서 마밍수이의 차가운 손을 부여잡은 채 "밍수이" 하고 몇 번 부르자 마밍수이는 애써 눈을 뜨더니 멍한 눈빛으로 자오린을 한참이나 쳐다보았다.

자오린은 마밍수이가 이미 가망이 없다는 것을 알았다. 그가 눈을 뜬 것은 그의 인생의 마지막 기운을 쓴 것이었다. 자오린은 마밍수이가 자신을 바라보는 눈길이 조금도 움직이지 않는 것이 무얼 의미하는지 모르지 않았다. 그가 마밍수이의 손을 잡아끌며 낮은 목소리로 말했다.

"밍수이, 나 신검에 합격했어. 내일모레 부대로 떠나."

마밍수이의 입가에 가늘고 창백한 미소가 번졌다.

그가 또 말했다.

"밍수이, 안심해. 내가 평생 잉잉이를 잘 보살펴줄 테니까 말이야. 내게 밥이 한 그릇 생기면 절반은 잉잉의 몫이 될 것이고 옷이 한 벌 생기면 잉잉을 춥게 내버려두지 않을 거야."

이 말을 들은 마밍수이는 들것 위에서 억지로 몸을 움직여 두 손으로 자오린의 손을 부여잡으려 했다. 하지만 그가 몸을 움직이는 순간 이미 기력이 다했는지 그렇게 가고 말았다.

마밍수이가 세상을 떠나면서 자오린의 두 눈을 바라보는 눈길에는 감동과 안심, 평정이 가득했다. 그의 얼굴도 마침내 여동생의 일이 잘 해결됐다는 안도감에 평안과 안녕의 기운이 넘쳤다.

12

구금실에서의 첫날밤은 그토록 고통스럽고 침울하게 지나갔다. 등불은 무척 어두침침했다. 겨울을 넘기려는 모기 두 마리가 전구 주위를 윙윙거리며 날아다니고 있었다. 가오바오신은 침대 위에 누워 전전반측했다. 침대에 깔린 것이 요가 아니라 대추나무 가시인 것 같았다. 그가 몸을 뒤척일 때마다 침대에서는 뭔가 갈라지는 소리가 났다. 그런 소리를 들을 때마다 자오린의 기억은 한 번씩 단절되곤 했다. 하지만 그 소리가 그치면 곧바로 기억이 다시 연결되어 마밍수이가 머릿속으로 돌아왔다. 가오바오신이 뒤척이면서 내는 소리에 저항하기라도 하듯이 자오린은 마밍수이를 생각했다. 그러고 나면 마음이 편안해지면서 미동도 하지 않은 채 가오바오신으로 인한 불안을 천리 밖으로 몰아낼 수 있었다.

나중에는 기억이 더 이상 기억이 아니라 자오린의 무기가 된 것 같았다. 그는 이 작은 방에서 절대로 자기가 먼저 가오바오신에게 말을 걸지도 않을 것이고 절대로 먼저 이 적막을 깨지 않을 것이라고 결심하고는, 줄곧 마음속으로 마밍수이를 생각하고 있었다.

자오린은 그렇게 침대에 누워 미동도 하지 않은 채 천장판을 바라보고 있었다. 마치 책을 읽고 있는 것 같았다.

그렇게 서로 대치하고 있는 두 사람은 마치 적과 아군이 각자의 참호를 지키고 있는 것 같았다. 소등 신호가 울릴 때까지 지도원은 계속 몸을 뒤척이고 있었다. 철사를 엮어 상판을 만든 침대는 더욱 요란하게 귀에 거슬리는 소리를 내고 있었다. 자오린이 아무런 반응도 보이지 않자 가오바오신은 먼저 일어나 앉아 물을 한 모금 마셨다.

"라오자오."

그가 말했다.

"연대장이 자네 혼자만 불러서 얘기하던가?"

자오린이 몸을 움직이지 않고 대답했다.

"그랬네."

지도원이 몸을 침대가로 약간 움직이며 다시 말했다.

"뭘 묻던가?"

"샤를뤄가 왜 자살을 했는지 묻더군."

"자네는 어떻게 설명했나?"

"이번 일은 공청단에 입단하지 못한 것 때문에 일시적으로 감정이 상해서 그랬던 것 같다고 했네."

"그렇게만 말했나?"

"사내대장부는 자기가 한 말에 책임을 지는 법이지."

기억 속에서 몸을 빼낸 중대장 자오린은 갑자기 침대 위에 일어나 앉고는 눈을 크게 뜨고 지도원을 쳐다보았다.

"주된 원인은 자네의 사상공작이 제때 이루어지지 못했기 때문이라고 했네. 샤를뤄가 입단하지 못한 것은 그럴 수 있는 일이지만 자네가 제때에 그를 찾아 마음을 터놓고 얘기를 나누지 못한 것은 있어선 안 될 일이라고 했지. 자네가 제때에 샤를뤄를 찾아가 얘기를 나눴다면 자살까지는 하지 않았을 것이라고도 했네."

지도원이 다시 침대에 드러누워 천장판을 바라보면서 비꼬듯이 말을 받았다.

"자네는 고의로 사건의 책임을 사상정치공작으로 미루고 있군. 나 가오바오신을 해치려는 게 틀림없어."

자오린이 엉덩이를 틀어 허리를 곧게 세우면서 말했다.

"내가 의도적으로 자네를 해치려고 했다면 연대장에게 자네가 먼저 내게 8,000위안, 아니 1만 위안을 건네면서 모든 책임을 내게 떠안기려 했다고 말했어야지. 안 그런가?"

지도원이 침대에서 벌떡 일어나 앉았다.

"내가 샤를뤄를 찾아가 이야기를 나누지 않았다는 사실은 어떻게 알았나?"

중대장이 눈을 치켜뜨며 말했다.

"자네는 샤를뤄가 나한테 혼나고 나서 눈물을 흘렸던 사실을 어떻게 알았나?"

지도원이 중대장을 차갑게 노려보더니 갑자기 이불을 들춰 침대 밑으로 두 다리를 내리고는, 신발을 지르신은 채 침대에 걸터앉아 말했다.

"라오자오, 자네가 어떻게 간부로 발탁되었는지 절대 잊어선 안 되네. 10년 전 남부전선에서 우리 소대는 전부 전사했네. 나 혼자만 살아남아 진지를 지켰지. 왼쪽 다리에는 탄알이 두 개 박혔고 폭격에 날아온 소대장의 두개골이 내 머리를 덮쳤었네. 자네는 내가 그렇게 살아남은 것이 쉬운 일이었을 거라고 생각하나? 자네는 허리에 탄피가 박힌 것 말고는 아무런 상처도 입지 않았잖아. 자네 소대는 한 명의 전사자도 없었고 말이야. 대대와 연대를 통틀어 우리 3소대만 비참하게 죽었단 말일세. 그런데도 그때 할당된 2등 공훈마저 자네에게 넘겨주지 않았나. 가슴에 손을 얹고 생각 좀 해보라고. 중학교도 제대로 나오지 않은 자네가 간부로 발탁될 때, 제한 나이에서도 반년이나 넘지 않았던가. 내가 전쟁에서 받은 2등 공훈을 자네에게 넘겨주지 않았더라면 자네가 간부로 뽑힐 수 있었을 것 같나? 자네한테 오늘 같은 날이 있었을 것 같냐는 말일세. 예전처럼 고향으로 돌아가 농사나 지으면서 황토를 마주하고 하늘을 등진 채 살았겠지. 지금의 아내를 맞아들이지도 못했을 걸세. 그런데도 오늘 자네는 내가 책임을 조금만 더 져달라고 하는데도 이런 태도로 나오다니! 책임을 더 지는 것이 아니라 오히려 모든 책임을 나에게 전가하려고 하다니, 자오린 자네에게 양심이라는 것이 있긴 한 건가? 난 아무 말 안 할 테니까 자네 스스로 가슴에 손을 없고 생각 좀 해보라고!"

지도원은 아주 빠른 속도로 말을 하면서 갑자기 신을 벗고는 두 다리를 다시 침대에 올려 드러누워버렸다. 그러고는 이불을 끌어당겨 머리까지 덮은 채 몸을 돌려 벽을 마주 보고 누우며 말을 이었다.

"잘 생각해보게, 자오린. 자네는 말끝마다 자신이 농민이라고 하는데, 농민에게는 그렇게 일말의 양심조차 없다는 말인가?"

침대에 앉아 있던 중대장은 미동도 하지 않고 얼굴이 새파랗게 질린 채 몸이 굳어 있었다. 그렇게 지도원의 입을 뚫어지게 쳐다보고 있던 그는 갑자기 마음속으로 극도의 불만이 솟구쳐 올라오는 것을 애써 억제하며 지도원의 말을 자세히 듣기 시작했다. 마치 3중대 병사들이 지도원의 감동적인 정치교육 수업에 귀를 기울이고 있는 것 같았다. 지도원이 침대에서 몸을 뒤척이자 그제야 그는 혀로 마른 입술을 핥으며 느린 어투로 속삭이듯 말을 받았다.

"양심이 없는 건 자네 가오바오신이지. 가슴에 손을 얹고 생각해야 될 사람도 자네 가오바오신이고 말이야."

지도원이 다시 침대 위에서 몸을 뒤척였다.

"내가 생각을 해야 한다고? 뭘 생각해봐야 한다는 건가?!"

"자네 소대장의 두개골을 누가 자네 머리 위에서 벗겨냈는지 생각해보게. 그리고 누가 시체 세 구를 자네 주변에서 끌어냈는지도 생각해보라고. 누가 전장에서 자네를 등에 업고 단숨에 7리나 되는 길을 달려 사단 병원에 데려다주었는지 생각해보게."

중대장 자오린이 말했다.

"그때 자네에게서 흐르던 피가 전부 내 몸과 전투복에까지 묻어 지워지지도 않았었네. 사단 병원에 도착해서 내가 자네를 부상자 침대에 내려놓았을 때, 자네가 깨어나 내 손을 잡아당기며 말했지. '9부분대장, 자네는 허난 사람인가?' 내가 위시(豫西)* 사람이라고 말하자 자네는 곧바로 눈물을 흘리면서 자신도 위시 사람이라고 말했었지. 내가 잘 알고 있다고 했더니 자네는 내게 농촌에서 입대했느냐고 물었지. 내가 그렇다고 하자 자네는 자기도 그렇다면서, 할아버지가 간부이시긴 하지만 어머니는 고향에 계시고 가족 전체가 농사를 짓고 있다고 말했어. 내가 그만 가봐야겠다고, 우리 중대는 아직 전장을 정리해야 한다고 말하자 자네는 내 손을

---

* 중국 허난성 서부의 도시.

굳게 부여잡으면서 못 가게 막았지. 그러면서 이렇게 말했어. '자오린, 난 정말로 집이 그립네. 전쟁이 끝나면 난 곧장 전역할 생각이네.' 그때 나는 자네에게 먼저 부상부터 치료하라고 말했었지. 어쨌든 전쟁은 이미 끝났으니 곧 전장에서 철수하게 될 것이고, 돌아가면 아마 대대적으로 간부를 발탁할 거라고도 말했어. 그때 자네는 간부가 되고 싶지 않다고 했지. 어차피 집에 돌아가면 할아버지가 일자리를 구해줄 것이라면서 말이야. 그때 자네는 나와 참 많은 이야기를 나눴었네. 그런데 이제 와서 그때의 얘기들을 다 잊어버렸단 말인가?"

말을 할수록 더 흥분이 된 자오린은 다시 몸을 곧추세우고 엉덩이를 비비면서 베개 위로 올라앉았다. 앉아 있지만 서 있는 것처럼 커 보이게 하려고 애쓰는 것 같았다.

"내가 양심이 없다고? 가오바오신, 한번 말해보게. 우리 둘 중에 도대체 누가 더 양심이 없는지 말이야. 당시 사단 병원에는 부상자들이 농작물처럼 넓게 흩어져 있었지. 경상 환자들은 이쪽에 중상 환자들은 저쪽에 마구 흩어져 있었지. 가오바오신 자네는 왼쪽 다리에 탄알이 두 개 박히긴 했지만 뼈에는 아무런 문제도 없었으니 경상 중에서도 경상에 속했었네. 사단 병원에는 의사도 수술대도 부족해서 경상 환자들을 미처 돌볼 겨를이 없었기 때문에 중상 환자들 먼저 수술해주고, 그다음에 경상 환자들을 수술해줬었지. 내가 가려고 하자 자네는 나를 못 가게 잡아끌면서 견딜 수 없을 정도로 아프다고 말했어. 그래서 난 도둑처럼 부상자들 사이를 이리저리 돌아다니며 의사들이 무방비한 틈을 타서 경상 환자들 틈에 있는 자네를 업고 다시 중상 환자 쪽으로 가서 의식불명인 중상 환자 줄 맨 앞자리로 데려다주었지. 의사들은 자네의 상처가 가벼운 데도 불구하고 병원에 도착한 지 두 시간도 채 안 되어서 수술대에 오르는 것을 보고는 자네에게 뭔가 특별한 사연이 있을 것이라고 여겼지."

자오린이 말했다.

"가오바오신, 이 일들을 전부 잊었단 말인가? 내가 가슴에 손을 얹고 생각해봐야 한다면, 자네도 가슴에 손을 얹고 생각해봐야 하지 않겠나? 어디 한번 말해보게! 누가 양심이 없는 건지, 누가 가슴에 손을 얹고 생각해야 하는지 말이야!"

지도원은 침대 위에서 미동도 하지 않은 채 여전히 벽만 쳐다보고 있었다. 벽에 머리카락처럼 가는 균열이 하나 나 있었다. 침대 쪽에서부터 시작된 균열은 회충처럼 구불거리면서 천장까지 이어져 있었다. 그는 이 균열을 쳐다보다가 콧방귀를 뀌며 말했다.

"정말로 양심이 없었다면 나 가오바오신이 하나밖에 없는 2등 공훈을 자네에게 줄 수 있었겠나. 그 2등 공훈은 나 가오바오신의 것이 아니라 우리 소대 전체의 것이었네. 소대 전체가 사망하는 바람에 나 가오바오신이 그 공훈을 쟁취했던 거란 말일세. 하지만 나는 조금도 망설이지 않았고 전 중대장이 말을 하기 무섭게 곧장 자네에게 넘겨주었었네. 그런데 자네는 무얼 근거로 그런 얘기를 하는 건가? 중대 전체에서 상처만 입고 죽지 않은 사람이 자네와 나 둘뿐이긴 하지만 공적에 대한 투표에서 내가 자네보다 세 표나 더 많았네. 이런 사실을 자네가 모르는 것도 아니잖은가?"

　세 표가 더 많았다는 것도 맞는 말이고 공적을 양보했다는 것도 거짓이 아니었다. 자오린이 입가에 미소를 띠면서 말했다.

　"하지만 가오바오신, 자네는 공적을 양보해야만 군보의 머리기사에 오를 수 있기 때문에 그랬던 게 아니었나? 그래야 영웅들 중에서도 모범이 되기 때문에 그랬던 게 아니었냐고. 그래서 간부로 발탁되자마자 기관에 들어갈 수 있었던 게 아니었냐는 말일세."

　지도원은 또다시 침대 위에서 몸을 움직이며 말했다.

　"그게 자오린 자네와 무슨 상관이란 말인가?"

"어째서 그게 나와 상관이 없단 말이야?"

"자네가 내게 써준 그 글을 말하는 건가?"

"자네가 공훈을 양보하지 않았다면 그런 일이 있었을 것 같나?"

"그런 말이 어디 있나…… 마치 자오린 자네가 없었다면 오늘의 내가 없었다는 말처럼 들리는군!"

자오린이 느릿느릿 이불을 들추더니 침대에 천천히 드러누웠다.

"스스로 잘 생각해보게."

지도원도 이불을 끌어당겨 머리까지 덮으면서 말했다.

"알았네. 생각해보지!"

자오린은 아무런 대꾸도 없이 방금 전에 지도원이 그랬던 것처럼 흥 하고 콧방귀만 한 번 뀌었다.

자오린이 콧방귀를 뀌는 소리에 지도원도 따라서 다시 한 번 세게 콧방귀를 뀌었다.

자오린은 더 이상 콧방귀를 뀌지 않고 침대에서 몸을 뒤척이면서 귀에 몹시 거슬리는 소리가 나도록 움직였다.

지도원 역시 침대에서 소리가 나도록 몸을 움직였다.

자오린은 더 이상 참을 수 없다는 듯이 갑자기 침대에서 벌떡 일어나 지도원을 노려보았다. 격투를 하거나 끊이지 않는 말싸움을 하려고 준비하는 것 같았다.

그러나 지도원이 팔을 내밀어 손이 닿는 대로 전등 스위치를 내려버렸다. 불이 꺼졌다. 작은 방 안은 곧장 칠흑같이 어두워져 무덤처럼 두 사람을 뒤덮었다.

제6장
말라버린 강물

13

또 하루가 지났지만 서로 아무 말도 하지 않았다. 둘 다 자신이 상대방에 의해 우물에 빠진 신세가 되었다고 원망하고 있다 보니 서로 응대할 필요를 느끼지 못했다.

설마 나 자오린이 정말로 가오바오신을 두려워하고 있는 걸까? 말을 하지 않으면 또 어쩔 건가? 입대하기 전에는 혼자 외롭게 땅을 일구고 씨앗을 뿌리면서 항상 열흘이나 보름씩 혼잣말을 하면서 지내지 않았던가? 정말로 참기 힘들 때는 산과 들을 향해 목이 터져라 소리를 한 번 지르면 되지 않았던가?

자오린은 가오바오신을 상대로 영원한 침묵의 대치전을

벌이기로 마음먹었다. 그는 이런 침묵의 전쟁에서 이기는 사람은 반드시 자오린 자신일 것이라고 굳게 믿고 있었다. 그리고 이런 침묵의 전투에는 승패만 걸린 것이 아니라 의지력과 인격도 함께 걸려 있다고 믿었다.

48시간이 지나자 지도원은 침묵을 견디기 어려웠다. 그는 의도적으로 마른기침을 하거나 침대와 의자를 움직여 소리를 내기 시작했다. 연달아 몇 번 그랬는데도 아무런 반응을 얻지 못하자 이번에는 혼잣말로 중얼거렸다.

"신문이나 봐야겠다."

그러고는 대대본부에 있는 열람실로 갔다.

그가 자리를 떴다는 것은 자오린의 침묵에 일격을 당했다는 것을 의미했다.

자오린은 약간 득의만만했다. 가오바오신은 하는 수 없이 이 구금실이라는 공간을 전부 그에게 양보함으로써 그로 하여금 승리감을 맛볼 수 있게 했다. 가오바오신의 이런 패배는 오전에 시작되었다. 오전 열 시쯤 그는 대대본부의 열람실로 갔다. 점심을 먹은 뒤에도 다시 열람실로 갔다. 저녁을 먹은 뒤에 또다시 열람실로 갔다. 대대본부의 열람실은 구금된 인원들이 갈 수 있는 유일한 장소였다. 열람실에는 당보(黨報)와 군보(軍報), 그리고 과거에는 〈홍기(紅旗)〉라고 불리다가 언제부터인지 모르게 〈구시(求是)〉로 명칭이 바뀐 잡지도 있었다. 당보와 당 간행물은 정공 간부들의 생명선이었고 이론의 원천이자 사상의 보고였다. 두말할 것도 없이 구금된 인원들의 학습과 세뇌에 필요한 최상의 교재이기도 했다. 가오바오신이 열람실로 갔다는 것은 그가 침묵전쟁에서 패했다는 것을 설명할 뿐만 아니라 침묵을 통해 반성했다는 것을 의미했다. 또한 샤를뤄의 자살 사건에 나타난 자신의 정치공작의 착오를 인식하게 되었다는 것을 의미하기도 했다.

하지만 이날 밤 가오바오신이 가고 난 다음, 방 안에 혼자만 남게 되었을 때 자오린은 갑자기 이 좁은 방이 몇 배로 커지면서 텅 빈 듯한 공허감을 느끼게 되었다. 네 벽이 황량한 들판 같았다. 방 안에서 말을 타고 부대를 훈련시키며 삼군을 지휘하여 대규모 훈련을 진행할 수도 있을 것 같았다. 그는 침대에 누워 아무런 목적도 없이 팔을 뻗고 허리를 폈다. 그러다가 침대에서 내려와 체조를 좀 하고는 다시 침대에 올라가 누웠다. 그런 지루함과 무료함을 기탁할 데가 없는 갑갑한 기분이 호수처럼, 바다처럼 그를 집어삼키고 있었다.

어쩌다 이런 꼴이 된 것일까? 여러 해 동안 분투한 결과가 이렇게 구금실 안에 갇히는 것이란 말인가? 침대 위에서 몸을 뒤척거리던 그의 귀에 연병장에서 전해져 오는 야간 훈련의 구령 소리를 들렸다. 대열의 발걸음 소리도 들렸다. 자오린은 연병장으로 돌아가 다시 병사들을 훈련시키고 새로운 훈련을 기획하고 싶었다. 마음대로 몸을 움직일 수 없다 보니 마음속에 자연스럽게 서글픈 생각이 들었다. 어쩔 수 없다는 무력감이 안개처럼 그를 휘감았다. 그는 조용히 침대에 누워 맨 처음 소대장이 된 뒤에 연대 전체의 열병을 끝냈던 그 밤을 떠올렸다. 언젠가 연대장의 모습을 흉내 낸 적이 있었다. 한밤중에 아무도 없는 틈을 타서 혼자 연대 연병장으로 달려가 열병대 위로 올랐다. 텅 빈 연병장을 마주한 채 마치 눈앞에 수천수만의 병력이 집합해 있는 것처럼, 자신이 속한 보병 9연대의 병력 전체가 집결하기라도 한 것처럼 천천히 열병대 위로 걸어 올라가 병사들을 향해 마음속으로 치사를 했다. 이렇게 연대장처럼 몸을 꼿꼿이 세운 그가 연병장의 병사들을 향해 경례를 하자 열병대 아래에 있는 장사병들도 일제히 목소리를 높여 경계를 올렸다.

"수장님, 안녕하십니까!"

그도 목청을 높여 큰 소리로 답례를 했다.

"동지들, 안녕하십니까!"

이 순간 끓어오르는 격정이 그의 온몸에 강물처럼 흘렀다.

그러나 이 강물은 언제부터 마르기 시작했는지 모르게 어느새 이미 말라버렸다. 그는 늙기도 전에 몸부터 쇠하고 말았다. 이런 내면의 피로와 쇠락은 언제부터 시작된 것일까? 남부전선의 전투 이후부터 그랬던가? 아니면 아내가 아이를 하나 더 낳은 뒤부터였나? 그것도 아니면 강직 처분을 받은 뒤부터 그랬나? 자오린은 이런 노쇠와 노쇠의 원인에 관해 곰곰이 생각하기 시작했다. 너무 깊이 생각하다가 잠이 들려고 할 때쯤 갑자기 문밖에서 발걸음 소리가 들려왔다.

가오바오신이 열람실에서 돌아온 것이었다.

제7장

초조한 만남

14

뜻밖에도 왕후이가 구금실을 찾아왔다.

두 사람이 구금된 지 사흘째 되던 날 오전의 일이었다. 가오바오오신이 방금 방을 나서 열람실로 간 지 얼마 되지 않아 자오린은 침대 위에 누워 천장판을 바라보면서 머릿속으로는 온갖 잡다한 일들을 생각하고 있었다. 머릿속이 온통 어지럽게 뒤엉켜 있다 보니 아무것도 생각할 수 없었다. 그는 연대장이 두 사람을 구금시킨 다음 어떤 일을 벌이고 있는지, 샤를뤄의 사인은 제대로 규명되었는지 알 수가 없었다. 그리고 샤를뤄의 사후 처리는 도대체 어느 단계까지 진행되고 있는지 알 수 없었다. 관례대로 하자면 사망한 병사의 가족이 부대를 찾아오면 중대장과 지도원이 먼저 그들을 향해 사죄를 하도록 되어 있었다. 중대 간부에게 직접적인 책임이 있을 경우에는 무릎을 꿇고 용서를 비는 일도 종종 발생하곤 했다. 하지만 두 사람이 구금된 후로 이 모든 것이 그들에겐 전혀 알려지지 않고 있었다. 이런 일들이 그들과는 전혀 관계가 없는 것 같았다. 게다가 끼니마다 식사를 가져다주는 중대의 취사병은 신병들이라 이런 일들에 대해 전혀 아는 바가 없었다. 이상할 정도로 무지한 상태였다.

가오바오신은 이런 일들에 관해 자세히 알고 있을 것이었다. 그는 매일 대대 열람실에 가기 때문이다. 열람실과 대대 본부 병사들의 숙소는 벽 하나를 사이에 두고 있고, 병사들은 영내를 오가면서 항상 열람실 문 앞을 지나간다. 자오린은 가오바오신에게 최근의 사정에 대해 얘기 좀 해달라고 조르고 싶었지만 그렇다고 먼저 입을 열고 싶지는 않았다. 다음에는 자신이 먼저 열람실에 가고 가오바오신을 구금실에 남겨놓아야겠다고 마음먹었지만, 그는 항상 밥그릇을 내려놓기 무섭게 1분 1초도 머뭇거리지 않고 먼저 팔을 흔들며 문을 나섰다. 자오린이 침대에 누워 어떻게 하면 내일 가오바오신으로 하여금 먼저 자신을 향해 입을 열게 할 수 있을까, 어떻게 하면 가오바오신을 구금실에 남겨두고 먼저 열

람실에 갈 수 있을까를 생각하고 있을 때, 문 입구에 두 개의
그림자가 어른거렸다. 그림자 하나는 문 앞에 서고 다른 하
나는 가버렸다.

가버린 그림자의 주인공은 취사반장이었다.

남아 있는 그림자의 주인공은 왕후이였다. 취사반장은 왕
후이를 구금실 문 앞에 데려다주고 가버렸다. 자오린은 침대
에서 일어나 앉았다. 왕후이를 보자 마음속으로 약간의 희열
이 솟았다. 곧이어 거대한 놀라움이 찾아왔다. 갑자기 산꼭대
기에서 굴러 내려온 거대한 바위가 호두만 한 희열을 완전히
산산조각 내버린 다음 흔적도 없이 어디론가 사라져버렸다.

"난 자오 중대장님을 뵈러 왔어요."

그녀가 문밖에 있는 초병에게 말했다.

대대본부의 초병이 머뭇거렸다.

"먼저…… 대대장님이나 교도원님의 허락을 받으셔야 합
니다."

그녀가 말했다.

"난 댁을 알아요. 이전에 3중대에 있었잖아요. 자오 중대장
님 밑에 있었고요……. 자오 중대장님께 몇 마디만 하고 금
방 돌아갈 거예요."

초병은 여전히 머뭇거렸다.

"그래도 수장님께 먼저 말씀을 드려야 합니다."

"몇 마디만 하고 간다니까요. 누가 보겠어요. 상관에게는 잠시 화장실에 간 사이 내가 왔다 간 거라고 하면 되잖아요."

초병은 여전히 머뭇거렸다.

자오린은 두 사람과 불과 한 걸음 거리에 떨어져 있었다. 갑자기 초병에게 화를 내고 싶었다.

내가 죄수란 말인가? 설사 죄수라 해도 면회는 시켜주는 법인데, 어째서 날 만나러 온 사람을 들여보내주지 않는단 말인가?

하지만 그를 찾아온 사람은 여자였다. 그것도 지도원이 이미 오래전부터 의심을 품고 있는 왕샤오후이였다. 자오린은 목구멍까지 올라온 분노를 간신히 안으로 밀어 넣고 있었다. 자신도 그녀가 들어오길 원하는 것인지 그냥 돌아가길 원하는 것인지 알 수 없었다. 그가 구금되어 있는 상태인 만큼 그녀가 들어옴으로 인해 바람에 비가 더해지거나 눈에 서리가 더해져서는 안 될 일이었다. 게다가 그녀가 왜 찾아온 것인지 아직 알 수 없었다. 그녀를 못 들어오게 하자니 지금 이 순간 마침 지도원이 방 안에 없다는 것이 아까운 데다 그녀에 대한 그리움도 없지 않았다. 그녀와 몇 마디라도 얘기를 좀 나눌 수 있다면 더 좋을 것이 없을 것 같았다. 입에서 나오는 대로 몇 마디만 주고받음으로써 가슴에 쌓인 고독을 조금이라도 해소할 수만 있다면, 물이 가득 찬 호수와 같은 마음속 풍경에서 조금이라도 물을 덜어내 건너편 제방의 압력을 덜 수만 있다면 더 좋을 것이 없을 것 같았다.

두 사람이 문 앞에서 일문일답하는 소리를 들으면서 그가 어떤 태도를 취해야 할지 몰라 주저하고 있을 때, 초병이 머뭇거리더니 갑자기 한 걸음 뒤로 물러섰다.

그가 말했다.

"그럼 들어가세요. 빨리요. 대신 제가 기침을 한 번 하면 재빨리 나오셔야 합니다."

초병은 이 한마디를 던지고 다른 데로 가버렸다. 자오린은 초병이 약간 옆으로 물러가서 주위를 살피려 한다는 걸 모르지 않았다.

왕후이는 초병이 자리를 뜨는 것을 보고는 재빨리 구금실 안으로 들어섰다. 들어오자마자 그녀는 가오바오신이 엉덩이를 걸치고 있던 매트리스 위에 앉아 자오린과 얼굴을 마주했다. 자오린은 그녀의 얼굴이 약간 창백하고 희어진 것을 알았다. 마치 달걀 껍데기를 얼굴에 두 겹으로 붙여놓은 것 같았다. 그녀는 그를 바라보았다. 그의 얼굴에서 어떤 변화의 흔적을 찾고 있는 것 같았다. 변화를 찾아낸 뒤에야 입을 열려는 것 같았다.

그녀가 말했다.

"자오린, 좀 마른 것 같군요."

그는 그녀와 마찬가지로 앉아서 빙긋이 웃으며 자신의 얼굴을 만져보았다.

"그럴 리가요? 매일 여기서 먹고 자고, 자고 먹기를 반복하고 있습니다. 거의 요양 수준이지요."

그녀가 물었다.

"총을 분실해서 여기 구금되신 건가요?"

"그럼 나무 몽둥이를 분실한 줄 알았습니까? 총은 군인의 제2의 생명이에요."

"그럼 누구를 죽였거나 상해를 입혔을 경우에는 어떤 처분을 받게 되나요?"

자오린은 곧장 대답하지 못했다. 그는 그녀를 자세히 살펴보기 시작했다. 그녀의 이 질문 한마디가 그에게 뭔가를 일깨워주었는지 얼굴에 불안감과 초조함이 역력했다. 햇빛이 문 안으로 쏟아져 들어오고 있었다. 햇빛은 비스듬하게 마름모꼴을 이루고 있었다. 창문을 통해 들어오는 햇빛이 그녀의 왼쪽 어깨 위에 얹혀 있었다. 마치 황금빛 비단 머플러가 그녀의 어깨에 걸려 있는 것 같았다. 방 안은 이상하리만큼 조용했다. 자세히 귀를 기울여보면 햇빛 속을 떠도는 미세한 먼지가 웅웅 소리를 내고 있는 것을 감지해낼 수 있었다. 방 어디선가 갓난아기가 요란스럽게 웃거나 울고 있는 것 같았다. 불안감으로 인한 가벼운 초조함이 점차 커져만 갔다. 자오린은 그녀의 눈빛을 바라보았다. 그러곤 잠시 그녀를 응시하다가 이내 평범한 눈길로 바뀌었다.

그가 말했다.

"날 찾아온 용건이 뭡니까?"

그녀는 뒷면에 인장이 찍힌 백지를 꺼내 보여주며 말했다.

"저 이혼했어요……. 어제요. 이게 바로 이혼증서예요."

그는 가슴이 덜컥 내려앉았다. 뭔가 검사를 받고 있는 것 같은 기분이었다. 그가 이혼증서를 쳐다보며 말했다.

"나한테 이런 애길 하는 이유가 뭔가요?"

그녀가 말했다.

"전 중대장님과 부인 사이에 아무런 감정도 없다는 걸 잘 알아요. 중대에서 신병이 한 명 죽었다는 것도 알지요. 사람이 죽었으니 중대장님이 진급하시는 것은 불가능한 일일 거예요. 진급이 불가능하면 부인이 영내로 입주하는 것도 물건너간 얘기가 되겠지요. 제가 찾아온 목적은 중대장님과 이런 애길 하려는 거였어요. 부대에서는 중대장님을 전역시키

려 하고 저는 중대장님과 결혼을 하고 싶거든요. 중대장님의
아내가 되고 싶단 말이에요."

왕후이는 말을 아주 빨리 했다. 두말할 필요도 없이 문 안
으로 들어서면 무슨 말을 할 것인지 이미 다 생각해놓은 것
이 분명했다. 심지어 구금실 입구에서 초병과 교섭할 방법도
이미 마음속으로 준비해두고 있었다. 맨 처음에 자오린은 그
녀를 약간 단순하고 유치하다고 생각했었다. 하지만 지금은
그녀가 단순하고 유치한 것이 아니라 단순함 속에 성숙함이
감춰져 있고 유치함 속에 노숙함이 묻어 있다는 생각이 들었
다. 그는 갑자기 그녀를 구금실에서 내쫓고 싶어졌다. 심지어
이렇게 말하고 싶었다.

"왕샤오후이, 어서 여기서 나가줘요!"

하지만 그가 이런 생각을 하는 순간, 그는 또 그녀의 두 눈
가에 눈물이 맺혀 있는 것을 보고 말았다. 여동생이 자기보
다 나이가 아주 많은 오빠에게 원래 자기 물건을 돌려달라고
애걸하는 듯한 모습이었다. 침대 위에서 자오린의 엉덩이가
약간 움직였다. 벌떡 일어나 거친 태도로 그녀를 쫓아내려던
힘은 어느새 사라지고 없었다. 그녀를 거칠게 밀어내리려고 손
에 주었던 힘도 두 손 가득 땀으로 변해버렸다. 그녀를 바라
보던 그는 손에 묻은 땀을 탁자 가장자리에 문질러 닦으며

가벼운 목소리로 말했다.

"왕후이, 내게 눈(雪)에 서리를 더하거나 우물에 돌을 던지는 그런 짓은 하지 말아줘요. 내가 지금 어떤 처지에 있는지 잘 알잖아요. 왕후이가 한마디만 더 하면 나는 강직되거나 전역 처리되는 것이 아니라 당적(黨籍)과 군적(軍籍)을 동시에 잃게 되고 완전히 시골로 돌아가 농사나 지으며 살게 된단 말이에요."

왕후이는 조용히 이혼증서를 도로 주머니에 집어넣었다. 그러고는 단호한 어투로 말했다.

"자오 중대장님, 세상에 만 명의 사람들이 있고 그 가운데 9,999명이 중대장님을 해치려 한다면 중대장님을 해치지 않는 나머지 한 명이 바로 저 왕후이일 거예요. 아명이 왕샤오후이였던 이 왕후이 말이에요."

이 한마디에 자오린은 갑자기 무슨 말을 해야 할지 몰랐다. 약간 감동이 되기도 했다. 마음이 100일 동안 비가 내리지 않은 밭에 가는 물줄기가 흐른 것 같았다. 이곳이 구금실이 아니고 영내가 아니었다면, 사방에 사람이 아무도 없고 두 사람뿐이었다면, 그는 그녀를 향해 어떤 동작을 취했을지도 모른다. 예컨대 주도적으로 그녀의 손을 잡아끌었을 수도 있고 친오빠가 누이동생을 끌어안듯 가볍게 그녀를 품에 안았을 수도 있을 것이다. 하지만 이곳은 영내였고 게다가 자오린을 가두고 있는 구금실이었다. 또 문밖에는 초병이 보초를 서고 있었다.

그는 지금 당장 뭘 어떻게 해야 좋을지 몰랐다. 갈수록 손에 땀이 많아져서 하는 수 없이 베갯잇에 손을 문질러 닦아야 했다. 그런 다음 목소리를 낮춰 말했다.

"샤오후이, 정말 고마워요."

이 한마디에 결국 그녀는 울음을 터뜨렸다. 눈물방울이 투욱 하고 구금실 한가운데 떨어졌다. 한 걸음 더 나아가 뭔가를 표현하려는 것 같았다. 그녀는 침상 모서리에서 몸을 일으켜 그에게로 반걸음 다가가서는 뭔가를 갈망하는 듯한 표정으로 그를 바라보았다.

그는 갈수록 더 어찌해야 할 줄 몰랐다. 몹시 당황스러워 난처해하고 있는 차에 밖에 있던 초병이 그를 구해주었다. 초병이 큰 소리로 기침을 한 것이었다.

자오린이 말했다.

"어서 나가요. 앞으로는 다시 찾아오지 말아요. 내가 여기서 나가면 샤오후이를 찾아갈 테니까 할 말이 있으면 그때 하도록 해요."

왕후이는 몹시 아쉬운 표정으로 구금실 문을 나섰다. 문가에 이르러 그녀는 또다시 고개를 돌리더니 한마디 던졌다.

"자오 중대장님, 중대장님이 감옥에 가는 일이 있더라도 전 끝까지 중대장님을 기다릴 거예요."

말을 마친 그녀는 서둘러 걸음을 옮겼다.

바로 이때, 초병이 기침을 한 직후에 누군가의 발걸음 소리가 들렸다. 뜻밖에도 지도원 가오바오신이 돌아온 것이었다. 자오린은 너무나 다행이라고 생각했다. 왕후이가 제때 가준 것이 정말 행운이었다.

제8장

침묵 속으로

15

엿새째 되는 날부터 사태가 변하기 시작했다.

자오린은 외롭다 보니 사흘 연속으로 낮에 화장실을 서너 번씩 다녀왔다. 수업을 기다리는 휴식 시간이나 식사 시간 전후였다. 그 시각에는 병사들도 훈련이 없기 때문에 화장실을 찾는 사람이 있기 마련이었다. 병사 하나가 화장실에 오고 그 병사가 3중대 소속이기만 하면 그는 마음대로 이것저것 물어볼 수 있었다.

"오늘은 무슨 훈련을 했나?"

"제식 훈련이었습니다."

"누가 정한 훈련인가?"

"부중대장입니다. 부중대장이 곧 중대장이 될 거라고 합니다."

"누가 그러던가?"

"본인이 그랬습니다."

자오린은 더 이상 아무것도 묻지 않았다. 마음이 몹시 착잡했다. 머리도 약간 아파왔다. 오래 쭈그리고 앉아 있어 혈맥이 통하지 않아서 그런 것 같았다. 재빨리 담벼락을 짚고 일어선 그는 바지를 제대로 입고 작은 방으로 돌아와 잠을 청했다.

그다음 날에도 화장실에서 3중대 사병 하나를 만났다. 사병은 마침 큰일을 보고 있는 중이었다. 그는 슬그머니 다가가 바로 옆 칸으로 들어갔다.

자오린을 본 사병은 황급히 인사를 건넸다.

"중대장님, 식사하셨습니까?"

그도 바지를 풀고 똥통 위에 쭈그리고 앉았다.

"먹었네. 오늘은 중대 정치학습이 있는 날이지?"

"네, 정치학습이 있었습니다."

"뭘 배웠나?"

"신문을 공부했습니다. 시사에 관해서요."

"누가 지도했나?"

"부중대장이요. 들리는 바에 의하면 부중대장이 곧 중대장이 된다고 하더군요."

"누가 그러던가?"

"본인이 그렇게 말했습니다."

"누가 지도원이 되는지에 관해서는 얘기가 없던가?"

"그런 얘기는 못 들었습니다."

"3중대의 편제를 아예 해산한다는 얘기도 못 들었나?"

"들었습니다. 하지만 해산되는 부대는 3중대가 아니라 4중대라고 하더군요."

자오린은 더 이상 아무것도 묻지 않았다. 마음이 몹시 허전했다. 머리도 약간 어지러웠다. 너무 오래 쭈그리고 앉아 있다 보니 피가 잘 통하지 않아서 그런 것 같았다. 아무것도 배설하지 못한 채 담벼락을 짚고서 바지를 추켜올린 그는 곧장 방으로 돌아왔다.

구금실에 들어온 지 엿새째 되던 날이었다. 수업 시작을 알리는 신호가 울렸다. 대대 간부들은 연대본부로 회의를 하러 왔다가 아직 돌아가지 않은 상태였다. 지도원은 황급히 간행물실로 달려갔다. 또다시 중대장 자오린만 작은 방에 남게 되었다. 계절이 바뀌는 시기라 기상의 변화가 매우 심했다. 불과 며칠밖에 안 됐는데 방문을 열어놓아도 전처럼 쉽게 햇빛이 들어오지 않았다. 하루 종일 햇빛이 들지 않는 때도 있었다. 구금실 밖의 나무 위로 작은 참새들이 무리 지어 날아다니면서 쩍쩍거리는 소리만 들릴 뿐이었다. 중대장 자오린은 10분 전에 화장실에 다녀왔다. 그 짧은 시간 동안 대소변을 위해 화장실을 드나드는 사병들은 보이지 않았고 그 혼자 텅 빈 변소에 쭈그리고 앉아 있었다. 이 화장실은 벽돌로 칸막이가 되어 있었다. 사람 키 절반 정도의 높이라 쭈그리고 앉으면 옆 사람이 보이지도 않았고 일어서면 허리 정도에 닿는 높이였다. 중대장은 아무도 오지 않는 것을 보고는 공연히 화장실에 온 것을 후회했다. 다시 나가려고 하던 차에 갑자기 칸막이 위에 신문지 반 장이 놓여 있는 것이 눈에 띄었다. 병사 하나가 절반을 찢어 밑을 닦고 남긴 이 반 장의 신문은 마침 국제시사 면이었다. 자연스럽게 손을 뻗어 신문을 펼친 그는 한눈에 스물 몇 가지 뉴스를 읽어 내려갔다.

'옐친, 소련공산당과 러시아공산당의 모든 활동 중지 선언'
'이라크 국방장관 사담 후세인에 의해 해직'
'몽골 주둔 소련군 내년 9월 전면 철수'
'동유럽 형세 악화, 군대 출동 대기'
'미 전투기 이라크 북부 영공 침범'

'유고슬라비아 해군 크로아티아 연해 항구 봉쇄'

'나토, 중대한 전략상의 조정 진행'

…….

이것이 국제시사 면을 장식하고 있는 지난 한 주 동안의 주요 기사들이었다. 모든 뉴스가 군사에 관한 것이었다. 이 세상에 군인들 말고는 아무도 없는 것 같았다. 따져보니 자오린은 거의 한 달 동안이나 신문을 보지 못했다. 그러다가 이번에 변소에 쭈그리고 앉아 단숨에 스무 가지가 넘는 뉴스를 읽게 되었다. 하나같이 국제적이고 군사와 연관된 소식들이었다. 그는 문득 자신이 뭔가 특별한 것을 누리고 있는 듯한 느낌이 들었다. 똥도 수돗물을 튼 것처럼 시원하게 잘 나왔다. 모든 번잡한 고민이 싹 사라지면서 한순간에 몸 전체가 상쾌해지는 것 같았다. 소련의 종족 분쟁으로 작년에 60만 명에 달하는 난민이 발생했다느니, 유고슬라비아 내전의 총성이 국제사회의 상공에 울려 퍼졌다느니, 이스라엘이 레바논에 대해 또다시 새로운 군사 행동을 시작했다느니…… 온갖 뉴스가 이어졌다. 자오린은 뉴스들을 대하면서 이런 나라들이 하루 종일 시끄럽게 다투고 있어 세상이 한여름의 똥통처럼 요란한 것이라는 생각이 들었다. 똥통을 생각하자 자오린의 입에서 갑자기 차가운 웃음이 터져 나왔다. 어린 시절, 학교에 다닐 때 선생님이 수수께끼를 내면서 반 학생들 전체에게 알아맞혀보라고 했던 일이 떠올랐다.

선생님이 말씀하셨다.

"정사각형의 도시 안에 만 명의 병사가 주둔하고 있어요. 무슨 동물일까요?"

학생들이 일제히 한목소리로 대답했다.

"구더기요."

여름에는 수업을 하다 보면 졸리기 십상이었다. 그럴 때 수수께끼 맞히기를 하면 금세 졸음이 달아나곤 했다. 이 일을 생각하다가 자오린은 웃음을 터뜨리고 말았다. 웃음소리가 터져 나오면서 똥이 중간에 끊어지고 말았다. 신문지 맨 가장자리에는 커다란 글씨로 눈에 확 띄는 제목의 기사가 하나 게재되어 있었다. 중국과 자오린 자신에 관한 기사였다. 이상하게도 그는 이 기사를 신문을 거의 다 읽었을 때쯤 발견하게 되었다. 기사가 눈에 확 들어왔다. 똥이 한창 잘 나오고 있을 때였다. 그러다가 기사의 제목을 보고 온몸이 놀라움에 휩싸이는 순간 갑자기 똥이 나오지 않았다. 똥이 중간에서 끊어져버렸다.

그는 호흡을 멈추지 않고 단숨에 기사 하나를 다 읽었다.

머리에서 꼬리까지 한 글자도 그냥 흘리지 않고 마지막 한 문장까지 다 삼켜버린 다음, 신문을 접어서 서둘러 바지 주머니 안에 쑤셔 넣었다. 그러고는 똥통 위에서 몸을 일으켜 바지를 추켜올린 다음 발받침에서 내려왔다.

화장실 문을 나설 때 그는 갑자기 똥을 누고 나서 밑을 닦지 않은 것이 생각났다. 그 부분이 몹시 찝찝하고 불편했다. 다시 돌아가 밑을 닦을까 하는 생각에 걸음을 늦추긴 했지만 이내 서둘러 구급실로 뛰어 들어갔다.

그는 자신이 왜 작은 방으로 돌아왔는지 알 수 없었다. 방으로 돌아와보니 지도원은 이미 나가고 없었다. 그는 지도원이 간행물실에 갔다는 것을 잘 알고 있었다. 그의 침묵이 지도원의 과묵함을 이긴 것이었다. 때문에 지도원은 그 작은 방 안에 함께 있을 수 없었다. 설사 남아 있다고 해도 감히 자오린에게 말을 걸지는 못했을 것이었다. 그러나 이번에는 오히려 그의 마음이 더 다급해졌다. 당장이라도 몸에 병이 날 것만 같았다. 갑자기 천지를 진동시킬 놀라운 일이 일어나리라는 것을 알게 된 것 같았다. 누군가를 찾아 말하지 않으면 안 될 것 같았다. 문 앞에 서 있는 초병은 일등병인 데다 주둥이가 만질만질한 것이 아무것도 모르는 애송이임을 한눈에 알 수 있었다. 그는 자기 침대에 앉아 아무것도 없는 네 벽을 둘러보다가 다시 밖으로 눈길을 돌렸다. 얼룩무늬 비둘기 한 마리가 문 앞을 날아가면서 지루한 울음소리를 흘렸다. 그는 화장실에서 이렇게 황급히 돌아올 필요가 없었다고 생각했다. 방으로 돌아와보니 공허하고 실망스럽기만 했다. 하는 수 없이 그는 신문을 침대에 펼쳐놓고 기사들을 반복해서 읽기 시작했다. 읽고 또 읽었다.

기사의 제목은 '중·베트남 공동성명'이었다.

결국 자오린은 자신이 이 공동성명을 몇 번이나 읽었는지 잘 기억나지 않을 정도가 되었다. 나중에는 공동성명 열한 조항을 전부 외울 수 있을 것 같았다. 때는 이미 오전 열한 시라 해가 하늘 꼭대기에 걸려 있었고 햇살은 한없이 따사롭기만 했다. 문밖에 발걸음 소리가 들렸다. 지도원 가오바오신이 돌아온 것이었다. 자오린은 도둑처럼 재빨리 신문지를 수습하여 지도원의 침대 위에 펼쳐놓았다. 큰 글씨의 '중·베트남 공동성명'이라는 제목이 문에서 정면으로 마주 보이게 해놓았다. 가오바오신이 방 안에 들어서자마자 그 커다란 글자와 그 기사를 볼 수 있게 하려는 의도였다. 큰 걸음으로 방을 나선 그는 초병에게 화장실에 간다고 말했다. 그러면서도 시선은 그 작은 방 안으로 들어서는 가오바오신의 모습을 좇고 있었다.

자오린은 화장실의 똥통 위에 무려 30분 동안이나 쪼그려 앉아 있었다. 그러다가 수업을 마치는 신호가 울리고 나서야 뚜벅뚜벅 화장실을 나왔다. 다시 작은 방으로 돌아와보니 지도원은 침대에 누워 있었고, 신문은 둥글게 말려 문 뒤에 던져져 있었다. 지도원은 신문을 아예 보지도 않고 방에 들어서자마자 곧장 신문을 말아 던져버린 것 같았다. 어쩌면 그가 그 기사에 관심이 없었던 것인지도 몰랐다.

염병할, 이렇게 크고 중요한 일에 어떻게 관심을 갖지 않을 수 있단 말인가? 그러면서도 매일 간행물실을 점거하고 있다니. 게다가 신문이야말로 사상정치공작을 하는 사람들의 생명줄인데 말이야.

자오린은 신문을 다시 집어다 지도원에게 주면서 중국과 베트남의 공동성명이 실려 있으니 한번 읽어보라고 말해주고 싶었다. 하지만 그렇게 하지 않았다. 엿새가 이미 지났는데 오늘 먼저 그에게 말을 거는 비천한 짓은 하고 싶지 않았다. 곰곰이 생각해보니 가오바오신 스스로 마음과 태도가 다 변해버린 것인지도 모른다는 생각이 들었다. 붉은 핏빛이 진한 자줏빛으로 변해 있었다. 샤를뤼가 자살한 책임을 전부 남에게 전가하고 자기 몸에 묻은 먼지와 흙을 하나도 남기지 않으려 하는 것 같았다. 그러면서도 그는 다른 사람에게 양심이 없다고, 쟁기만 던지면 농부가 아닌 게 되냐고 말하는 것 같았다.

내가 없었다면 네가 오늘까지 살아 있었을 것 같아? 한 소대가 전부 사망했는데 너 혼자 살아남았잖아. 군인으로서 전투를 하면서 진지 하나조차 사수하지 못하면서 염병할, 사람들을 만났다 하면 다리에 총알 두 발 맞은 사실을 떠벌리고 다니지. 소대장의 머리통이 네 머리를 향해 날아오고 세 전우의 시신이 네 몸을 덮어주었던 것을 잊었나. 그 시신들이 없었다면 너는 벌써 폭탄에 맞아 죽었을 거라고. 나 자오린이 30분만 더 늦게 진지에 도착했더라면 넌 이미 동사하고 말았을 거란 말이다. 도대체 신문을 본 거야 안 본 거야? 아마 보았을 거야. 보고 나서 문 뒤로 던져놓은 것이겠지. 그의 얼굴을 살펴보니 바닥 마루판과 평행하게 희멀건 빛을 드러내고 있었다. 신문을 읽지 않았다면 저런 얼굴빛을 하고 있을 수 있는 걸까?

16

식사를 할 때도 서로 말이 없었다.

방으로 돌아와서도 서로 말이 없었다.

오후에 한 시간을 쉴 때도 여전히 서로 말이 없었다.

오후 내내 둘 다 말이 없었다.

오전 수업 시작 신호가 울렸다. 자오린은 지도원이 열람실로 가고 나면 그 신문지를 다시 주워야겠다고 생각했다. 그는 이상하게도 그 신문지를 베개 밑에 보관해두고 싶었다. 아주 진귀한 자료를 보관하는 것처럼. 하지만 오후 내내 지도원은 그때까지의 관례를 깨고 방 안에서 한 걸음도 벗어나지 않았다. 구금실을 굳게 지키면서 면벽을 한 채 몸을 조금도 움직이지 않았다.

지도원이 몸을 움직이지 않자 대신 자오린이 방을 나와 간행물실로 갔다. 일주일 만에 처음으로 간행물실을 찾은 것이었다. 원래 대대 간행물실은 유명무실한 공간이었다. 커다란 방 두 칸의 벽에는 "아는 것이 힘이다" 또는 "공부는 아름다운 것"이라는 등의 유명 위인들의 명구가 붉은 종이에 방송체(仿宋體)로 써 붙어 있었고 방 한가운데는 커다란 탁구대만 덩그러니 놓여 있었다. 낡아 군데군데 부서진 탁구대는 간행물실의 열람용 테이블을 대신하고 있었다. 그리고 테이블 위에는 잡지 철에 끼워져 있는 〈해방군보(解放军报)〉를 제외하고는 아무것도 없었다.

자오린은 걸음을 옮기다가 손이 닿는 대로 신문철을 뒤적여보았다. 신문철은 아주 얇았다. 중간중간 빠져 있는 9월과 10월의 오래된 신문과 새 신문이 뒤섞여 있었다. 두말할 것도 없이 대대본부의 신문과 잡지는 전부 수장 집에 있었고 어쩌다 한 장의 여분이 있을 때에만 통신원이 이를 가져다 신문철에 끼워놓았다. 자오린은 신문에서 중국과 베트남의 관계에 관한 소식을 좀 더 찾아보기로 마음먹었다. 하지만 아무리 찾아봐도 그런 기사는 보이지 않았다. 이상하게도 20여 장의 신문지 가운데 한 페이지도 빠지지 않고 거의 전부가 중간중간 구멍이 뚫려 있었다. 어떤 신문은 한 페이지에 다섯 건 정도의 기사가 사라지고 없었다. 거의 모든 신문지가 아기의 기저귀처럼 너덜너덜했다.

뜻밖에도 며칠 동안 지도원은 꼼짝도 하지 않고 이 방에 틀어박혀 이 신문들을 읽고 있었다. 자오린은 놀라움을 금치 못했다. 아무리 이해하려고 해도 이해할 수가 없었다.

매일 보는 군보에 도대체 어떤 기사가 있기에 저렇게 매일 읽어도 질리지 않는 것일까?

누런 의문이 얼굴에 가득한 채 간행물실을 나온 자오린은 초병 옆에 서서 하늘을 쳐다보았다. 해가 서쪽으로 기울면서 햇빛 속에 붉은색이 섞여 있었다. 하늘에는 마침 구름 몇 송이가 뭉쳐져 있었다. 비를 내릴 구름이 아니라 투명하게 빛나는 백옥처럼 흰 구름이었다. 마치 가는 유리섬유를 뭉쳐놓은 것 같았다. 대대본부 문 앞을 어슬렁거리는 초병은 1중대에서 차출돼온 사병이었다. 3중대 중대장이 신문을 보지 않느냐는 물음에 초병은 보지 않는다고 대답했다. 자오린은 지도원이 매일 어디에 가서 신문을 읽는지 아느냐고 물었다. 초병은 그가 매일 이곳에서 신문을 읽는다고 말했다. 간행물실은 대대본부 숙소의 동쪽 맨 끝에 있었고 구금실은 그 앞쪽 소대 건물들 서쪽에 끼어 있었다. 그 사이의 거리는 약 15미터 정도였다. 초병들은 일반적으로 이 15미터 사이를 왔다 갔다 했다. 자오린은 초병과 얘기를 나누면서 함께 왔다 갔다 했다. 두 사람이 이렇게 오가는 사이에 멀리서 대대장이 자전거를 타고 달려오는 모습이 눈에 들어왔다. 자오린은 재빨리 안으로 뛰어 들어가 자신을 계속 구금했다.

지도원은 여전히 침대 위에 누워 있었다.

아무 말이 없었다.

여전히 말이 없었다.

17

여기저기 마구 접힌 주름투성이 신문은 여전히 문 뒤에 던져져 있었다.

밤참을 먹고 나니 늦가을의 연병장에는 한적함과 요란함

이 함께 뒤섞여 있었다. 게다가 토요일이라 항상 그랬던 것처럼 출신 지역별로 사병들이 한데 모여 한담을 나누고 있었다. 샤를뤄가 죽은 지 딱 일주일이 되었지만 사건 처리는 아직 마무리되지 않았다. 연대장과 대대장이 그들을 찾아와 얘기를 나누는 일도 더 이상 없었다. 사건 처리가 도대체 어느 단계에 이르렀는지 아는 사람은 아무도 없었다. 폐쇄된 작은 방은 엿새 밤 내내 극도로 갑갑하기만 했다. 문밖의 자유와 열기가 물결처럼 밀려 들어왔다. 작은 방은 밤의 해변에 정박해 있는 작은 배 같았다. 또는 해안에 홀로 세워진 낡은 집 같기도 했다. 자오린은 침대 위에서 문 뒤에 던져진 신문지를 바라보고 있었다. 지도원 가오바오신은 침대 위에 누워 담벼락에 찍힌 한 점을 응시하고 있었다. 초병은 여전히 문밖에서 왔다 갔다 하고 있었다. 방 안의 적막은 조금도 흔들리지 않는 물 같았다. 자오린은 자신이 곧 이 물에 잠겨버릴 것 같다는 생각이 들었다. 몸 전체가 조금씩 물 밑으로 가라앉는 것 같았다. 이럴 때는 숨을 제대로 쉴 수 없을 뿐만 아니라 뭔가를 붙잡아야만 결국 물에 잠기는 것을 막을 수 있었다. 그는 아래턱을 치켜세우고 문 뒤에 있는 신문지를 바라보았다. 신문지는 마치 수면에 떠 있는 나무판자처럼 아주 가벼운 바람 속에서 천천히 그를 향해 흔들렸다. 결국 그는 더 참을 수 없게 되었다. 몸을 일으켜 신문지를 주운 그는 마음속으로 욕을 한마디 해댔다.

줏대도 없는 놈이 그러고도 군인이라고, 얼어 죽을 군사의 주관(主官)이라고!

자오린은 신문지를 북북 찢더니 잠시 멍한 표정을 지었다. 그의 폐부를 자극하던 그 글은 보이지 않았다. 신문에는 여기저기 네모난 구멍이 나 있었다. 자오린은 몸을 돌려 침대에 있는 지도원을 쳐다보다가 마침내 입을 열어 말을 건넸다. 혼잣말을 하는 듯한 어투였다.

"누가 이 기사를 오려갔지?"

지도원이 몸을 일으키며 혼자 중얼거리듯이 말했다.

"내가 오렸네."

자오린은 몸을 돌려 원래 자리로 가서 앉았다. 그러고는 여전히 혼잣말하듯이 말했다.

"그걸 뭐 하러 오렸나?"

지도원이 베개 밑에서 커다란 봉투 하나를 꺼냈다.

"교육 자료로 쓸 생각이었네……. 자네도 보겠나?"

자오린은 엉덩이를 참대 쪽으로 밀고 갔다.

"심심하니 한번 보지."

지도원은 봉투를 그에게 던져주었다. 봉투가 바닥에 떨어지면서 요란한 소리가 났다. 자오린은 봉투를 열어 그 안에서 신문 스크랩 뭉치를 꺼냈다. 크고 작은 스크랩은 전부 정사각형이었고 가끔씩 장방형도 섞여 있었다. 가장 큰 기사는 그가 필요로 했던 성명서였고 가장 작은 기사는 성냥갑만 한 기사였다. 전부 중국과 베트남의 관계에 관한 것이었다. 이리하여 자오린은 갑자기 한 가지 사실을 깨닫게 되었다. 지도원이 요 며칠 간행물실에 가서 죽치고 앉아 있었던 것이 알고 보니 이것 때문이었다. 그와 더불어 이 구금실에서의 세월을 보낸 것도 전부 중국과 베트남의 관계 발전에 관한 이 소식과 보도들이었다. 그는 모든 스크랩의 오른쪽 상단에 번호와 신문 제목, 날짜 등을 기입해놓았다. 기사 내용에 대한 그의 관심과 열정, 걱정이 보통 사람들의 애호나 관심을 훨씬 뛰어넘는 수준이라는 것을 알 수 있었다.

자오린은 스크랩의 번호에 따라 한 장 한 장 읽어 내려갔다.

첫 번째 스크랩은 백 자도 채 안 되는 기사로서 제목은 '베트남 고위 대표단, 중국 방문 예정'이었다. 내용은 이러했다.

신화사(新华社)의 베이징발 10월 31일자 전문에 의하면 중국공산당 중앙총서기 쟝쩌민(江泽民)과 국무원 총리 리펑(李鹏)의 초청으로 베트남공산당 서기장 농득만과 베트남 총리 판반카이가

고위 대표단을 이끌고 11월 5일부터 9일까지 중국을 공식 방문
할 예정이다.

뒤로 갈수록 오려진 부분이 더 컸다. 기사의 제목은 차례로
다음과 같은 것들이었다.

'베트남공산당 중앙총서기 농득만 약력'
'베트남 총리 판반카이 약력'
'중·베트남 국경 민간무역의 이상한 발전'
'과거 자위반격전쟁의 영웅들, 오늘은 발전과 치부의 모범이 되다'
'베트남공산당 고위 대표단 오늘 베이징 도착'
'중요한 의미를 갖는 중·베트남 고위회담'
'쟝쩌민과 농득만의 회담'
'리펑과 판반카이의 회담'
'농득만과 판반카이를 회견하는 양상쿤(楊尙昆)'
'중·베트남 무역협정과 국경사무 처리에 관한 임시협정에 서명'
'중·베트남, 양국 고위 지도자, 중·베트남 관계 발전의 새로운 시
작이라는 공동 인식에 도달'
'베트남 고위 대표단 중국 방문 마무리'

'중·베트남 공동성명'은 지도원이 스크랩한 이 기사들 가운데 맨 마지막 장이었다. 자오린은 기사들을 다시 한 번 읽어보고 나서 오린 신문지를 잘 정리하여 다시 봉투 안에 넣어 지도원에게 돌려주었다. 그러면서 신문은 뭐 하러 오렸느냐고 다시 물었다. 지도원은 그냥 자료일 뿐이라고 대답했다. 자오린은 다시 침대로 돌아와 누웠다. 다시 뭔가를 묻기가 거북했다. 방 안은 일순간에 적막에 빠졌다. 두 사람 모두 갑자기 자신들이 며칠 동안 말을 주고받지 않았다는 사실을 기억하기라도 한 것 같았다. 이런 야릇한 분위기는 신문기사를 오린 것으로도 깨지기 어려웠는지, 두 사람은 서둘러 침묵의 물속으로 빠져들었다.

 서로 말이 없었다.

 등불은 흰 눈처럼 밝았다.

 방 안에는 아무런 소리나 동작도 없었다. 작은 문은 굳게 닫혀 있고 문밖의 소리가 약간 새어 들어오긴 했지만 곧장 방 안의 고요와 적막에 잠겨버리고 말았다. 언제부터인지 모르지만 지도원은 스크랩을 다시 읽기 시작했다. 어떤 것을 읽고 있는지 모르지만 그 스크랩 안에 어떤 비밀이 감춰져 있기라도 한 것 같았다. 그는 무슨 일이 있어도 그 기사 속에서 비밀번호를 알아내려는 것 같았다.

소등 신호가 울렸다.

기왕에 말을 하기 시작했으니 굳이 더는 말을 안 할 필요
도 없는 것 같았다. 지도원은 소등 신호를 듣자마자 스크랩
을 정리해서 베개 밑에 넣어두었다.

"더 볼 생각인가?"

"안 봐, 불 끄게."

지도원이 스위치 줄을 잡아당기자 작은 방이 다시 어둠에
잠겼다. 이어서 방 안에는 두 사람이 어둠 속에서 손을 더듬
으며 옷을 벗는 소리가 났다. 이어서 각자 침대에 누웠다. 방
안은 다시 고요해졌다. 창밖의 밤 풍경은 희미했다. 적막이
소리 없이 새어 들어오고 있었다. 시간이 그들의 몽롱한 달
밤을 적시며 조용하게 창문 안으로 흘러들어와 두 사람의 침
대 위를 떠다니다가 또 조용히 문틈으로 흘러나가는 것 같았
다. 이런 조용함과 평안함 속에서 두 사람은 편안하게 빈둥
거리고 있었다. 아니, 빈둥거리고 있었지만 뭔가를 참고 있었
다. 그리고 마침내 물 흐르듯이 자연스럽게 서로 얘기를 주
고받게 되었다.

지도원이 말했다.

"라오자오, 나 어제 왕후이를 만났네."

자오린이 말했다.

"와서 군민(軍民) 공동건설에 관해 얘기했겠지."

지도원이 말했다.

"정말 예쁘게 생겼더군."

"아무리 예쁘다 해도 남의 마누라일세."

"난 한눈에 알 수 있지. 자네가 그녀를 쫓아갈 마음만 있으면 얼마든지 차지할 수 있네."

자오린이 말했다.

"목숨이 아깝지 않단 말인가? 마누라에게 면목이 있어야지."

"물론이지. 우리는 군인이잖아. 도덕을 중시해야 해."

"때로는 도덕이 기율이나 법률보다 더 중요하다네."

지도원은 "응" 소리와 함께 잠시 말이 없었다. 그러다가 다시 입을 열었다.

"라오자오, 자넨 정말 복이 많아. 어찌됐건 간에 자네를 그리워하는 여인이 있다는 것 아닌가. 사는 재미가 있겠어."

자오린이 말을 받았다.

"라오가오, 자네 마누라는 도시 사람이잖아. 젊은데 예쁘기까지 하고 말이야. 게다가 자네와 뜻도 잘 맞는데 뭘 더 바라는 건가?"

지도원이 말했다.

"내 마누라가 괜찮은 건 사실이야. 하지만 왕후이에 비하면

한참 떨어지지. 성격이나 피부, 몸매 등 모든 것이 그녀하고
는 비교할 수도 없다네."

그러고는 한마디 물었다.

"라오자오, 난 자네 마누라 사진도 못 봤네. 도대체 어떻게
생긴 여인인가?"

"농촌 부녀자들이 다 그렇지. 뭐 특별할 게 있겠나?"

"만일 자네가 마누라와 이혼하고 왕후이와 결혼하는 것이
가능하다면 그렇게 할 생각인가?"

자오린이 말했다.

"가오바오신, 지금 무슨 농담을 하는 건가!"

"가정을 해보는 걸세."

"다른 얘길 하지."

"무슨 얘기?"

"아무거나."

또다시 아주 오랫동안 침묵이 흘렀다. 자오린은 침대 위에
서 몸을 뒤척이고 있었다. 그가 말했다.

"정말 알다가도 모를 일이야. 우리가 베트남과 다시 좋은
사이가 된다는 게 말일세."

지도원이 말했다.

"자네 알고 있었나? 요 며칠 나는 완전히 불면상태일세. 도

무지 잠이 안 와."

"그저께 밤에도, 그리고 어젯밤에도 자네가 매일 잠꼬대를 하더군."

"의식이 흐릿한 게 또 잠이 든 것 같았어."

자오린이 말했다.

"잠꼬대를 아주 또렷하게 하더군."

"뭐라고 말하던가?"

"자네, 옛날 소대장 이름을 부르더군."

"나는 잠을 잘 때마다 피범벅이 된 그의 머리통이 내 머리 위로 날아오던 광경이 떠오르곤 한다네. 자면서 남몰래 땀을 흘리기도 하지."

자오린이 물었다.

"그가 죽은 지 얼마나 됐지?"

"12년일세."

"그 포탄은 정말 처참했어……."

"맞아, 너무나 처참했지."

"이제 우리와 베트남 사이가 다시 좋아진다고 하더군."

"농득만과 판반카이가 지금 닷새째 베이징을 방문하고 있다네."

"공동성명에 서명을 했대. 나도 어제 화장실에서 그런 뉴스를 읽고 깜짝 놀랐다니까."

"성명의 내용이 총 열한 개조나 된다더군."

"사이가 좋아지면 다시 시끄러워지기 마련이고 시끄러워지면 싸움을 하기 마련이야. 그러다가 다시 좋아지고, 좋아졌다가 시끄러워지고, 싸웠다가 다시 좋아지고, 좋아졌다가 다시 시끄러워지고…… 도무지 알 수 없는 일이지."

지도원이 말했다.

"어제의 전쟁이 결국 오늘의 우호를 위한 것이었나 보군."

"생각해보니 그렇군."

"라오자오, 그때 자네 소대에서는 부상을 당한 사람이 자네 하나였지?"

"그래. 파편이 아직 허리에 박혀 있어 지금도 바람이 불거나 비만 오면 아프다네."

"12년이 지났는데 아직도 아프단 말인가?"

"그렇다네."

"그렇게 아프면 상이군인 증명서를 신청하지 그러나."

"상이군인은 전역해도 일자리를 찾기 어렵단 말일세."

"그렇겠군. 나도 우리 현에서 전역한 상이군인을 본 적이 있는데 정말 한가한 삶을 살고 있더군. 술을 마시지 않으면 길거리에 나가 사람들에게 욕을 해대는 게 일이었지."

"사실 자네도 부상이 경미했던 건 아니잖아."

"탄알이 두 군데를 관통하는 바람에 네 군데나 상처를 남겼지."

자오린이 물었다.

"한데 솔직히 말해보게. 저 신문은 무엇에 쓰려고 저렇게 스크랩을 해두는 건가?"

지도원이 대답했다.

"그런 질문을 하는 이유가 뭔가? 그냥 자료일 뿐일세."

"얼어 죽을 자료라니, 사람들에게 지나간 일을 생각나게 할 뿐이라고."

"나처럼 정치공작을 하는 사람에게는 이런 자료가 꼭 필요하다네."

"자네는 중국과 베트남의 우호에 관해 어떻게 생각하나?"

"아주 잘된 일이지. 우리 같은 사람에게 무슨 견해가 필요하겠나?"

"나도 아주 잘된 일이라고 생각하네. 나랏일에 우리가 관여할 수는 없겠지. 사이가 좋으면 좋은 것이고 전쟁을 하면 하는 거지 뭐."

"우리 둘이서 일개 중대조차 제대로 관리하지 못하면서 어떻게 나랏일에 관여할 수 있겠나?"

"염병할, 샤를뤄 사건은 어디까지 조사가 된 건가? 우리 둘이 이 사건에 연루되어 목이 날아가면 안 되는데 말이야."

"조사는 다 끝났다네."

"끝났다고?"

"끝났지."

"그럼 어떤 문제들을 찾아낸 건가?"

"그가 왜 자살을 했는지는 아무도 모른다네."

"내 생각에는 그 친구도 사병생활에 고민이 많아서 그랬던 것 같아."

"사병생활이라고 해봤자 겨우 1년 해놓고 무슨 고민이 그렇게 많았다는 거야?"

"내게 친척이 하나 있는데 동북 지방에서 군대생활을 했지. 소대장으로 계급은 소위인데 사격 훈련을 하면서 중대장에게 군대생활이 정말 재미없다고 말했대. 그랬더니 중대장이 재미없으면 그냥 죽으라고 했다나. 그랬더니 그 자리에서 태양혈에 총구를 갖다 대고 총을 쐈대."

"말도 안 되는 소리 하지 말게."

"정말이야. 우리 친척은 학생 출신 간부라 공부도 많이 해서 전쟁에 관해 얘기하자면 연대장 같은 사람도 입을 다물고 말았지."

"그럼 그 중대장에 대해서는 어떻게 처리했다던가?"

"징역 1년에 처해졌다더군."

"샤를뤄는 그런 이유 때문에 죽은 게 아니야."

"그는 철부지 어린애였어. 너무 순수하다 보니 굽힐 줄 몰랐던 거지. 그래서 안 좋은 일로 인한 불만을 쉽게 떨쳐내지 못했던 거야."

"라오자오, 연대장이 자네를 전역시킬 생각을 갖고 있던가?"

"확실하지 않아. 샤를뤄가 도대체 왜 자살을 했는지 먼저 밝혀져야 할 것 같네."

"나는 이제 단념했네."

"뭘 단념한단 말인가?"

"며칠 동안 갇혀 있다 보니 나는 마음이 완전히 닫혀버렸네. 장인어른한테서 편지가 왔는데, 3년 후에 휴직을 하고 싶다면 어떻게 해서든지 2년 내에 대대장급으로 전역을 하게 해주겠다는 거야. 그러면 현으로 돌아와 국장급 직책이나 현정부 사무실 주임 같은 자리를 차지할 수 있다고 하더군. 이제 생각은 정해졌어. 전역을 해도 나쁠 건 없지. 사무원을 하면 될 테니까 말이야."

"그래도 방법을 찾아서 군대에 남는 게 좋을 걸세, 라오가오."

"재미없어."

246

"군대생활을 하면서 재미를 따지면 안 되지. 자네는 직위에 대한 희망이 있지 않나."

"난 그냥 떠나고 싶네."

"베트남과 사이가 좋아진다고 하니 더더욱 전쟁을 할 이유가 없지 않겠나."

"전쟁하고는 관계가 없어. 난 그냥 떠나고 싶을 뿐일세. 재미가 없어."

"재미없다는 얘긴 하지 말게. 직위가 확보되면 1년 더 뭉개다가 고향으로 돌아가면 장인어른께서 국장 자리를 마련해주실 게 아니겠나? 나도 가족들을 영내로 데려올 수 있고 말이야. 우린 그럴 만한 자격이 있는 사람들이라고. 둘 다 전쟁에도 참가했고 부상도 당했으니 말일세."

"내 결심에는 변함이 없네."

"그 몇 장의 신문 때문인가?"

"라오자오, 그렇게 함부로 추측하지 말게."

"절대 다른 사람들에게는 말하지 않을 테니까 이유를 좀 말해보게."

"갑자기 군대생활이 재미없어져서 그러는 것뿐일세."

"라오가오, 내가 자네에게 수수께끼를 하나 낼 테니 맞혀보게. 네모난 성 안에 만 마리의 병력이 주둔하고 있네. 이게 뭔지 알겠나?"

"그야 구더기겠지."

"잘 건가?"

"잠이 안 오네."

"나도 잠이 안 와."

"내게 수수께끼를 맞혀보라고 한 건 무슨 의미인가?"

"아무 의미도 없네. 그냥 어렸을 때 배운 것이 생각났을 뿐이야."

"라오자오, 자네 얘기는 참 재미있군."

"자나, 자네?"

"잠을 잘 수가 없어. 잠이 들었다 하면 소대장의 그 피범벅이 된 머리가 내 머리 위로 날아온단 말이야. 피가 내 목을 타고 침상 위로 흘러내린다니까."

"신경쇠약이군."

"내일 안정제를 몇 알 챙겨 먹어야겠어."

"나는 자야겠네."

"자게."

"또 할 말 없나?"

"없어."

정말 잠시 동안 말이 없었다. 작은 방은 곧장 고요해졌다.

달은 이미 반쯤 찬 상태로 창문을 마주하고 있었다. 달빛이 방 안으로 비춰 들어와 물처럼 두 사람의 침대 위로 흘러내렸다. 지도원은 눈을 감고 있었다. 중대장 역시 잠이 안 온다면서도 눈을 감고 있었다. 문틈으로 귀뚜라미 한 마리가 기어 들어와 찌르찌르 가냘픈 소리를 내며 울어댔다. 귀뚜라미 울음소리는 마치 달빛 속을 흘러 다니는 물 같았다.

지도원이 말했다.

"라오자오, 자네 침상 머리에 귀뚜라미 한 마리가 있는 것 같아."

중대장이 말했다.

"나도 들었네. 한데 자넨 어째서 아직 안 자는 건가?"

지도원이 말했다.

"방금 자네가 한 말이 무슨 뜻인지 도무지 이해가 안 가는군."

"어떤 말 말인가?"

"네모난 성에 만 명의 병력이 주둔하고 있다는 수수께끼 말이야."

"그냥 우스갯소리일 뿐이라니까."

"라오자오, 그게 아니야. 자넨 나보다 똑똑하지 않나."

"자네가 날 팔아먹으면 되는 거야."

"라오자오, 이전에 나는 자네를 우습게 본 적이 있었네……."

"날 우습게 보는 게 맞는 일이야."

"내가 틀렸어. 자네에게 사과하려는 게 아니야. 나는 내가 자네만 못하다는 걸 깨달았네."

"웃기는 소리 좀 하지 말게!"

"뜻밖에도 자네는 네모난 성이 무엇인지 아는군⋯⋯."

"그건 세 살짜리 아이들도 다 아는 걸세."

"자네가 아는 것과 세 살짜리 아이가 아는 것은 다르지. 나는 전역하기로 마음을 굳혔네."

"중대급 간부로 집에 돌아가면 어떤 직책이 주어질 것 같은가?"

"사무원이겠지."

"사무원이라면 라오가오 자네의 능력이 아깝네. 차라리 부대 안에서 다시 길을 모색해보게."

"우리 소대 사람들이 다 죽었네⋯⋯. 사무원도 나쁘지 않아."

"살아 있는 사람은 살아 있는 사람과 비교해야지. 진심에서 하는 말일세. 죽은 사람들은 어쩔 수 없는 거야. 살아 있는 사람들은 살아 있는 사람과 비교해야 하는 법이라고."

"나는 자네 라오자오가 중대에서 정말 많은 것을 깨달았다는 것을 잘 알고 있네."

"그게 무슨 말인지 이해가 안 되는군."

"자네는 왜 군인이 되어야 하고 군인이 된다는 것이 무엇인지 나보다 더 잘 알고 있는 것 같네."

"되는 대로 지껄이는군."

"정말이야."

"아내와 아이의 호구를 옮기고 싶어. 죽은 사람들도 자네나 내가 안목이 높지 못하고 가슴속에 큰 뜻을 품고 있지도 않을뿐더러 군인답지 못하다는 것을 책망하진 않을 걸세."

"그건 그렇지……. 그래도 난 전역할 생각이야."

"자네가 가고 싶다고 해서 부대에서 무조건 보내주는 것도 아니라네."

"샤를뤄의 사인이 주로 나 때문이라고 하면 되지."

"라오가오. 그건 내 뺨을 후려갈기는 것이나 마찬가지야, 라오가오."

"라오자오, 나는 정말 진심으로 이곳을 떠나고 싶네."

"샤를뤄 사건에 대한 처분에 따르기로 하세."

"자네는 아직도 잠이 안 오나?"

"이만 자고 싶네."

"어서 자게. 난 잠드는 것이 두려워. 항상 소대장의 두개골이 내 머리 위로 날아온단 말이야."

"그럼 나 먼저 자겠네."

"그래, 자게."

중대장 라오자오는 정말로 눈을 감았다. 달빛이 그의 얼굴에 한 겹의 막을 입혀주었다. 그는 아주 편안하게 잠을 잤다. 게다가 평소와 달리 코까지 골았다. 지도원은 잠을 이루지 못하다가 나중에는 옷을 걸치고 일어나 앉았고, 결국 등을 켠 채 한가로운 당혹감에 젖어 있었다. 그러다가 베개 아래 있던 봉투에서 신문 스크랩을 꺼내 읽기 시작했다.

〈신화사〉 11월 7일자 베이징발 보도. 기자 옌수춘(閻樹春).
중국과 베트남은 두 가지 협정에 서명하는 동시에 베트남 고위 지도자들이 베이징을 방문하고 있는 시기에 맞춰 중국과 베트남 양국의 지도자들이 오늘 양국 관계의 발전에 새로운 전기가 마련되었다는 공동 인식을 확인했다……

제9장

여름 해가 지다

18

드디어 구금이 끝났다.

중대장 자오린과 지도원 가오바오신은 그 작은 방에 엿새 동안 구금되어 있었다. 조사팀은 또다시 그들을 찾아와 따로 한차례씩 이야기를 나누었다. 자오린에게는 이렇게 말했다.

"돌아가서 3중대의 군사 훈련과 행정 관리에 매진해주게. 어서 가보게. 다음 단계를 어떻게 처리할지는 연대 당위원회가 고심해서 결정할 걸세."

지도원에게는 이렇게 말했다.

"가보게. 앞으로는 사상정치공작에 더 세심한 주의를 기울이고 보다 철저하게 업무에 임해야 할 걸세. 그리고 자네의 신병 처리는 당위원회에서 알아서 결정할 걸세."

두 사람은 이부자리를 둘러메고 각각 대대본부에서 3중대로 돌아갔다.

맑고 아름다운 해가 둥근 불덩이처럼 하늘 높이 걸려 있었다. 솜털처럼 엷고 흰 구름이 햇빛 아래서 천천히 움직이고 있었다. 대대에 있는 건물 어느 곳이나 온기가 따사로웠고 가을 낙엽이 쉴 새 없이 허공을 맴돌다 떨어지고 있었다. 맞은편 대연병장에서는 4개 중대 수백 명의 병력이 줄지어 서서 하루 종일 전술 훈련을 하고 있었다. 갈라진 목에서 터져 나오는 온갖 구령과 돌격 신호가 대대 건물 도처에 부딪치고 있었다.

병사들을 바라보고 있던 지도원이 말했다.

"역시 젊음이 넘치는군."

중대장이 말했다.

"우리도 다 저런 시절을 거치지 않았나. 저 아이들도 언젠가는 우리 같은 단계로 올라오겠지."

"꼭 그렇지만은 않을 걸세."

"10년도 한순간이라 누구도 10년 뒤의 일을 장담할 수 없지."

중대장이 말했다.

"내가 하고 싶은 말이 바로 그거라네. 10년 전에 누가 우리와 베트남과의 사이가 이렇게 좋아질 거라고 상상이나 했겠나? 겨우 10년 만에 정말로 사이가 좋아질 줄이야. 그것도 형제처럼 말이야."

지도원이 짐 아랫부분에서부터 끄트머리를 붙잡으며 말했다.

"라오자오, 자넨 어째서 항상 베트남, 베트남 하는 건가. 베트남과의 전쟁은 원래부터 평화를 위한 것이 아니었나. 평화를 위해서 전쟁을 한 것이란 말일세."

중대장이 말했다.

"14년 동안 군대생활을 하면서 내가 그런 이치도 모를 것 같나? 단지 내 허리가 날만 궂으면 아파서 그러는 것뿐이라네."

"아프면 아픈 거지 뭘."

"마치 부상을 당하고 공을 세운 사람이 자네 한 사람뿐인 것 같구먼. 제발 그런 소릴 입에 달고 다니지 좀 말게. 사병들에게 안 좋은 영향을 미치게 된단 말일세."

두 사람은 이렇게 이런저런 말들을 주고받으며 형제지간처럼 다정하게 걸어서 3중대로 돌아왔다.

샤를뤄가 총기를 훔쳐 자살한 사건은 이미 마무리가 되어 있었다. 연대장이 샤를뤄와 관련된 장사병 가운데 거의 70퍼센트에 달하는 사람들을 직접 만나 이야기를 나누었고, 보위

간사가 4백여 페이지가 되는 대담록을 기록했으며, 다 합쳐서 3백만 자가 넘는 자료들이 증거로 제시됐음에도 샤를뤄가 무엇 때문에 자살했는지는 끝내 밝혀내지 못했다. 마침내 연대 당위원회와 대대 당위원회에서는 모든 자료들을 근거로 하여 다음과 같이 사건을 종결했다.

샤를뤄는 어리고 무지한데 살아온 과정도 비교적 평탄했다. 유치원에서 곧장 학교에 입학했고 학교를 졸업한 뒤에는 곧바로 군에 입대하여 줄곧 어떠한 좌절도 겪지 않았다. 입대 후에는 공명심이 강했으나 공청단 입단이 비교적 늦어지면서 자신의 앞길에 대한 자신감을 잃게 되자 총기를 훔쳐 자살했다. 객관적인 원인으로는 중대의 사상공작이 제대로 역할을 발휘하지 못했고 행정 업무가 엄격하지 않았던 것을 들 수 있다. 샤를뤄의 사상이 침체되어 이러한 사건의 조짐이 이미 나타나고 있었는데도 이를 적시에 발견하지 못했고 총기 관리가 부적절하여 그에게 총기 절도의 조건을 제공했다.

연대장이 두 사람에게 이러한 내용의 사건 보고서를 읽어주자 지도원이 말했다.

"연대장님, 주된 원인은 중대의 사상공작이 허술한 탓이었

습니다. 제가 중대의 지부 서기인 만큼 모든 책임을 지도록
하겠습니다."

중대장이 황급히 나서서 지도원의 말을 잘랐다.

"라오가오, 그렇게 말해선 안 되지. 샤를뤄가 총을 보자마
자 자살할 생각을 가졌던 것인지도 모르잖나. 모든 책임은
중대장인 나 자오린이 져야 하네. 이건 죽어도 피할 수 없는
책임이란 말일세."

연대장이 말했다.

"됐네, 됐어. 둘 다 하루라도 먼저 이런 태도를 보였으면
그 작은 방에 하루라도 덜 갇혀 있었을 것 아닌가. 둘 다 돌
아가서 샤를뤄의 부모님께 어떻게 사죄할 것인지나 잘 생각
해보게."

두 사람이 3중대로 돌아왔을 때는 샤를뤄의 장례가 이미
완전히 끝난 뒤였다. 유골함마저도 그의 부친이 전부 보따
리에 챙겨 넣은 상태였다. 샤를뤄의 집안에서는 사건이 일
어나고 며칠이 지나서야 비보를 받게 되었다. 원래 조사팀
은 신속하게 샤를뤄의 사인을 규명할 수 있을 것이라고 여
겼고, 그렇게 되면 죽은 샤를뤄의 부모에게도 곧장 서한을
보내 사건을 해명할 수 있을 것이라고 생각했다. 하지만 뜻
밖에도 그의 죽음과 관련된 모든 정황이 불투명해서 결과

를 보고도 원인을 알아낼 수 없었다. 그러다 보니 그의 부모님에게도 무려 일주일이나 지나서 통지하게 되었다. 하지만 정저우 27구에 살고 있는 그의 모친은 매일 365미터 구간의 대로를 청소하면서도 40년 동안 한 번도 일을 쉰 적이 없었지만 근무의 순번을 바꿔줄 사람을 찾지 못해 부대를 찾아올 수가 없었다. 큰형과 누나는 이미 가정을 이루고 있고 아이까지 있어 움직이기가 쉽지 않았다. 둘째 형과 셋째 형은 큰 사업을 하고 있는 중이라 도저히 몸을 뺄 수가 없었다. 결국 부친만 부대로 찾아올 수 있었다. 초등학교에서 국어를 가르치고 있는 샤를뤄의 부친은 보름 동안 근무를 대신해줄 교사를 찾은 다음 부대로 와서 아들의 죽음을 확인하고는 경악하여 통곡했다. 샤를뤄의 부친은 자오린과 가오바오신이 구금실에서 나오던 날 밤에 정저우로 돌아갈 예정이었다. 이리하여 자오린과 지도원은 짐을 내려놓기 무섭게 곧장 샤를뤄의 부친에게 사죄를 하러 갔다.

"그 어르신을 뵈면 뭐라고 말하지?"

가오바오신이 물었다.

"어르신 앞에 무릎이라도 꿇어야지."

자오린이 대답했다.

노인은 중대의 빈 방에 묵고 있었다. 중대장과 지도원의 방과 같은 열이었다. 두 사람은 몇 걸음 걸어가 부대를 찾는 사병들의 가족을 전문적으로 접대하는 방 안으로 들어섰다. 두 사람이 방에 들어섰을 때 노인은 옷을 다 챙겨 입은 채 아무런 생각도 없이 텔레비전을 보고 있었다. 그 옆에서는 문서가 접대를 하고 있었다. 문서가 중대장과 지도원을 보고 놀란 표정을 짓더니 서둘러 두 사람을 노인에게 소개해주었다.

"이분이 중대장님이시고 이분이 지도원이십니다."

노인은 황급히 텔레비전을 끄고는 입을 열었다.

"샤를뤄가 죽은 일로 두 분이 감옥생활을 하게 된 점에 대해 대단히 죄송하게 생각합니다."

지도원이 노인의 손을 부여잡으며 말했다.

"그런 말씀 마십시오. 저희는 어르신께 사죄하러 온 겁니다."

노인이 얼굴에 창백한 미소를 띠며 말했다.

"그게 누구의 죄겠습니까? 다 운명이지요. 제가 이곳에 온다고 하자 제 마누라가 부대에 가거든 절대 억지를 부리지 말라고 하더군요. 샤를뤄가 죽은 것은 그 애가 죽고 싶었던 것이라고, 누구도 그를 향해 총을 겨눌 수 없었을 것이라면서 말이에요."

초등학교 교사로 일하는 나이 든 어른이 이처럼 사리에 밝으리라고는 생각지 못했던 자오린은 일순간 당황해 할 말을

찾지 못했다. 그러다가 무슨 말이라도 하지 않으면 안 되겠다
는 생각에 한참을 난처해하다가 드디어 입을 열었다.

"샤를뤄는 여름 황혼 무렵에 태어났기 때문에 '를뤄(日落)'
라고 이름을 지으신 건가요?"

노인은 그렇다고 대답했다. 이야기할 주제가 생기자 노인
은 샤를뤄가 어렸을 때부터 성격이 아주 괴팍했고 공부에만
전념했으며 잡다한 책들을 즐겨 읽었다고 말했다. 노인은 이
화제를 가지고 한참 이야기하다가 마지막에 갑자기 화제를
돌려 물었다.

"이 근처에 강이 있나요?"

중대장이 한참 생각하다가 대답했다.

"근처에는 없습니다. 18리 정도 떨어진 성 주변에 후청하
라는 강이 하나 있는데 자주 물이 불어 넘치곤 하지요."

노인은 그게 아니라고, 그렇게 멀지 않은 곳에 있을 거라
고, 분명히 몇 리 안에 강이 있을 거라고 말했다. 그러고는 말
을 이었다.

"제가 이 부근 몇 리 안팎을 사흘 동안 계속해서 찾아다녔
지요. 저녁 식사를 하고 나서 매일같이 밖으로 나가 돌아다
니면서 찾아봤는데 강이 없더군요."

지도원이 말했다.

"강이 없는 게 어때서 그러시죠?"

노인이 말했다.

"를뤄가 아주 오랫동안 내게 편지를 보냈는데, 항상 강에 대한 얘기를 하곤 했어요. 게다가 마지막 편지는 온통 강에 관한 얘기뿐이었지요."

이런 얘기를 하면서 노인은 가방의 흰색 지퍼를 열고 편지를 한 통 꺼냈다. 과연 그 편지에는 강의 풍경에 대해서만 쓰여 있었다.

아버지께

……제가 말한 그곳은 정말 얼마나 아름다운지 몰라요. 산에서 굽이쳐 내려오는 강물은 마치 금은보화가 흘러 내려오는 것처럼 또르르 굴러 제게로 흘러옵니다. 제 앞에 다다르면 물은 얇게 한 겹으로 펼쳐지면서 싱그러운 푸른색을 띠곤 하지요. 저는 한 번도 이렇게 아름다운 곳을 본 적이 없어요. 사방의 벌판은 아주 고요하고 저 말고는 아무도 없어요. 저 말고는 한 사람도 없다니까요. 단지 물새 몇 마리만 수면 위를 오르락내리락할 뿐이지요. 가장 아름다운 곳은 제가 발을 딛고 있는 곳이 아니라 강 건너편이에요. 저 멀리 강 건너편을 보고 있노라면 버드나무가 제게 손짓을 해오지요. 날다가 지친 물새는 버드나무 아래에 있는 바위에

서 잠시 쉬기도 하고요. 건너편 강가에 누군가 있는 것만 같은데, 제가 여러 번 이 강가에 왔지만 아직까지 한 번도 건너편에 사람이 있는 모습을 본 적이 없어요. 황혼이 깔리면 강물은 옅은 노란색과 붉은색으로 변하고 하루 종일 햇볕을 받아 건조해진 공기는 강가에 자란 풀의 신선한 향을 따라 강 수면과 건너편으로 흩어지지요. 저는 항상 바위 위에 서서 강 건너편을 가늠해보곤 합니다. 석양이 지면 강 건너편이 갑자기 확 트이면서 숲은 듬성듬성해지고 빛은 옅어지며 하늘은 새파래지는 것이 한눈에 들어옵니다. 그 황량한 강가는 새가 나는 소리마저 돌이 구르는 소리처럼 우렁차고 듣기 좋게 울릴 정도로 고요해서 특히 제 맘을 사로잡습니다. 저는 정말로 강을 건너가 저편에 있는 버드나무와 백양나무 아래 한참 동안 앉아 있고 싶어요. 하지만 강폭이 넓어서 건너가려면 아주 오랜 시간이 필요하지요. 저는 강을 건너가 그 고요함 속에 잠시 앉아 있는 것도 괜찮을 것 같다는 생각을 합니다. 하늘 높이 우뚝 솟아 이어져 있는 산봉우리들을 바라보면서 선율이 높아졌다 낮아졌다 하는 조화로운 피리 소리를 들을 수 있을 테니까요. 저녁이 되면 그곳에는 틀림없이 달빛이 가득할 거예요. 강물은 달빛 속에서 전율하듯이 흔들리겠지요. 물이 천천히 흐르고 달빛이 온 땅을 덮으면 밤새들이 흐릿한 어둠 속에서 가끔씩 울어대다가 어느 한곳에서 날아올라 끝없는 밤 속으로 날아가겠지요.

아버지는 들리지 않는 소리가 귓가에 울리는 것을 느끼실 수 있을 거예요. 밤과 강, 그리고 하늘이 모두 말할 수 없는 고요함으로 덮여 있는 것을 들으실 수 있을 거예요. 아침이면 그곳은 훨씬 더 아름다워지지요. 강물이 반짝반짝 빛나면서 부드럽고 낭랑하게 흐를 겁니다. 사방의 들판에는 여전히 아무도 없어 더없이 고요하겠지요. 아침에 저는 그곳에 간 적이 있습니다. 저는 해가 강 맞은편에서 솟아오르는 모습을 뚜렷하게 보았어요. 강물은 황금 핏빛으로 물들고 버드나무에는 새들이 가득 차 있었지요. 산봉우리들은 전부 해 뒤로 물러나 옷을 벗은 것처럼 햇빛에 투명하게 빛났어요. 그렇게 벌거벗은 채 세상에 우뚝 서 있었지요. 다행히 그곳에는 아무도 없었습니다. 저만 강 이편에 있는 바위 위에 서 있었을 뿐, 아무도 없었지요. 저만 다른 사람인 거였어요. 산마저도 저렇게 벌거벗고 있는데 말입니다. 맞아요, 아버지. 그곳은 너무나 아름다웠어요. 뭐라고 말로 설명할 수 없을 정도로 고요해서 누군가 그곳에 도착하기만 하면 마음이 백지장처럼 깨끗해질 것 같았어요. 하지만 무엇보다도 제 마음을 사로잡은 것은 그곳의 지는 해(日落)였습니다. 해는 강에서 헤엄쳐 나와 강 아래로 헤엄쳐 사라졌어요. 구리 쟁반만 한 해가 절반은 하늘에 떠 있고 절반은 물속에 잠긴 채 헤엄치면서 강물을 수박빛으로 만들지요. 구불구불 이어진 산들도 한데 포개져 고요한 강물 속에 흔적을 남기면서 자줏빛이었다가 갈색이었다가 수시로 색깔을 바꾸었습니다. 버드나무는 수면에 그림자를 드리워 마치 해가 완전히 떨어지지 못하게 절반을 건져내기라도 하려는 것처럼 수면을 그러모으지요. 정말이에요. 그 순간 그곳은 정말 고요하기 그지없어요. 아무도 없고 저 혼자뿐이에요. 다른 사람은 아무도 없어요. 저는 그 바위 위에 앉아 건너편 강가로 헤엄쳐 사라지는 해를 바라보면서 이런 광경을 보지 못하는 사람들은 정말 안타깝다는 생각을 하곤 하지요. 둥지로 돌아오는 새와 헤엄치는 물고기, 산비탈에 매달려 있는 양, 물속에 거꾸로 모습을 드리우고 있는 나무들, 딸랑딸랑 울리는 소리 그리고 마치 아무것도 없는 듯한 고요함을 말이에요…….

샤를뤄의 편지는 매우 길었다. 아주 가지런한 글씨로 부대의 복무처에서 산 원고지에 쓴 편지였다. 다섯 장을 가득 채운 내용이 전부 그 강과 강 맞은편의 풍경들이었다. 지도원은 편지를 다 읽고 나서 중대장에게 건넸다. 중대장이 다 읽고 난 편지를 노인에게 다시 건네주면서 말했다.

"이 부대 근처에는 강이 하나도 없습니다. 있다면 그저 말라버린 수로와 몇 리 밖에 있는 황하(黃河)의 옛 수로가 몇 개 있을 뿐이지요."

노인이 말했다.

"나는 항상 샤를뤄 이 녀석의 정신 상태가 정상이 아니라고 생각했습니다. 정상이었다면 제게 보내는 편지에서 항상 이 강 얘기만 하진 않았을 테니까요."

지도원이 말했다.

"아직 어린 데다 학생 성향이 몸에 배어 있어 현실을 실제적으로 보지 못하고 환상을 좋아했던 것 같군요. 확실치는 않지만 그 강은 아마 그가 무료할 때마다 틈틈이 혼자 상상했던 강인 것 같습니다."

노인도 그런 것 같다고 말을 받았다.

이것으로 샤를뤄에 관한 화제는 마무리가 되었다. 두 사람은 노인에게 다른 정황들을 물어보았다. 그러면서 노인에게 또 어떤 요구사항이 있는지 물었다.

노인이 말했다.

"샤를뤄가 그렇게 죽었기 때문에 정말로 열사로 인정될 수 없는 겁니까?"

중대장이 말했다.

"그건 정말 불가능한 일입니다. 규정이 그렇게 되어 있거든요."

"정 안 된다면 그걸로 됐습니다."

노인은 열사로 인정받을 수만 있다면 정부를 찾아가서 자기 집의 또 다른 아들에게 좋은 일자리를 배정해주고 잘 보살펴달라고 요구할 수 있을 거라고 말했다. 지도원 역시 정말로 불가능하다고 말하며, 이것으로 모든 이야기가 마무리되었다.

그 밤에 중대 간부들은 노인과 함께 야참을 먹은 다음, 차로 80리 밖에 있는 기차역까지 노인을 배웅해주었다.

19

샤를뤄의 자살과 관련된 사건은 이것으로 전부 일단락되었다.

중대장과 지도원에 대한 최종 결론은 연대 당위원회의 결정에 따라 각각 큰 과를 한 차례씩 기록하고 각각 한 등급씩 직급을 강등하는 것이었다. 부대에서 편제 개편을 하며 3중대를 해산한다는 발표가 나기 전까지는 이전과 마찬가지로 두 사람이 3중대를 관리했다. 연대 전체 간부 회의에서 두 사람에 대한 처분을 결정하는 당일에 그들은 함께 기이한 광경을 목격했다.

사건이 해결됨에 따라 처분도 과실에 대한 성격 규명으로 발표된 것이 오히려 두 사람의 마음을 조금이나마 편하게 해주었다. 구금되어 있던 사람이 마침내 판결을 받은 것과 같았다. 저녁 식사를 마치고 나서 사병들은 모두 군영의 습관에 따라 출신 고향별로 대연병장에 삼삼오오 모여 한가로이 앉아 있었다. 마음에 여유가 생기자 자오린은 갑자기 왕후이가 생각났다. 전에 그녀에게 구금실에서 나오면 곧장 그녀를 만나러 가겠다고 했던 말도 생각났다. 그는 정말로 그녀를 만나러 가고 싶었다. 잠시 망설이고 있는 사이에 지도원이 그를 찾아와 말했다.

"오늘이 토요일이니 나가서 좀 걷는 게 어때?"

자오린이 대답했다.

"그래 좀 걷자고. 가서 기분 전환이나 하자고."

자오린은 왕후이에 대한 생각을 잠시 접어두고 지도원과 함께 어깨를 나란히 한 채 발길이 닿는 대로 천천히 걷기 시작했다. 두 사람은 영내를 벗어나 들판의 말라버린 수로를 따라 난 길을 걸으면서 이야기를 나눴다.

자오린이 말했다.

"나는 처분이 이렇게 무겁게 나오리라고는 생각지 못했네. 각각 직책을 한 단계씩 강등하다니 말일세."

가오바오신이 말을 받았다.

"강등 처분이 무겁긴 해도 여전히 군대 안에 있고 일을 할 수 있는 건 좋은 일 아닌가. 나중에 직무를 회복하게 될 가능성도 있고 말일세."

자오린이 말했다.

"3중대가 해산될까 봐 걱정이네."

"그때가 되면 자네와 나는 정말 3중대의 죄인이 되겠지."

"정말 생각지도 못한 일이야……."

"마르크스 · 레닌주의 철학에서 말하기를 모든 우연은 필연에서 오는 것이라고 했지. 하지만 내가 보기에는 가끔씩 필연이 우연 때문일 때도 있는 것 같네."

자오린이 말했다.

"라오가오, 자네는 이렇게 재능도 있고 말도 잘하고 글도 잘 쓰는 데다 철학까지 아는데, 샤를뤄 사건이 자네의 앞날을 망치고 말았군. 정말 안타까운 일이야. 나는 항상 자네 때문에 양심의 가책을 느끼고 있다네."

가오바오신이 말을 받았다.

"라오자오, 그런 말 말게. 형수랑 딸들이 영내로 들어올 수 없게 된 걸 생각하면 나도 세 모녀에게 미안할 뿐일세."

자오린이 웃으며 말했다.

"그건 그 사람들에게 그럴 만한 복이 없어서 그래."

이렇게 서로 말하면서 걷다 보니 그 두 사람은 자신도 모르게 어느새 몇 리 길을 걸어 다시 드넓은 황야를 지나 황하고도(黃河故道) 근처까지 와 있었다. 그곳에서 모래언덕 위로 올라 서쪽을 바라보자 정말로 샤를뤄가 편지에서 묘사했던 것과 똑같은 광경이 펼쳐졌다.

황하고도의 붉은 모래가 끝없이 펼쳐지고 석양의 빛이 찬란한 가운데 아주 멀리서 흔들리며 흘러 내려오는 강줄기는 금은보화처럼 찬란하게 빛나고 있었다. 두 사람을 제외하면 사방에 아무도 없이 묘지처럼 고요하기만 했다. 우연히 대머리 독수리 한 마리가 하늘을 날아 지나가면서 고도 상공에서 괴이한 울음소리를 냈다. 하지만 고도 건너편은 이미 하늘 끝에 닿아 있는 것 같았고 지평선 역시 그 고도의 맞은편에 닿아 있었다.

샤를뤄가 묘사한 강 맞은편의 경치는 고스란히 지는 해 아래 펼쳐진 지평선에 투영되어 있었다. 반쪽짜리 붉은 해와 강물, 허리를 구부린 버드나무와 층층으로 겹쳐진 산줄기 등 풍경 전체가 석양 아래서 흰 구름으로 변환되는 것 같았다. 자오린과 지도원은 모래언덕 위에 똑바로 서서 멍하니 그 지평선의 석양을 바라보고 있었다. 석양을 받아 달라진 풍경을 바라보고 있자니 갑자기 두 사람은 샤를뤄의 편지에 적혀 있던 날아다니는 새와 헤엄치는 물고기를 보고 있는 것만 같았다. 또르르 하고 흐르는 물소리도 들리는 것 같았다. 강가의 수초 향기도 느껴지는 것 같았다.

자오린이 말했다.

"샤를뤄는 바로 이곳에 왔던 거야."

지도원이 말했다.

"틀림없이 그런 것 같군."

자오린은 그가 올해 열일곱 살이었다고 말하면서 그가 나이가 조금만 더 많았더라도 자살하진 않았을 것이라고 했다.

"라오가오, 자네는 샤를뤄의 죽음이 우리 두 사람과 관련이 있다고 생각하나?"

지도원은 멍하니 서 있다가 모래사장 위에 앉더니 가는 모래를 한 움큼 쥐어 손가락 사이로 흘려보내면서 말했다.

"우리와 그다지 큰 관련은 없지."

자오린도 그 옆에 주저앉아 서쪽으로 지고 있는 해를 바라보며 말했다.

"내 생각에도 특별히 우리와 관련은 없는 것 같아."

그러고 나서 두 사람은 각자 아무 말도 하지 않고 모로 누었다. 황하고도의 가는 모래는 솜처럼 포근했다. 남아 있는 햇볕의 잔열이 바깥으로 퍼져나가면서 두 사람의 몸 안으로 스며들었다. 고도 맞은편의 붉은 금빛의 선혈 같은 해는 절반은 하늘에 떠 있고 절반은 땅에 내려앉은 채 마치 진흙과 모래로 가득한 강 속으로 가라앉아 수면을 가득 채우는 것 같았다. 그렇게 땅바닥에 편하게 드러눕자 두 사람은 마치 자유로이 물 위에 떠 있는 듯한 느낌이 들었다. 잔잔한 수면이 몸을 따뜻하게 해주고 지는 해가 얼굴과 몸을 비추면서 가볍게 어루만져주는 것만 같았다. 온몸의 뼈와 근육이 이완되면서 모래사장과 석양의 온기가 몸 위아래에서부터 뼛속까지 흘러 들어왔다. 저 멀리에는 버드나무가 듬성듬성 서 있었다. 나뭇잎은 거의 다 떨어져버리고 남아 있는 가지만 햇빛을 받아 가볍게 흔들리고 있었다. 고도의 주름진 모래바다는 바람에 의해 파도가 일듯이 지는 해 아래로 사라지고 있었다.

지도원이 말했다.

"라오자오, 자네가 편제 개편으로 우리 3중대가 해산될 거라고 말하지 않았었나?"

자오린이 말했다.

"틀림없이 그렇게 될 걸세."

지도원이 물었다.

"어째서 그렇게 생각하나?"

"샤를뤼 사건 때문이지."

"염병할, 우리 3중대는 항일전쟁 중에 '반소탕(反掃蕩)'과 '반

청향(反淸乡)*, '반제한(反限制)'에서 지대한 공을 세웠단 말일세. 뿐만 아니라 화동(華東)과 중원(中原)의 대규모 전투에도 참가했었지. 또한 장쑤(江蘇)와 산둥(山東), 허난, 안후이(安徽), 허베이(河北), 저쟝(浙工) 등지를 두루 유력하면서 전쟁을 치렀네. 그리고 염병할 수베이(宿北)와 산둥성 남부, 라이우(萊芜), 명량구(孟良崮), 허난 동부, 화이하이(淮海)와 상하이 등지를 강을 건너 해방시켰고 항미원조(抗美援朝)전쟁**과 베트남에 대한 자위반격전쟁도 치렀지. 자넨 이래도 우리 3중대의 경력이 부족하다고 생각하나? 명예실에 중대가 받은 표창장이 잔뜩 걸려 있고 자네와 나 또한 전쟁에서 적지 않은 공을 세운 중대장과 지도원이 아닌가. 그런데 어떻게 상부에서 해산하라고 한다고 그렇게 쉽게 해산할 수 있느냐는 말일세."

자오린이 말했다.

"샤를뤄 사건만 아니었다면 내가 4중대를 해산시켰을 걸세."

지는 해에 푹 빠져 있던 지도원 가오바오신이 모래언덕에서 몸을 일으키더니 갑자기 말을 멈추었다. 얼굴에는 자줏

---

* '청향'은 항일전쟁시기에 일제와 친일파들이 마을을 수색하고 주민을 살육한 것을 일컫는 말이다.

** 한국전쟁 뜻하는 말이다.

빛과 붉은빛의 홍분이 가득했다. 마치 색종이를 붙인 것 같았다.

그가 말했다.

"라오자오, 내게 4중대를 해산시켜서 3중대를 보전할 수 있는 방법이 있네."

자오린이 그를 쳐다보며 말했다.

"말해보게."

"우리가 술수를 좀 쓰는 거야. 연대와 사단에 익명의 편지를 보내서 4중대가 돼지를 잃어버린 일과 구타, 분대 내의 의견 충돌, 차량으로 사람을 친 일, 뇌물을 써서 입당한 일 등 모든 비리와 악행을 다 기록한 다음 낙관은 4중대 병사 전체로 하는 걸세. 이렇게 하면 연대 당위원회가 3중대를 보전하고 4중대를 해산시키지 않겠나?"

자오린은 잠시 생각에 잠겼다가 말했다.

"괜찮은 방법인 것 같군. 연대장은 우리 3중대의 옛 중대장이었으니 3중대가 해산되면 연대장도 아쉬워하지 않겠어?"

"아쉬워하지 않는다면 그는 군인도 아니지."

지도원이 말했다.

"그럼 문제는 4중대가 해산하고 4중대장이 전역 처리될 수 있어야 한다는 거지."

"그는 도시 출신이니까 기꺼이 떠나려 하지 않을까."

"그 친구 부인이 바람이 나서 전역하고 싶은 마음은 없을 거야."

중대장은 한참 동안 아무 말도 하지 않고 있다가 다시 입을 열었다.

"그럼 그만두세. 3중대의 운명은 하늘의 뜻에 맡겨두자고. 우리가 4중대나 4중대장을 해치는 건 바람직하지 못해. 아내가 다른 놈이랑 바람이 나서 집을 나갔는데, 그가 전역하면 어디서 지내겠나? 어쨌든 자네나 나는 아내도 있고 집도 있으니 그보다는 낫지."

이렇게 말하면서 그는 모래사장에서 발을 꼬고 몸을 절반쯤 비틀었다. 그러다가 갑자기 깜짝 놀라면서 어리둥절한 표정으로 소리쳤다.

"라오가오, 저기 지는 해 좀 보게."

지도원이 중대장이 손으로 가리키는 쪽으로 눈길을 돌렸다. 누런 물속에 이미 3분의 2가 가라앉아 둥그런 모자처럼 보이는 해가 불에 녹은 쇳물처럼 흐느적거리고 있었다. 모래밭 같기도 하고 아닌 것 같기도 했다. 지는 해 아래로 흐르는 강은 쉬지 않고 흔들리는 것 같았다. 층층이 겹쳐진 구름산은 선홍빛으로 물들어 강 건너편으로 내려앉고 있었다. 석양이 드리워진 근처 황하고도의 모래사장도 옅은 붉은빛으로 변해 눈을 자극했다. 멀리서 산토끼 한 마리가 황급히 두 사람이 있는 쪽을 향해 뛰어오르더니 모래사장 가장자리로 사라져갔다. 이어서 해는 한순간 고요함과 한 번도 본 적 없는 풍경의 상서로운 조화 속에 휘감겼다. 고요함 속의 온기가 사람의 마음을 감싸 안았다. 마음속 깊은 곳까지 추호의 흑심도 담아둘 수 없었다. 세상 어디에서도 큰일은 일어나지 않을 것만 같았다. 지는 해 속에서 요동치며 끝없이 흐르는 강물이 천천히 사람들의 마음속으로 스며들어와 세상의 모든 번잡함을 깨끗이 씻어내주는 것만 같았다.

얼굴 위로 지는 햇빛이 밀려오자 지도원은 한동안 아무 말도 하지 않았다.

자오린이 말했다.

"빌어먹을, 지는 해를 보고 있자니 이상하게도 마음이 풀어지는 것 같군 그래."

지도원이 물었다.

"뭐가 풀린단 말인가?"

중대장이 말했다.

"샤를뤄 사건 말일세."

"이미 지나간 일이니 그 얘긴 더 이상 꺼내지 말게."

"나는 초등학교 교사인 그의 부친이 그렇게 사리분별을 잘 하리라고는 생각지도 못했네."

"내 생각도 그래."

"그는 적어도 부대에서 합의금 조로 1,000위안은 더 받아낼 수 있었을 텐데 말이야."

지도원이 말했다.

"세상만사가 다 그렇지. 마음이 풀리면 되는 일 아니겠나."

자오린이 말했다.

"그 친구 집에는 돈이 부족하지는 않은가 보지 뭐."

"들리는 얘기에 따르면 남에게 만 위안 넘게 빚을 지고 있다더군."

자오린은 몸을 돌려 지도원을 바라보다가 가는 모래 속에서 작은 돌멩이를 찾아냈다. 석양을 향해 그 돌멩이를 던지자 돌멩이는 황금 공처럼 햇빛 속에서 찬란한 빛을 뿌리면서 소리도 없이 모래 위로 떨어졌다.

"아내가 오늘 편지를 한 통 보내왔네."

지도원은 멀리 날아가는 새 한 마리를 쳐다보았다.

"우리 마누라는 편지도 안 해."

자오린이 다시 돌멩이를 하나 집어 멀리 던졌다.

"좋은 일로 편지가 온 게 아닐세."

지도원의 눈 속에 있던 새가 날아가버렸다.

"돈이 필요하대?"

자오린이 자줏빛 붉은 하늘을 쳐다보았다.

"아니, 텔레비전이 필요하대. 내가 연말에 집에 갈 때 아내에게 텔레비전을 사다 주기로 약속했거든."

지도원이 몸을 돌려 자오린의 얼굴을 쳐다보았다.

"우선 흑백텔레비전이라도 한 대 사지 그러나."

"처음부터 약속한 게 흑백텔레비전이었어."

"정 안 되면 중대에 있는 흑백텔레비전이라도 먼저 가지고 가."

"아닐세, 이미 300위안 정도는 모아둔 게 있어."

"중대에는 쓰지도 않는 컬러텔레비전이 있지 않은가."

"공연히 안 좋은 소리 듣고 싶지 않네."

"아무도 모르게 하면 되지."

"그래도 알려지면 큰일 나네."

"그럼 상징적으로 돈을 얼마 주면 되지."

"얼마를 주라는 건가?"

"있으면 300, 400위안 주고, 없으면 30, 40위안만 줘도 될 거야."

"지부 서기에게 고민 좀 해보라고 할게. 가격을 잘 좀 흥정해보자고 말이야."

"내가 서기니까 내가 말하면 되지."

"그럼 100위안을 주겠네."

지도원이 말했다.

"그렇게 많이 줄 필요 없네."

자오린이 말했다.

"그럼 90위안은 어떤가?"

"라오자오, 자네는 정말 통이 크군."

지도원이 아무 생각 없이 웃음을 보였다.

"그럼 80위안으로 할까."

"50위안으로 하게. 그리고 사람들이 집에 가고 없을 때 자네가 가져가도록 하게."

"그건 좀 곤란할 것 같네, 라오가오. 그러다간 병사들이 알게 될 거란 말일세."

"나 가오바오신이 거의 1년 가까이 지도원으로 근무했네. 이제 곧 전역을 하게 되지만 그래도 지부 서기 말 한마디면 안 되는 게 없지. 나는 3중대의 당 지부 서기이고 자네가 50위안을 냈으니 일이 생기면 내가 책임지는 걸로 하겠네."

자오린은 몸을 일으켜 지는 해를 향해 눈을 비비면서 다시 서쪽 들판을 향해 눈길을 돌려 광활하고도 적막하게 끝없이

278

펼쳐진 풍경을 바라보았다. 두 사람은 바람 한 점조차 없는 곳에 이렇게 서 있으려니 마치 인간 세상을 떠나 있는 것 같았다.

"라오가오."

자오린이 말했다.

"자네, 지금도 잘 때 악몽을 꾸나?"

"가끔."

"자네는 가면 안 되네. 반드시 남아서 다시 위로 올라가야지."

"자네도 알겠지만 며칠 전에 이미 전역 보고가 상부에 올라갔네."

"누구한테 올라갔다는 건가?"

"정치위원."

"정치위원은 올해 전역한다고 하지 않았나?"

"그도 좀 더 남아서 한자리해볼 생각인 것 같더군."

"그럼 자네도 전역 보고서를 도로 취하하게."

"이미 상부에 올라갔는데 어떻게 창피하게 도로 가져오겠나?"

"자네 진심을 말해보게, 라오가오. 자네, 신문을 스크랩하지 않았나? 그러면서 갑자기 부대생활이 재미가 없어졌다고?"

"신문을 스크랩한 것은 꿈에 항상 소대장의 피범벅 된 두

개골이 나타나기 때문이야."

"이제 좀 나아지지 않았나."

"구금실에서 나온 뒤로는 좀 괜찮아진 편일세."

"그럼 됐네. 내가 가서 자네 전역 보고서를 도로 받아오도록 하겠네."

"가서 뭐라고 말하려고?"

"자네가 전역하면 나도 떠난다고 하지 뭐."

"라오자오, 이 사람아."

지도원이 말했다.

"자네는 부대가 아직도 자네를 붙잡을 거라는 환상을 갖고 있나?"

"사람에겐 동정심이라는 게 있는 법일세. 연대 당위원이 어떻게 날 불쌍히 여기지 않을 수 있겠나."

지도원이 다소 강경한 어투로 말을 받았다.

"자네는 정말로 꿈을 꾸고 있구먼."

자오린이 말했다.

"그럼 어떻게 하면 되는지 자네가 말해보게."

"그만두게…… 나가면 나가는 거지. 세상 어디에 내 몸 하나 누이지 못하겠나."

"자네 생각이 틀렸네, 라오가오. 이제 우리는 베트남하고도 사이가 좋아졌어. 게다가 다른 나라하고는 더더욱 전쟁을 하지 않는다네. 앞으로 평생 전투는 없을 거야. 전투가 없으니 우리는 더더욱 부대에 간부로 남아 있어야 한단 말일세. 특히 자네 같은 경우는 더 그렇지."

"나중엔 나도 거기까지 생각했지."

"거기까지 생각했다면 어째서 아직도 피 묻은 두개골을 떠올리고 있는 건가."

"맞아, 그 작은 방에서 내 정신이 완전히 망가져버려서 그래."

"부대에 한두 해 더 남아 있을 방법을 생각해봐야 하네."

"나는 남지 못하게 될까 봐 두렵네. 남아서도 만에 하나 진급하지 못하게 될까 봐 두렵기도 하고 말일세."

"자네가 직접 나서서 내년에 7분대장에게 차를 몰게 하게. 그런 다음 그를 지원병으로 전환시켜줘. 어쨌든 그 친구는 연대 정치위원의 조카니까 말일세. 연대장은 내 옛 중대장이었으니까 내가 가서 얼굴에 철판 깔고 자네 일을 사정해보겠네."

"다른 방법도 없는 건 아니지……."

지도원이 말했다.

"하지만 내가 남는 건 그렇다 치고 라오자오 자네는 어떻게 할 생각인가?"

자오린이 지는 해를 보면서 말했다.

"나는 모든 걸 하늘의 뜻에 맡길 생각이네."

"가장 좋은 것은 3중대 사람들이 연대로 찾아가 자네를 남게 해달라고 청원하는 거지."

"누가 그런 짓을 하겠나?"

자오린이 물었다.

"사병들이 나서면 되지."

가오바오신이 대답했다.

"사병들이 가서 청원을 한다고?"

"그렇다네. 내가 전사들을 동원하여 당위원 골간 사오십 명에게 요구하는 거지. 연대 당위원을 함께 찾아가서 자네를 부대에 남게 해달라 하자고. 연대 당위원회도 대중의 의견을 고려하지 않을 수는 없을 걸세."

"라오가오……."

자도원의 우정에 감동을 받은 자오린은 코끝이 시큰거렸다.

"다른 말 말게."

가오바오신이 말했다.

"나는 그저 자네가 하루라도 빨리 형수와 조카들의 호구를 만들었으면 해서 그러는 거니까 말이야."

"가족들의 호구만 도시로 빼내올 수 있다면 나중에 샤를뤄처럼 되더라도 불만이 없을 것 같네."

자오린이 말했다.

"자네가 우리처럼 농촌에서 입대한 사람들이 바라는 게 뭐냐고 물었었지? 아내와 아이들이 화장실에 갈 때 화장지를 쓸 수 있게 해주고 달거리할 때 생리대를 쓰게 해주는 것만으로도 이생에서는 충분히 면목이 설 것이고 우리 마누라 오빠에게도 떳떳할 걸세."

이렇게 말하면서 자오린은 갑자기 마음이 서늘해지는 것을 감출 수 없었다. 바닥에서 일어난 그는 애써 눈길을 먼 곳으로 돌려 두리번거렸다. 넓고 광활한 황하고도 위에 모래가 빛나고 있었다. 파도가 일렁이는 것도 보였다. 정말로 희미하게나마 물이 졸졸 흐르는 소리도 들리는 것이, 마치 주변에 강물이 흐르고 있는 것 같았다. 그는 이 소리에 조용히 귀를 기울이면서 조심스럽게 입을 열었다.

"라오가오, 자네 무슨 소리가 안 들리나?"

하지만 지도원은 몸을 뒤로 돌려 위쪽을 올려다보면서 땅바닥에 누운 채 깍지 낀 두 손으로 머리를 받치고서 망연자실하게 서쪽 하늘가의 고요한 진홍빛을 바라보고 있었다. 그러다가 화제를 바꿔 입을 열었다.

"라오자오, 자네 이번 주말에 왕후이를 보러 가야 하지 않나?"

자오린은 누군가 등 뒤를 탁 치기라도 한 것처럼 놀란 표정으로 몸을 돌려 지도원을 말없이 쳐다보았다.

"그날 나는 구금실 뒤에 서 있다가 두 사람이 하는 얘기를 다 들었네."

지도원이 웃으며 말했다.

"몰래 엿들었지. 그렇다고 날 원망하진 말게. 듣고 나서 감동을 받으면서도 질투가 나기도 했지. 우리가 살면서 뭘 더 바라겠나? 자기 인생의 몫을 살아내는 것뿐이지. 자네도 자신을 너무 속박하지 말았으면 좋겠네. 꼭 찾아가보도록 하게."

자오린은 정말로 왕후이를 찾아가고 싶었다.

자오린은 정말로 왕후이를 찾아갔다.

柳鄉長

류향장

향장 이 사람, 염병할, 현(縣)에 새로 온 현위원회 서기한테 향의 업무를 보고하러 간다더니 반쯤 가서 갑자기 냉담하게 방향을 바꾸고 말았다. 그는 왔던 길을 되돌아오면서 향 전체의 인민들을 위한 것이라고 말했다. 자기 일을 팽개치고서 현위원회 서기 따위에게 인사를 올리러 갈 수는 없다는 것이다. 그는 인사를 올리러 간다면 차라리 바이수향(柏樹鄉)의 인민들에게 해야 한다고 했다.

어떤 인민에게 인사를 올리러 간단 말인가?

춘수촌(椿樹村)에 사는 화이화(槐花)라는 아가씨한테 인사를 올리는 것이다.

화이화는 무슨 일을 하는 사람인가?

알고 보니 지우뚜(九都)시에서 몸을 파는 일을 하고 있었다.

겨울이었고 해가 노랗게 하늘 꼭대기에 걸려 있었다. 불을 붙인 금덩어리가 산맥 위에서 타고 있는 것 같았다. 이런 광경을 본 사람들은 누구나 불놀이라도 하듯 손을 내밀어 그 온기를 나누어 쬐는 상상을 했다. 아주 작은 온기라도 좋을 것 같았다. 마을 사람 몇몇이 향에서 우마차처럼 쓰이는 빵차*를 타고 바러우(耙樓)산을 기어오르고 있었다. 빵차는 늙은 소처럼 숨소리와 함께 음메 하는 소리를 냈다. 차창 밖의 햇빛을 바라보는 모든 사람들의 얼굴이 붉은빛으로 찬란하게 물들었다. 살짝 건드리기만 해도 그 색깔이 얼굴에서 떨어져 내릴 것만 같았다. 류향장의 얼굴도 붉은빛으로 찬란하게 물든 채 차창 밖을 바라보고 있었다. 햇빛 속에서 오는 길 내내 깔깔거리며 웃는 듯한 모습이었다. 현위원회 서기가 새로 부임했다. 관할 지역 내 각 향의 서기와 향장들은 직접 가서 업무 보고를 해야 했다. 한 개 향에 반나절씩, 두세 시간이 배정되었다. 각 향의 정치와 경제, 문화, 치안, 지리, 사회구조, 특수한 풍속 등 크고 작은 사안들을 이 반나절의 시간에 시시

---

* 우리나라의 봉고차 같은 소형 승합차.

콜콜 다 보고해야 했다. 자연히 봄날에는 초록이었다가 가을에는 노래지듯이 일목요연하게 설명하고, 중점적인 것들은 평지에 갑자기 산봉우리가 솟듯이 두드러지게 설명해야 했다. 두말할 것도 없이 이는 업무 보고인 동시에 각 향을 주관하고 있는 간부들을 시험하기 위한 조치였다. 바이수향에는 서기가 없었다. 인사이동에 따라 서기가 다른 곳으로 배치되어 갔기 때문이다. 그러다 보니 수십 수백 명의 사람들이 바이수향의 서기가 되고 싶다고 몰려와 경합을 벌였지만 현에서 난색을 표하는 바람에 2년, 3년이 지나도록 류향장이 향장과 서기의 직무를 한 어깨에 짊어지고 있었다. 물론, 현위원회 서기에게 업무 보고를 하러 가는 일도 류향장 한 사람의 몫이었다. 이는 기회이지만 도전이기도 했다. 도전이지만, 천 년에 한 번 찾아올까 말까 한 기회이기도 했다. 류향장은 향 업무의 각 분야에 정통한 사람들에게 각양각색의 자료들을 준비하여 중점과 관점이 잘 드러나고 통계수치와 문제의식이 고루 갖춰지도록 몇십 쪽에 달하는 원고지에 잘 기록하게 했다. 그리고 이를 일상적인 잡무를 기록하는 공책에 직접 적고 암기해야 할 것들은 암기했다. 이와 관련된 수치들도 신부의 생일을 외우듯이 잘 외워두었다. 이렇게 류향장은 향에서 일하는 사람들을 대거 거느리고 현을 향해 출발했다.

누군가 물었다.

"류향장님, 새 차를 몰고 갈까요?"

류향장이 말했다.

"미쳤나? 낡은 차를 몰고 가도록 하세."

낡은 옌산(燕山)표 빵차가 마치 늙은 소가 수레를 부숴버리려고 덤비는 듯한 기세로 바러우산맥을 달리고 있었다. 햇빛이 비치는 길을 지나 구름과 노을을 지나고, 산과 골짜기를 넘어 흙길과 모랫길, 진흙길과 돌길을 달렸다. 현에 거의 가까워져 아스팔트길로 들어섰을 무렵, 갑자기 류향장의 얼굴에서 촉촉하고 붉은 기운이 사라져버렸다. 한순간에 그의 늙은 얼굴 전체가 파랗게 변해버렸다. 그는 아무 말 없이 잠시 생각에 잠기더니 아주 차가운 어투로 기사에게 차를 세우라고 명령했다. 그리고 차를 돌리라고 했다. 현위원회 서기를 만나러 가지 않고 춘수촌으로 가서 긴급회의를 소집하겠다는 것이다. 향 전체의 농촌 간부들을 현장에 집합시켜 간부들로 하여금 화이화의 집을 참관하게 하겠다는 것이었다. 촌장을 비롯해 지부 서기, 민병 대대장, 부녀 주임, 경영위원회 주임 등 촌의 모든 간부들 앞에서 화이화 아가씨를 위한 기념비를 세워주겠다는 것이다. 그렇게 함으로써 향 인민 전체에게 화이화를 본받자는 운동을 적극적으로 전개하려는 것이다.

향장이 말했다.

"내가 우리 인민을 찾아가지 않고 현위원회 서기를 찾아가서 무얼 하겠나?"

이렇게 말하면서 그는 보고를 위해 준비한 자료들과 자세한 보고 내용, 수치가 적힌 자신의 공책을 전부 찢어 차창 밖으로 날려버렸다. 찢긴 종이들이 춤추듯 바람에 날려갔다. 겨울날 지상에 내려앉는 흰 비둘기 떼 같았다. 향의 부서기를 비롯하여 부향장, 당위원회의 선전위원, 당위원회 위원이 아닌 민정위원들, 그리고 빈민 구제를 전담하는 부민(扶民)위원, 산아제한을 전담하는 부녀위원 등 차 안에 타고 있던 모든 사람들이 놀란 눈으로 류향장의 얼굴을 쳐다보았다. 마치 한여름 해가 빨갛게 타고 있는 가운데 큰 눈이 휘날리고 있는 듯한 광경이었다.

향장이 말했다.

"돌아가자. 그렇게 멍하게 있지 말고."

사람들이 한목소리로 물었다.

"현위원회 서기한테는 안 가실 건가요?"

향장이 말했다.

"그에게 기다리라고 하게. 그가 이 향장을 자를 수 있는지 두고 보자고."

차가 오던 쪽으로 다시 방향을 돌렸다. 차는 방금 길을 잘
못 들기라고 했던 것처럼 류향장과 그 부하들을 이끌고 회오
리바람이 일듯이 십 리 밖 아주 외진 곳에 있는 춘수촌을 향
해 달리기 시작했다.

춘수촌은 바이수향 안에 있는 비교적 편벽한 마을이었다.
바이수향 정부는 시에서 현으로 통하는 도로변에 위치해 있
는 데 비해 춘수촌은 향에서 바러우산맥 안으로 깊이 들어가
는 좁은 길이 끝나는 지점에 자리 잡고 있었다. 몇 년 전, 류
향장은 다른 마을의 부향장으로 있다가 이곳으로 이임되어
와 바이수향에서 향장 직을 맡게 되었다. 당시 그는 먼저 자
동차를 탄 다음 자전거로 갈아타고 왔다. 자전거를 길가에
있는 감나무에 매어두고 다시 도보로 십여 리의 길을 걸어야
만 초가집이나 토방에 수십 가구가 모여 사는 이 춘수촌에
도착할 수 있었다. 낮이면 개울에 나가 식수를 긷는 마을 사
람들을 볼 수 있고 밤이면 집집마다 밝힌 석유등을 볼 수 있
었다. 마지막으로 이 마을에서 꼬박 사흘을 묵고는 이를 악
물고 발을 구르며 말했다.

"염병할, 단장초(斷腸草)를 먹지 않고는 이 마을의 지독한
병을 치료할 수 없을 것 같군."

이렇게 말하면서 그는 향에 트럭을 한 대 보내어 산 아래에 있는 길가에서 대기시켜줄 것을 요청했다. 그런 다음 춘수촌에서 한 차례 회의를 열면서 시에서 향으로 노동자를 모집하러 올 것이라고 말했다. 춘수촌 전역에서 만 열여덟 살 이상, 마흔 살 이하의 나이로 길을 걷고 산을 기어오를 수 있는 모든 남자와 여자 가운데 시내에 들어가 번듯한 건물에서 생활하면서 한 달에 1,000위안 내지 2,000위안의 임금을 받고 싶은 사람은 전부 이불과 짐을 챙겨가지고 산 아래에 대기 중인 트럭에 타라고 말했다.

이리하여 온 마을의 청춘 남녀가 한꺼번에 우르르 떠나버렸다.

사람들이 떠나자 마을은 농번기가 지난 맥장(麥場)처럼 텅 비어버렸다. 향장은 트럭 한 대를 가득 채운 춘수촌의 청년들을 수백 리 밖에 떨어져 있는 지우뚜시 기차역 옆으로 직접 데리고 갔다. 그는 트럭을 조용한 곳에 세워둔 다음, 차에서 내려 춘수촌 사람들에게 향의 관인이 찍힌 백지 소개서를 한 장씩 나눠주었다. 그러면서 각자 마음대로 써넣고 이 도시에서 하고 싶은 일을 찾아 하라고 했다. 남자는 건물을 짓는 공사현장에서 벽돌이나 시멘트를 나를 수 있고 여자들은 음식점에서 음식을 나르거나 설거지를 할 수 있을 것이었다.

나이가 많은 사람들은 도시에서 쓰레기나 종이상자를 주워다 팔 수도 있을 것이고 거리나 화장실 청소를 도맡아 할 수도 있을 것이었다. 나이가 어린 사람들은 경비원으로 일하거나 가정부가 될 수도 있을 것이고 호텔에 가서 종업원으로 일할 수도 있을 것이었다. 한마디로 말해서 여자는 창녀가 되고 남자는 뚜쟁이가 되어도 상관없었다. 자기 혀로 남의 똥구멍을 핥는 일이 있더라도 시골로 돌아오는 것은 일체 허락되지 않았다. 누구든지 반년도 안 돼서 시골로 돌아오는 사람이 있으면 4,000위안의 벌금을 내야 했고, 한 달이 채 안 돼서 돌아오는 사람은 5,000위안을 벌금으로 내야 했다. 감히 눈 깜짝할 사이에 차표를 사서 시골로 돌아오는 사람에게는 가혹한 벌금을 물릴 뿐만 아니라 산아제한에서 자녀 한 명을 초과한 것으로 취급할 작정이었다.

이런 설명이 끝나자 향장은 트럭을 타고 지우뚜 시내를 떠나 시골로 돌아왔다. 춘수촌 사람들만 남기고 떠난 것이다. 아버지가 엄마랑 몰래 낳은 아이를 아무 데나 내버리듯이, 어린 새끼 양들을 황량한 들판 언덕에 내버리듯이, 놀라움에 휘둥그레진 그들의 눈빛은 모른 체하고, 이런 놀라움에 이어 서둘러 떠나는 트럭을 책망하면서 소리 높여 자신을 불러대는 소리도 모른 체하고, 류향장은 뒤도 돌아보지 않은 채 삼백 리 밖에 있는 자신의 바이수향으로 돌아왔다. 그리고 뜻밖에도 그는 정말로 사나흘이 지나 춘수촌으로 사람을 보내 집집마다 찾아다니며 조사를 벌였다. 시내에서 도망쳐온 청년들을 색출해내 벌금을 물리고 다시 그 도시의 인해(人海) 속으로 돌려보낸 것이다.

그 후에는 어떻게 되었을까? 다시는 춘수촌 사람들이 도시에서 시골로 돌아오는 일이 없었다. 그들이 모두 지우뚜시에서 무슨 일을 하는지는 모르지만 물방울이 바다 위로 떨어진 것처럼 그 사람의 바닷속으로 녹아 들어갔다. 어쩌다 일이 터지긴 했지만, 춘수촌 청년들이 시내에서 집단으로 도둑이 되었다가 사람들에게 붙잡혀서 수용소에도 있기 어려워지면 경찰이 경찰차를 이용하여 바이수향으로 압송한 것이 고작이었다. 이때 류향장은 앞에 나서서 경찰들에게 식사를 대접하고 술을 권했을 뿐만 아니라 이들이 떠날 때는 경찰차에 토산품도 잔뜩 실어주었다.

경찰이 말했다.

"염병할, 이 마을은 전문으로 도둑을 배출하는 곳인가요?"

류향장은 그 자리에서 잡혀온 도둑들의 따귀를 한 대씩 갈겨주었다.

경찰이 또 말했다.

"또다시 잡히는 날에는 감방 신세를 면하지 못하게 될 줄 아세요."

류향장은 창문에 쇠창살이 설치된 경찰차에 토산품을 실었다.

차가 떠나고 류향장과 춘수촌의 도둑들만 남게 되자 류향장이 그들을 향해 매섭게 눈을 흘기며 물었다.

"대체 뭘 훔친 거야?"

"거리의 맨홀 뚜껑과 강관을 훔쳤습니다."

"그것 말고 또 뭘 훔쳤나?"

"도시 사람들의 텔레비전 수상기를 훔쳤습니다."

류향장은 나이가 가장 많은 우두머리 도둑의 배를 발로 걸어차면서 말했다.

"이런 염병할, 맨홀 뚜껑과 강관이 몇 푼이나 나간다고 그걸 훔치나. 텔레비전은 하루가 다르게 값이 떨어져 무나 배추만큼이나 싸단 말일세. 그런 게 정말 훔칠 만한 물건들이야? 어서들 꺼져. 전부 대도시나 성도(省都)로 돌아가라고. 광저우(廣州)나 상하이(上海), 베이징(北京) 같은 곳으로 가란 말이야. 도둑이 되는 것에 대해선 처벌하지 않겠지만 앞으로 2년 내에 반드시 마을로 돌아와 소규모 공장 몇 개를 차릴 수 있어야 하네. 공장 몇 개를 차리지도 못하고 또다시 압송되어 오면 인정사정없이 고깔모자를 쓰고 조리돌림을 당하게 할 거란 말이야."

그 도둑들, 그 춘수촌의 남녀 청년들은 향장에게 실컷 욕을 먹고, 또 향장에게 실컷 얻어맞은 다음, 향장의 손에서 백지 소개서를 한 장씩 받아 들고는, 집 앞까지 다 왔으면서도 가족들을 만나보지도 못하고 다시 장거리 버스를 타고 지우뚜 시로 돌아갔다가, 거기서 다시 기차를 타고 성도나 다른 대도시의 심장부로 들어가야 했다.

또 한 번 일이 터졌지만 이번에는 경찰이 이들을 바이수향으로 압송하지 않았다. 지우뚜시 경찰은 대신 류향장에게 전화로 통지하여 직접 와서 사람들을 데려가게 했다. 직접 와서 데려가지 않으면 시에서 풀어주지 않을 뿐만 아니라 이런 상황을 손님을 초대하여 식탁에 음식을 올리듯이 하나하나 현위원회 상무위원회의 식탁에 올리겠다는 것이었다. 일이 아주 냉정하게 처리되고 있었다. 하는 수 없이 류향장은 직접 지우뚜시의 공안국을 찾아갔다. 공안국 문 안에 들어서자마자 춘수촌과 바이수향에서 온 몇 명의 아가씨들이 마당 담벼락 아래 나란히 줄지어 서 있었다. 하나같이 맨살을 드러낸 채 브래지어와 화려한 색깔의 팬티만 입고 있었다. 햇빛 아래 그녀들의 탱탱한 몸을 전시하고 있는 것 같았다. 류향장이 잠시 그녀들을 물끄러미 바라보고 있는 사이에 경찰 하나가 다가와서는 그의 면전에서 아주 고약하게 침을 뱉고 나서 물었다.

"당신이 바이수향의 향장인가요?"

류향장이 말했다.

"이렇게 번거롭게 해드려서 정말 죄송합니다."

경찰이 욕을 해대며 말했다.

"젠장, 당신 마을에서는 전문적으로 창녀들을 양성합니까?"

류향장이 말을 받았다.

"돌아가면 저년들에게 찢어진 신발*을 들고 마을을 한 바퀴 돌게 하겠습니다. 저년들이 어떻게 고개를 들고 사람 행세를 하는지 두고 보겠습니다. 나중에 저년들이 시집을 간다면 어떤 놈에게 가는지 지켜보겠습니다."

이렇게 류향장은 또 사람들을 데리고 마을로 돌아왔다. 류향장은 아가씨들에게 옷을 제대로 챙겨 입고 뒤에서 따라오게 했다. 선생님이 어린 학생들을 인솔하여 학교 밖으로 나오듯, 그는 이들을 이끌고 공안국을 나선 뒤 대로를 건넜다.

---

* 찢어진 신발은 순결을 잃은 여자를 상징하는 말이다.

류향장이 고개를 돌려보니 아가씨들은 질서정연하게 줄지어 자신의 뒤를 따르고 있었다.

류향장이 아가씨들을 노려보며 말했다.

"뭐 하러 아직까지 날 따라오고 있는 거야? 나를 따라온다고 누가 밥을 주나 아니면 용돈을 주나?"

아가씨들은 넋이 나간 표정으로 멍하니 류향장을 쳐다보다가 이내 고개를 돌려 서로의 표정을 살폈다. 그러고는 다시 그 도시 속으로 흩어져 들어갔다. 화려한 옷차림이 마치 봄날에 바이수향에 피는 꽃봉오리들 같았다. 아가씨들은 이렇게 도시의 구석구석으로 흩어져갔다. 류향장은 아가씨들에게 작별 인사를 하면서 아버지가 딸을 질책하는 듯한 잔소리도 잊지 않았다.

"참고 견딜 줄 알아야 사장이 돼서 다른 향이나 현에서 온 아가씨들을 밑에 거느리고 몸을 팔게 할 수 있는 거야. 참고 견딜 줄 알아야 방금 우리 앞에서 고약하게 침을 뱉었던 경찰 놈을 정리할 수 있는 거라고. 너희들이 경찰 부부를 헤어지게 하고 집안이 망하게 한 다음, 대신 그 경찰의 마누라가 돼서 그들이 평생 좋은 세월을 누리지 못하게 만드는 거지."

류향장이 또 말했다.

"모두들 이만 가봐. 어서들 꺼지라고. 한두 해가 지나도록 자신의 초가집을 토담에 기와를 얹은 집으로 바꿔놓지 못하거나 토담에 기와를 얹은 집을 작은 건물로 바꿔놓지 못한다면 그때는 정말 창녀가 되고 말 거야. 진짜 거리의 싸구려 창녀가 되는 거라고. 정말로 춘수촌과 바이수향에 사는 부모님들의 체면을 땅에 떨어뜨리게 될 거란 말이야. 그러면 면목이 없어서 부모님들이나 할머니, 할아버지한테 돌아오지도 못하겠지."

아가씨들은 멀리서 향장이 하는 얘기를 들으면서 향장의 흙처럼 질박한 얼굴을 바라보았다. 향장이 더 이상 아무 말도 하지 않는 것을 확인하고 일제히 몸을 돌린 아가씨들은 천천히 도시로 향하는 길을 걸어 푸르고 싱그러운 자신들의 꽃을 피우고 마침내 열매를 맺었다.

이제 춘수촌에는 과실이 가득했다. 마을에 전기가 들어왔을 뿐만 아니라 길도 뚫렸다. 수도가 들어오고 밀가루 공장과 철사 공장, 못 공장, 기와 공장이 생겨났다. 석회그릇 공장의 작업라인도 한창 건설 중에 있었다. 집집마다 기와집이나 이층집, 또는 객청이 딸린 커다란 건물을 지었다. 여름이면 집집마다 포선(蒲扇)처럼 선풍기가 쉬지 않고 돌았고, 어떤 집들은 창문 앞에 에어컨을 설치하기도 했다. 겨울이면 연료로 때는 석탄의 값이 과거에 먹던 기름의 값보다 더 많았다.

어떤 집에서는 침대 앞에 난방을 위한 기계를 설치하기도 했다. 세월이 쾅 하고 변해버렸다. 이전에 지우뚜시에서 사람들에게 닭장이나 짜주고 부뚜막을 얹어주던 어린 노동자들은 눈 깜짝할 사이에 십장이 되어 명함에 사장이라는 직함을 새겨가지고 다녔다. 원래 이발소에서 잔심부름이나 하다가 밤이 되면 가서 남자들의 시중을 들던 아가씨들은 이제 이발소의 요염한 주인이 되어 있었다. 남자들의 시중을 드는 일은 다른 아가씨들의 몫으로 넘어갔다. 일은 이렇게 가벼웠다. 오리를 몰듯 춘수촌 사람들을 전부 도시로 내몬 지 3년이 되자 시골 마을이 제법 도시의 모습을 갖추게 되었다. 마을 거리를 조망해보면 거리 양쪽에 새로 지은 기와집과 2층 건물이 빼곡하게 들어서 있었고 집집마다 높은 문루(門樓)와 돌사자를 갖추고 있었다. 문 앞에는 삼단 내지 오단의 계단도 마련되어 있었다. 거리에는 새 기와와 새 벽돌에서 나는 유황 냄새가 가득 풍겼다. 금빛 찬란한 여름 보리의 향기 같았다. 매일 어느 집인가 새 건물을 올리면서 사방에 우당탕 퉁탕 하는 소리가 끊이지 않았다. 촌락과 광야에 길상의 북소리와 징소리가 가득 메아리쳤다.

그러니 어떻게 춘수촌에서 현장 회의를 열지 않을 수 있겠는가?

그러니 어떻게 화이화의 집에서 현장 회의를 열지 않을 수 있겠는가?

화이화의 집은 원래 찢어지게 가난했다. 초가지붕을 얹은 방 두 칸의 토담집에 담장은 거의 다 무너져가고 있었다. 아버지는 병상에 누워 있고 어머니가 사계절 내내 밭과 부뚜막을 오가며 바삐 돌아쳐야 했다. 여동생들 몇몇은 일찌감치 학업을 포기하고 집에서 놀고 있었다. 사람들은 몇 년 전에 그녀의 식구들이 먹을 수 있었던 만두도 검은 밀가루로 만든 것이었다고 말했다. 자매들이 월경에 사용하는 종이 때문에 치고받고 싸우다가 얼굴에 피를 보기도 했다. 하지만 3년 전에 화이화가 마을의 트럭에 실려 도시로 내던져진 뒤로 반년이 지나 그녀는 언니를 도시로 불러들였고, 1년 뒤에는 둘째 여동생을 도시로 불러들였다. 2년 뒤에는 여동생 셋이 전부 도시에 와서 소요유(逍遙游)라는 이름의 미용실을 열었다. 또 3년 뒤에는 바로 그 자리에 거대한 오락성(娛樂城)을 개업했다. 사람들의 말에 따르면 그 오락성이란 곳에서 일하는 아가씨들과 경비원들만 수십 명에 달한다고 했다. 돈은 매일 밤낮으로 잠기지 않는 수돗물처럼 와르르 그 오락성 안으로 쏟아져 들어온다고 했다. 류향장은 줄곧 지우뚜시로 가서 그 오락성을 구경하고 싶다고 말했지만, 무슨 이유에서인지 말

로만 간다고 하면서 한 번도 가지 않았다. 지우뚜시의 오락
성에는 가지 않았지만 화이화의 집에는 수도 없이 찾아가서
마을에서 가장 멋진 양옥 건물로 바뀐 것을 확인하고 벽돌로
마감된 건물 담벼락을 손으로 수도 없이 만져보았다. 화이화
네 집 담장을 올릴 때는 감옥의 담장처럼 높고 둔중하게 올
리지 말고 사람 키 절반 정도로 아담하게 올린 다음, 그 위에
도시에서나 볼 수 있는 철공예술 꽃 장식을 달고 대문 앞에
는 돌사자와 함께 아주 아름답고 특이하게 생긴 바위를 세움
으로써 마을 사람들에게 건축의 모범을 보여줄 것을 건의하
기도 했다. 향장의 이런 건의에 대해 화이화의 부친은 전적
으로 환영하는 태도를 보이면서 전부 수용했다. 이리하여 과
연 그녀의 집은 도시의 부잣집들과 똑같은 모습을 갖추게 되
었고 시골 마을에서 모든 사람이 집을 짓고 담장을 올릴 때
반드시 참고해야 하는 모범 사례가 되었다. 어느 집이든 토
담집을 허물고 새 집을 지을 때면 장인들에게 먼저 화이화의
집을 구경하고 오라고 시켰다. 심지어 화이화가 바쁜 중에도
시간을 내서 고향에 쉬러 올 때면 자기 집에서 뿜어져 나오
는 서양 기운 때문에 놀라서 한동안 말을 잃을 정도였다.

그러니 어찌 화이화의 집에서 향 전체 간부 회의를 열지
않을 수 있으며, 마을 입구에 화이화를 위한 모범 기념비를

세우지 않을 수 있단 말인가.

이리하여 회의가 열렸다.

현위원회 서기에게 업무 보고를 하러 가다가 차를 돌려 되돌아온 류향장은 곧장 춘수촌을 찾아가 촌민들을 전부 모은 뒤에 집을 깨끗이 닦고 마당을 쓸며 거리와 골목을 정리하게 했다. 소는 외양간에 잘 묶어두고, 양은 산언덕에 풀어놓으며, 돼지는 돼지우리에 잘 가둬둘 것을 당부했다. 또한 촌민들이 아침에 일어나 얼굴을 닦듯이 마을의 거리를 깨끗이 청소하고, 사흘 뒤에 마을 간부들 전원이 춘수촌 입구에 구름처럼 모일 것을 지시했다. 햇빛이 여린 불처럼 산등성이를 따스하게 데우고 있었다. 춘수촌이 그 밝은 햇빛 아래 모습을 드러내고 있었다. 거대하고 온갖 허상으로 가득 찬 모범 촌락이 산허리에 모습을 드러내고 있는 것이었다. 허상이라고 해도 그 안에는 제법 진실한 모습들이 있었다. 집집마다 건물을 구경할 수 있었고 건물과 담벼락을 만져볼 수 있었다. 거리의 노인들이나 아이들에게 마음대로 이것저것 물어볼 수도 있었다. 향 전체의 간부들을 남녀노소 할 것 없이 전부 모으면 적어도 수백 명은 되었다. 이들 모두가 정오 무렵부터 류향장의 꼬리인 양 그 뒤를 따르면서 세 줄로 나란히 늘어서 아주 길게 장사진을 쳤다. 이들은 먼저 마을 밖에 있는 공장과 가마를 구경하면서 이것저것 물어보았다. 모두들 손에 작은 공책을 하나씩 들고서 글자와 숫자를 가득 적어 나갔다. 공책이 없는 사람들은 손바닥에 적었다. 그런 다음 향장을 따라 다시 마을로 돌아와 길을 가면서 또 이것저것 마구 물어댔다. 각 간부들의 취향에 따라 자기가 구경하고 싶은 집을 구경하고 자기가 묻고 싶은 사람에게 물었다.

"이보게, 이 집 문루 높이가 얼마나 되는 것 같나?"

한 무리의 사람들이 그 문루 아래 서 있었다. 모두들 목을 길게 빼고 있었다. 근육이 붉은 줄처럼 그들의 목에 튀어나와 있었다.

"이 문루의 높이가 얼마나 될 것 같아?"

"한 장하고도 여덟 치쯤 될 것 같군."

누군가 감탄하며 말했다.

"맙소사! 돈을 얼마나 쓴 거야?"

"얼마 안 들었어. 겨우 5,000위안 남짓 들었을 뿐이라네."

질문을 한 사람은 놀라서 으악 하고 소리를 지르더니 황급히 앞으로 달려갔다. 질문을 받은 집주인은 뒤에 서서 얼굴가득 찬란하게 붉은빛을 자랑했다. 앞쪽에서는 모두 새로 지은 2층 건물을 둘러싸고 구경을 하다가 건물 외벽에 마감된 타일이 어디서 사온 것이냐고, 마치 건물에 붉은 비단 옷을 입힌 것 같다고, 햇빛 속에서 보면 마치 불을 붙인 것 같다고, 한겨울에는 이 건물을 보기만 해도 온몸이 따스해질 것 같다고 말했다. 집주인은 문 앞에 서서 말없이 미소만 짓고 있다가 성도에서 사온 것이라고 대답했다. 자기 아들이 성도에 가서 서양 타일을 사온 것이라고 했다. 그 서양 타일은 외국에서 화물선을 타고 다시 기차로 갈아타 성도까지 운송되었다고 했다. 자기 아들이 이 타일을 사기 위해 성도에 세 번이나 갔었다고 했다. 구경하는 사람들은 궁금증이 풀리면서 어쩐지 타일이 비단처럼 빛나고 불처럼 따스하더라고 말했다. 그러면서 또 물었다.

"아드님이 지우뚜에서 무슨 일을 하시는데요?"

"운수업을 하고 있습니다."

"그럼 차를 모시나 보군요?"

"차를 몇 대 사서 사람들을 시켜 몰게 하고 있지요."

모두들 놀라움을 금치 못하며 되물었다.

"사장님이시군요? 그럼 전에는 어떤 일을 하셨나요?"

집주인이 말했다.

"전에 무슨 일을 했었느냐 하면, 지우뚜시에서 남의 삼륜차로 화물을 날랐지요."

물건을 나르다가 뜻밖에도 여러 대의 차를 굴리게 되었고 삼륜차를 몰다가 뜻밖에도 사장이 되었다는 것이다. 집주인은 자기 아들이 원래 지우뚜시에서 도둑질을 했다는 사실을 말하지 않았다. 차를 훔쳤다가 여러 번 바이수향으로 쫓겨왔었다는 얘기는 하지 않고 자기 아들이 도시에서 삼륜차를 모느라 고생을 아주 많이 했다고만 말했다. 차부와 사장 사이의 차이가 사람들의 의심을 사긴 했지만 필경 반짝거리는 붉은 비단옷을 입고 있는 집이 실물 그대로 눈앞에 펼쳐져 있어 그 집이 허상으로서 불쏘시개용 풀을 쌓아 만든 탑이고, 그 표면이 빨간 고구마 풀을 칠한 것이라는 사실은 받아들여지기 어려웠다. 상황은 이랬다. 3년이 지난 지금 춘수촌은 이미 과거의 촌락이 아니었다. 그 안에는 극도로 오묘하고 깊이가 있으면서도 아주 얕고 돌출되는 부분들이 있었다. 복잡하지만 동시에 아주 간단했다. 자세하게 며칠 밤낮을 물어도 다 묻지는 못하겠지만 간단하게 말하자면 단 몇 마디로 끝낼 수 있었다. 하지만 춘수촌에 와서 진상을 알아보려면 몇 마디로는 다 알 수 없었다. 따라서 또 뭔가를 물어야 했지만 류향장이 맨 앞에 서서 큰 소리로 사람들을 향해 외쳤다.

"자, 서둘러요. 빨리 갑시다. 곧 화이화네 집에 도착합니다. 곧 도착한다고요."

화이화네 집이 눈부신 모습으로 사람들의 눈앞에 나타났다.

신식 묘원이 촌락 한가운데 출현한 것처럼 한 무의 땅에 동쪽을 향해 3층짜리 건물 한 동이 우뚝 서 있었다. 건물의 벽돌은 파란색과 회색이 뒤섞여 있어 고색창연한 빛을 발했고 창문은 모두 나무를 조각해놓은 것 같은 강철 꽃으로 장식되어 있었다. 강철 꽃에는 여기저기 붉은 구리와 누런 구리가 양감되어 있어 꽃잎과 꽃술을 방불케 했다. 마당 담장에는 철공예술 장식이 달려 있어 마치 도시 공원의 담장 같았다. 담장 밑에는 꽃과 풀도 심어져 있었다. 겨울이긴 했지만 원래 그다지 키가 크지 않았던 지룡백(地龍柏)과 와탑송(臥塔松)도 있고 사계절 내내 푸르름을 잃지 않는 동청수(冬青樹)도 있었다. 월동초(越冬草)는 그 노란 겨울 햇살 아래에서도 파란빛과 푸른빛을 듬뿍 담고 있었다. 다른 집 마당의 바닥은 대개 시멘트와 타일로 마감되어 있었지만 화이화네 집 마당의 바닥은 진홍색 사각형 타일로 마감되어 있었다. 그 타일은 광택이 뛰어난 것이 외국에서 화물선으로 운송해 왔다고 했다. 게다가 운송 도중에 일부 구간은 비행기로 운송했다고 했다. 향 간부들은 화이화네 집에 들어서자마자 넋이 나간 표정들이었다. 시커멓게 몰려 있는 사람들의 머리에 하나같이 얼떨떨한 표정이 얹혀 있었다. 한참을 멍하니 서 있었지만 뜻밖에도 그들 가운데 입을 여는 사람은 하나도 없었다. 그저 애써 목청을 억누른 채 "우아!", "맙소사!"
하는 감탄사만 연발할 뿐이었다. 이 계절에 떨어진 고엽이
나풀나풀 허공을 맴도는 듯한 모습이었다. 누군가 허리를
굽혀 조심스럽게 바닥에 깔린 타일을 만져보고는 엄숙한 표
정으로 말했다.

"맙소사! 우리 집 마누라 얼굴보다 더 매끄럽네."

어떤 사람은 건물의 문과 창문을 만져보고 나서 말했다.

"맙소사! 이 창문은 금란전(金鑾殿)의 창문 같네. 한 세트 설
치하는 데 돈이 얼마나 들었을까?"

어떤 사람은 일찌감치 건물 안으로 들어와 있다가 1층을
둘러보고 난 다음 2층과 3층에 올라가 마저 둘러보고는 계단
에 나와 앉아 감탄하며 말했다.

"젠장, 어서들 올라가보세요. 저 집은 젊은 아가씨 하나가
가족들을 천당에서 지내게 하는데 우리 같은 늙은이들은 아
직도 지옥을 맴돌고 있으니 원……."

그러자 한 사람이 그를 진지한 눈빛으로 쳐다보며 물었다.

"위층이 그렇게 멋있어요?"

"올라가보면 알 거요."

"보고 내려오셨으니 한번 말씀해보세요."

"그냥 올라가봐요. 올라가보면 안다니까요."

한 무리의 촌 간부들이 2층으로 구경하러 올라갔다. 구경하고 나온 사람들이 이구동성으로 말했다.

"우리가 사는 모습과는 비교가 안 돼. 우린 차라리 담벼락에 머리를 박고 죽는 게 나을 것 같아."

또 한 무리의 사람들이 올라가 구경하고 내려와서는 머리를 박고 죽어야 한다고는 말하지 않았다. 대신 연신 발을 구르며 욕을 해댔다.

"젠장…… 젠장……."

'젠장' 다음에는 말을 잇지 못했다. 또 한 무리의 촌 간부들이 올라갔다 내려와서는 말도 하지 않고 발도 구르지 않았다. 대신 곧장 사람들 사이를 헤집고 나와 파란 벽돌과 철공예 장식품이 달려 있는 큰 마당 담장 밖으로 가더니만 길가에 쭈그리고 앉아 고개를 푹 숙인 채 종이담배를 말아 피웠다. 뭔가가 그들의 머리를 짓누르고 있는지 얼굴이 전부 철청색으로 변해 있었다. 누군가 그들의 얼굴이 시퍼렇게 변한 것을 보고는 쫓아와서 물었다.

"여러 촌장님들께서는 구경하신 소감이 어떤지 말씀 좀 해주시지요. 느낌이 어떠십니까? 겁내지 말고 어서 말씀해 보세요."

하도 졸라대는 통에 나이 든 촌장 하나가 목청을 가다듬고 말했다.

"할 말이 없어요. 내 나이 예순둘이지만 화이화를 내 양어머니로 인정하라 해도 군말 없이 받아들일 수 있을 것 같소. 우리 마을 남자들 전부 그녀의 양아들이 되고 여자들 모두 수양딸이 되겠다고 해도 이 촌장은 기꺼이 허락하겠소."

구경을 마치고는 모두들 화이화의 아버지를 에워싸고 이것저것 물어댔다. 화이화의 아버지는 원래 병상에 누워 있었으나 세 딸이 도시에 나가 천하를 장악하자 하늘만큼 높은 가격의 약도 얼마든지 먹을 수 있게 되었고, 그 결과 뜻밖에도 병상을 박차고 나올 수 있게 되었고, 이내 지팡이를 집어던지고 사람들의 부축을 받으며 마당을 이리저리 걸어 다닐 수 있게 되었다. 그리고 얼굴 가득 혈색이 돌면서 사람들과 이런저런 얘기도 주고받을 수 있게 되었다.

누군가 물었다.

"도시에 있는 화이화의 오락성이 대체 얼마나 큰가요?"

"류향장도 아직 못 가봤는데 내가 어떻게 감히 먼저 가볼 수 있었겠소?"

"어르신은 화이화의 아버님이시니 가고 싶다고 하시면 화이화가 차로 모실 게 아닙니까?"

"차로 모신다 해도 류향장을 먼저 모셔야지요. 류향장이야

말로 우리 집안의 부모이자, 춘수촌 전체의 부모나 마찬가지
니까요."

또 어떤 사람들이 더 많은 것을 물었다. 하지만 하나같이
화이화의 오락성이 지우뚜시의 어디쯤 있는지, 목욕과 식사
서비스를 제공하는 것 말고 또 어떤 서비스를 제공하는지,
정말로 오락성에서 안마를 해주고 손톱과 발뒤꿈치를 다듬
어주는지, 정말로 담배 한 대 피울 시간에 손톱을 깎아주는
지, 손톱을 깎아주고 정말로 20 또는 30위안씩 받는지 물었
다. 그러면서 오늘 화이화가 지우뚜시에서 돌아와 향 간부들
모두에게 자세한 설명을 해주면 되지 왜 굳이 류향장이 화
이화의 집으로 사람들을 소집하여 현장 회의를 여는 거냐고,
왜 지우뚜시로 사람을 보내 화이화를 데려오지 않는 거냐고
따져 물었다.

이외에도 사람들은 이것저것 많은 것들을 묻고 따졌다. 이
때 류향장이 대문 앞에 서서 큰 소리로 사람들을 불렀다.

"이봐요. 물어보고 싶은 것이 있으면 나 류향장에게 물어봐
요. 마을 입구에 기념비를 세우는 문제에 관해 현장 총회를
개최할 예정이니 알고 싶은 것이 있으면 그리로 와서 뭐든지
물어보라고요."

이리하여 사람들은 아쉬운 표정으로 화이화의 집을 나선

뒤 마을 입구에 화이화를 기리는 기념비가 세워질 곳으로 출격했다.

마을 어귀에 넓은 공터가 하나 있었다. 아주 평평한 땅으로, 도로는 마을로 이어지는 길목에 자리 잡고 있었고, 그 앞에는 드넓은 농지가 펼쳐져 있어 하늘에서 쏟아져 내린 색깔처럼 푸른 보리가 밭 위를 떠다니고 있었다. 길은 밭 중간에서 갈라져 구불구불한 대마 줄처럼 그 위에 걸려 있었다. 류향장은 바로 그 줄 위에, 마을 어귀에 화이화를 위한 기념비를 세우기로 결정했다. 기념비는 푸른 돌로 만들기로 했다. 두께가 다섯 자에 너비가 석 자, 높이는 여섯 자 두 치로 하고 기념비 위에는 큰 사발만 한 크기로 '화이화를 본받자'는 일곱 글자를 새겨 넣기로 했다. 기념비의 기좌(基座)는 이미 땅속에 박혀 있었고 누군가 기좌 주위로 흙을 더한 다음 탄탄하게 다지고 있었다. 류향장이 "기념비를 얹어라!"라고 한마디만 하면 기념비는 곧장 그 기좌 위에 앉혀질 예정이었다. 하지만 류향장은 이 한마디를 외치지 않고 계속 얘기만 하고 있었다.

"우리가 화이화를 본받지 않을 이유가 어디 있습니까?"

류향장이 말했다.

"그녀는 자신의 여동생들을 춘수촌에서 도시로 데려갔을 뿐만 아니라 같은 마을과 이웃 마을의 수많은 청년과 아가씨들을 데리고 나갔습니다. 한 명이 한 명을 도와주면 둘이 부자가 되고, 열 명이 열 명을 도와주면 무수한 부자들이 탄생하게 됩니다. 이것이 바로 우리가 나아가야 할, 다 같이 부유해지는 사회주의의 길이자 우리가 일상적으로 떠들어대는 집단주의와 공산주의의 정신입니다. 화이화 같은 사람에게 기념비를 세워주지 않는다면 또 누구에게 기념비를 세워줄 수 있겠습니까?"

기념비의 기좌 주위는 흙으로 메우는 데 그치지 않고 시멘트로 튼튼하게 마감을 했다. 공기 중에 아주 신선한 시멘트 냄새가 떠다녔다. 시멘트의 강이 사람들의 얼굴을 향해 흘러오고 있는 것 같았다. 해는 이미 하늘 꼭대기에 걸려 있어 금은빛으로 마을 어귀를 따스하게 데우면서 사람들에게 따듯하고 편안한 느낌을 주고 있었다. 백 명이 넘는 촌 간부들이 모두 이 햇빛 아래 서거나, 자기 신발을 벗어 깔고 앉거나, 혹은 마른 풀이 깔린 바위에 앉아 얌전하게 류향장의 얼굴을 바라보고 있었다. 마치 한쪽 구석에서 거창한 전통 창극을 구경하고 있는 것처럼, 열렸다 닫혔다 하는 류향장의 입을 바라봤다. 마을 사람들도 이처럼 성대한 광경을 보기 위해 밖으로 나왔다. 그들은 남녀노소 할 것 없이 모두 촌 간부들 뒤에 서서 까치발을 하고 목을 길게 뺀 채로 류향장의 말 한마디, 춤추는 듯한 손동작을 하나라도 놓치지 않으려고 애썼다.

"여러분, 말씀해보세요. 여러분 마을에 어느 누가 화이화 아가씨 같은 능력을 지니고 있습니까? 여러분은 아십니까? 화이화가 막 지우뚜시에 도착했을 때는 일개 이발소 종업원에 지나지 않았다는 걸 말입니다. 허리를 굽혀 바닥에 떨어진 머리칼을 치우거나 머리를 감는 남자나 여자에게 더운물을 떠다 주는 것이 그녀의 일이었지요. 한번은 그녀가 약간 뜨거운 물을 어느 여자 손님의 머리에 부었습니다. 그러자 그 여자는 화이화의 얼굴에 침을 뱉었지요. 또 한번은 머리카락을 치우다가 한 남자 손님의 구두를 건드렸습니다. 그러자 그 남자 손님은 그녀에게 바닥에 엎드려 혀로 자신의 구두를 핥게 했습니다. ……거참 정말 더러운 놈이었지요. 여러분은 전부 촌의 간부들입니다. 모두 농촌의 명망 있는 분들이지요. 화이화가 도시에서 겪은 굴욕과 설움이 크다고 생각합니까, 크지 않다고 생각합니까?"

류향장은 목이 찢어질 듯한 소리로 이렇게 물으면서 높은 바위 위에 서서 수많은 촌 간부들을 내려다보았다. 선생님이 막 교문에 들어서 처음으로 교실 의자에 앉아 있는 아이들을 내려다보는 것 같았다. 간부들은 류향장의 얼굴을 바라보고 있었다. 아이들이 선생님의 얼굴을 바라보면서 넋이 나간 듯한 표정으로 선생님이 들려주는 하늘 밖의 이야기에 귀를 기울이고 있었다.

"어떻게 화이화에게 기념비를 세워주지 않을 수 있겠습니까?"

류향장이 말했다.

"그녀는 자신의 집을 지었을 뿐만 아니라 이십여 명의 아가씨들 모두 기와집이나 이층집을 짓게 해주었습니다."

또 말했다.

"이십여 명의 아가씨들 모두 기와집이나 이층집을 짓게 해주었을 뿐만 아니라 이 마을에 전기와 수도가 들어오게 해주었습니다. 전기와 수도를 설치하는 데에 든 돈도 전부 그녀에게서 나온 것입니다. 여러분들께 분명히 밝히건대 전부 화이화가 낸 돈이었습니다. 전부 화이화가 그 이십여 명의 아가씨들을 동원하여 함께 마련한 돈이었단 말입니다."

류향장은 "또 있습니다" 하고 잠시 멈췄다가, 간부들과 주민들을 내려다보면서 목청을 더 높여 뭔가를 선포하듯이 외쳐댔다.

"제가 왜 화이화를 돌아오지 못하게 하는지 아십니까? 화이화에게 기념비를 세워주고 화이화의 집에서 현장 회의를 소집하면서도 화이화가 집으로 돌아와 여러분들에게 자신의 경험을 소개하도록 하지 못하는지 아십니까? 그녀가 바쁘기 때문입니다. 그녀는 지금 지우뚜시에서 가장 크고 잘나가는 오락성의 사장입니다. 그녀가 하루만 시골로 돌아오면 오락성의 수입이 얼마나 줄어드는지 아십니까? 수만 위안입니다. 수만 위안이면 한 마을에서 한 계절을 먹을 수 있는 양곡 값에 해당되지요. 우리가 이런 화이화 아가씨의 시간을 축내도 된다고 생각하십니까? 게다가 화이화는 내년 봄에 향에서 촌에 이르는 흙길을 전부 아스팔트길로 바꿔놓겠다고 했습니다. 흙길을 국가급 도로로 개조시키겠다는 겁니다. 이런 길을 닦는 데 돈이 얼마나 드는지 아십니까?"

류향장의 설명은 계속됐다.

"수백만 위안, 아니 수천만 위안이 든단 말입니다. 저는 이 바이수향의 향장으로서 화이화 아가씨께 다른 보답은 해줄 수 없습니다. 제가 해줄 수 있는 것이라고는 기념비를 하나 세워주는 것뿐입니다. 향 내에 있는 각 촌의 주민들이 전부 화이화를 본받으라고 호소하는 것뿐이다 이 말입니다."

류향장이 또 말했다.

"사흘 전에 새로 부임한 현위원회 서기가 저더러 와서 업무 보고를 하라 하기에 생각을 거듭했습니다. 그 결과, 이런 현장 회의를 여는 것이 가서 업무 보고를 하는 것보다 더 중요하고, 화이화 아가씨를 위해 기념비를 세워주는 것이 새로 온 현위원회 서기보다 중요하다는 결론을 내렸습니다. 저는 현위원회 서기의 미움을 사는 것은 두렵지 않습니다. 현위원회 서기가 훌륭한 인민의 서기라면 저를 미워하지도 않을 겁니다. 왜냐하면 그도 저랑 똑같이 마음속에 자신들의 인민이 들어 있기 때문이지요. 똑같이 자신의 인민들을 마음에 담고 인민을 위한 일로 바삐 돌아치고 있는데 어떻게 제가 현위원회 서기의 미움을 살 수 있겠습니까?"

이리하여 화이화를 위한 기념비가 담장처럼 마을 입구에 우뚝 세워지게 되었다.

류향장은 사흘 전에 새로 부임한 현위원회 서기에게 가서 업무를 보고하겠다고 말했다. 하지만 현위원회 서기가 사흘을 기다렸는데도 류향장은 오지 않았다. 현에서 여러 차례 향으로 전화를 걸었지만 향에서는 류향장이 다른 마을에 내려갔다고, 바쁘다고, 그러니 이해해달라고 회답했다. 그다음에는 어떻게 되었을까? 새로 온 현위원회 서기가 마시던 차를 갑자기 사무실의 수마석(水磨石) 바닥에 뿌려버리고는 몹시 화가 난 얼굴로 차를 몰고 바이수향을 찾아갔다. 향에 도착해서도 류향장을 찾지 못하자 다시 차를 몰고 춘수촌으로 달려갔다. 현위원회 서기가 쫓아왔다는 말을 듣고도 류향장은 침착하게 화이화를 위한 기념비를 세우는 일에 몰두했다. 그러고는 각 촌의 간부들에게 점심도 먹지 않고 서둘러 각자의 마을로 돌아가게 했다. 각자의 마을로 돌아가 춘수촌을 본받고 화이화를 본받을 것을 당부했다. 그러면서 유능한 사람들에게는 열 장이고 스무 장이고 촌 위원회의 백지 소개서를 발급하되 무능한 사람들에게는 서너 장씩만 발급해주면 된다고 했다. 필요에 따라서는 향에서 인내심 있는 남녀 젊은이들에게 당위원회의 백지 소개서를 발급해주라고 했다.

현장 회의는 이렇게 와르르 끝이 났고 촌 간부들은 우르르 춘수촌을 떠났다. 연회가 끝난 것처럼 각자 집으로 돌아갔다. 흩어진 촌 간부들과 향 간부들, 그리고 각 촌 주민들이 춘수촌을 떠나는 모습을 바라보면서 류향장은 화이화의 기념비 앞에 잠시 앉아 담배를 한 대 피웠다. 그렇게 남은 햇볕을 쬐면서 잠시 정신을 가다듬었다. 흩어진 간부들이 다음 사거리에서 새로 온 현위원회 서기를 마주쳤을 거라고 느끼면서 손가락을 꼽아가며 셈을 해보았다. 서기가 촌 간부들에게 뭘 물어볼지, 촌 간부들은 뭐라고 대답할지, 시간은 얼마나 걸릴

지 따져보았다. 그런 다음 눈을 크게 뜨고 서쪽으로 지는 해를 바라보았다. 드넓게 펼쳐진 밭을 바라보았다. 등 뒤로 조용하게 가라앉는 춘수촌을 바라보았다. 그리고 마지막으로 화이화를 위해 세운 기념비 위로 눈길을 던졌다. 그 위에는 사발만 한 큰 글자로 새겨진 '화이화를 본받자'라는 일곱 글자를 쳐다보았다.

한동안 이 일곱 자를 쳐다보다가 류향장은 갑자기 기념비를 향해 침을 뱉었다. 3년 전에 자신이 옷을 다 벗다시피 한 아가씨들을 데리러 지우뚜시에 갔을 때, 경찰이 그의 면전에서 고약하게 침을 뱉었던 것과 다르지 않았다. 침을 뱉고 나서 그 흰 동전 같은 침 자국을 잠시 내려다보다가 청석으로 된 기념비의 기좌를 발로 한 번 걷어찼다. 아주 깨끗하던 기좌에 커다란 발자국을 남긴 그는 곧장 몸을 돌려 기념비 곁을 떠나 춘수촌 밖을 향해 걸어가기 시작했다. 걸음은 갈수록 빨라졌다. 모퉁이를 돌아야 하는 지점에 이르렀을 때 저 멀리서 자동차가 달려오는 소리가 들리자 류향장은 뛰기 시작했다. 겨울이라 두꺼운 옷을 껴입었던 데다가 날까지 무척 따듯해서 얼마 달리지 않았음에도 얼굴 가득 땀이 나고 숨이 찼다. 땀이 흘러내리지 않으려고, 땀범벅된 얼굴로 현위원회 서기를 맞이하려고, 신임 현위원회 서기와 함께 춘수촌으로

돌아와 시찰을 할 때 춘수촌이 가장 먼저 조사하는 마을이
되도록 하려고, 류향장은 달리고 달리다가 평지 위를 한 바
퀴 구르기도 했지만 그래도 걸음을 멈추지 않고 계속해서 달
렸다. 바로 그 평지에서 고개를 돌리면 춘수촌의 눈처럼 흰
건물 기와들이 눈에 들어왔다. 마을 어귀에 있는 화이화의
기념비도 어떤 영웅의 기념비처럼 햇빛 아래서 파르스름한
빛을 발하고 있었다. 그는 기념비를 바라보면서 신임 현위원
회 서기가 기념비를 보러 가지 않는 것을 용납할 수 없다고
생각했다. 류향장은 구르듯이 달려가 산등성이 아래에서 그
자동차가 붕붕거리며 달려오기를 기다렸다.

자동차 소리는 점점 커졌다. 그 검정색 승용차가 모퉁이를
돌면서 반짝 섬광을 발하자, 류향장은 재빨리 앞으로 달려나
가서는 현위원회 서기를 맞이하기 위해 아주 먼 길을 온 것
처럼 그렇게 그 승용차를 맞이했다. 그러나 승용차가 눈앞에
도착하여 그가 차를 향해 손을 흔드는 순간, 뜻밖에도 승용
차는 경보음을 요란하게 울리며 그의 몸을 스쳐 지나가버리
는 것이었다.

류향장은 넋이 나간 채로 길가에 그렇게 서서 생각했다. 신
임 현위원회 서기가 자신을 알아보지 못했어도 서기의 비서
는 마땅히 자신을 알아봤어야 했다고. 하지만 승용차는 차를

320

타려고 길가에 서 있는 사람을 피해가듯 휙 하고 스쳐 지나
가더니, 춘수촌 쪽으로 가버리고 말았다. 지는 해가 산맥 위
를 뒤덮고 있었다. 들판이 온통 핏빛 노을로 가득했다. 류향
장은 자동차 뒤에 흩어지는 하얀 연기를 바라보면서 얼굴이
누런빛으로 변했다. 어찌해야 좋을지 몰라 우물쭈물하고 있
는데, 그때 갑자기 저 앞에서 차가 멈춰 섰다. 아주 날씬한 아
가씨 하나가 차에서 내렸다. 겨울인데도 치마를 입고 있었다.
하이힐이 번쩍번쩍 빛났다. 아가씨는 류향장을 향해 빠르지
도 않고 느리지도 않은 걸음으로 다가왔다. 한들한들 흔들리
는 치마가 햇빛을 받아 반짝반짝 빛났다. 류향장의 면전으로
한 걸음 한 걸음 가까이 다가올 때마다 물처럼 싱싱하고 하
얀 수련같이 아름다운 그녀가 누런 햇빛 속에서 둥둥 떠오고
있었다. 그녀는 류향장 앞에 조용히 멈춰 섰다. 그러고는 수
줍은지 얼굴을 붉히면서 가벼운 목소리로 말했다.

"류향장님, 절 모르시겠어요? 저 화이화예요. 3년 전에 향
장님께서 지우뚜시의 어느 공안국에서 저를 데려오셨었지
요. 류향장님이 아니었더라면 오늘날의 화이화도 없었을 거
예요. 류향장님, 사람은 은혜를 알면 보답을 할 줄 알아야 하
는 법이지요. 천하의 모든 남자들이 향장님께서 제게 잘해주
셨다고 하더군요. 제가 뭐라고 말을 해야 할지 모르겠어요.

향장님께서 절 욕할까 두렵기도 하고 제 얼굴에 침을 뱉으실까 두렵기도 했어요. 저희 집에서 새 집을 지을 때 향장님께서 자기 집을 짓는 것처럼 관심을 보여주실 줄은 정말 몰랐어요. 마을 어귀에 저를 위해 기념비를 세워주실 줄은 꿈에도 생각지 못했고요. 생각하고 또 생각하다가 한번은 집에 돌아가봐야겠다고 마음먹었어요. 제겐 돈이 아주 많아요. 제 돈은 다 향장님 돈이니 마음대로 쓰세요. 제 밑에는 사람들도 아주 많아요. 혹시 오락성에 있는 아가씨들 중에 마음에 드는 아이가 있으면 제가 향장님을 모시도록 조치할게요."

화이화는 잠시 멈췄다가 말을 이었다.

"류향장님, 혹시 이 화이화가 맘에 드신다면 제가 향장님을 모실 수도 있어요."

그녀는 부끄러운지 얼굴이 빨개졌다. 잠시 후 하얗고 뽀얀 얼굴을 회복한 그녀는 그윽한 눈빛으로 류향장을 바라보았다. 별로 친하지 않은 자기 친오빠를 쳐다보는 것 같았다. 류향장도 그윽한 눈빛으로 화이화를 바라보았다. 마치 별로 친하지 않은 자기 여동생을 쳐다보는 것 같았다. 이렇게 서로를 바라보는 사이에 류향장의 눈에서 화이화의 모습이 약간 흐려졌다. 진짜 연꽃처럼, 진짜 모란처럼 아름다웠다.

한쪽 팔을 잇다

1

인즈(银子)가 거리에 나가 진방(金棒)에게 줄 맥주를 두 병 사 가지고 와보니 하늘이 무너지고 땅이 찢어질 것 같은 큰일이 터지고 말았다. 손에 든 맥주병이 조용히 폭발한 것 같았다. 매점은 공사장 밖 강변길 입구에 있었다. 담배와 맥주, 당과류, 떡 등 몇 가지 안줏거리를 파는 세 칸짜리 흰색 가건물이었다. 가게 안에는 주인의 침상과 냄비, 그릇 따위도 한데 뒤섞여 있었다. 가게 앞의 깨끗한 하천에는 속도가 느린 물줄기가 햇빛을 받아 반짝이며 베이징 쪽을 향해 흘러가고 있었다. 인즈를 고향인 허난(河南)에서 이 공사장으로 데려온 진방이 말했다.

"이 강물이 바로 베이징 사람들의 식수원이야. 중난하이(中南海)* 사람들도 이 물을 먹는다고."

인즈는 맥주병 두 개를 들고 강가에 서서 하류에 위치한 베이징시 쪽을 바라보았다. 숲을 이룬 고층 유리 빌딩들이 햇빛 아래 반짝이며 빛의 가시를 쏟아내고 있었다. 그 먼 곳의 들판 도처에 눈을 찌르는 불길이 타오르고 있는 것 같았다. 일은 그가 불타는 듯한 베이징시를 바라보고 있을 때 터졌다. 3월의 따스한 봄기운이 강가의 버드나무 가지 끝에서 가볍게 소리를 내고 있었다. 양지 쪽 가지에는 푸르스름하게 어린 싹들이 돋아나 있었다. 베이징시에서 차를 몰고 나온 남녀들이 강가에 주차를 해놓고는 강변에 손에 손을 잡고 앉아 있었다. 열일고여덟쯤 되어 보이는 여학생이 사오십 대로 보이는 남자의 무릎 위에 앉아 있는 모습도 보였다. 딸이 애교를 부리며 아빠의 볼에 입을 맞추는 것 같았다. 봄이 되자, 사람들은 연애를 하고 사랑을 나누기 시작했다. 베이징시도 겨울 내내 지속된 혹한에서 깨어나 따스한 빛과 춘정을 쏟아내기 시작했다.

---

* 중국의 고위 관료들이 사는 특수 주거지역.

인즈는 그곳에 서서 베이징 건물들의 불빛을 바라보고 있었다. 그러다가 곁눈질로 옆에서 서로 애무하고 있는 부녀 같은 남녀의 모습을 쳐다보았다. 뭔가 일이 터질 것만 같았다. 발밑의 땅이 그들이 내는 요란한 소리에 흔들리는 것 같았다. 거칠게 고개를 한쪽으로 돌려보니 강 한가운데 조용하고 느리게 흐르던 수면이 잠시 비스듬하게 기울어지고 있었다. 대야에 반쯤 담긴 거울 같던 물이 대야를 들어 올리자 마구 흔들리는 것 같았다. 이어서 강가에서 입을 맞추고 있던 남녀들도 일제히 뜨거운 키스를 멈추고 그쪽을 멍하니 바라보다가 별 대단한 일이 아닌 것을 확인하고는, 키스를 하던 사람들은 계속 키스를 하고 서로 몸을 더듬던 사람들은 잠시 멈췄던 손을 다시 움직이기 시작했다. 세상은 다시 이전과 같아졌다.

베이징 근교인 이곳은 전과 다를 것이 전혀 없었다.

인즈는 여전히 주변의 남녀가 키스하는 소리를 듣고 있었다. 작은 손으로 물 위에 뜬 가죽 공을 끌어당기는 소리 같았다. 아주 축축한 소리였다. 이 소리가 인즈의 마음속을 간질간질 돌아다녔다. 눈 깜짝할 사이에 편안한 짜릿함이 그의 몸속 어딘가에서 흘러나와 몸 전체로 퍼져가고 있었다. 하지만 그는 이때 담장 틈새를 비집고 바람이 새어 들어오는 것처럼 뭔가 일이 터진 것을 감지할 수 있었다. 그는 재빨리 고개를 돌렸다. 그의 시선이 강가에서 공사장 쪽으로 수백 미터를 뚫고 지나갔다. 한창 건축 중인 건물 공사장에서 회색과 누런색이 뒤섞인 연기와 분진이 솟아오르더니 곧 반 허공에 응결되어 소리가 있는 듯 없는 듯 흩어지는 것이 보였다. 순간 인즈는 가슴속이 심하게 떨리는 것을 느꼈다. 하지만 금세 가라앉힐 수 있었다. 방금 강가에서 뜨거운 키스를 다시 시작하던 남녀와 다르지 않았다. 그는 당황하거나 서두르지 않고 천천히 맥주병을 들고 공사장 쪽으로 걸어가기 시작했다. 공사장에 쌓아두었던 벽돌 더미가 무너지면서 진분이 날린 것이려니 생각했다. 다른 일이 있을 리가 없었다.

먼지와 흙은 깨지는 것을 두려워하지 않는다. 깨지면 깨지는 것이다. 이런 생각을 하면서 공사장으로 향하는 수백 미터의 밀밭을 가로질렀을 때, 산토끼 한 마리가 그의 길을 가로막았다. 밀 싹은 봄의 소생 속에서 이미 왕성하게 녹색으로 물들어가고 있었다. 이미 깊은 죽음 같던 겨울의 잿빛에서 깨어나 분명한 새싹의 초록빛을 드러내고 있었다. 햇빛이 밀의 잎사귀 사이를 파고드는 것 같았다. 사람들은 밭 가장자리에서도 빛과 물이 밀 잎사귀 사이로 졸졸 흐르는 것을 볼 수 있었다. 몸에 아직 나뭇잎이 붙어 있는 회색 산토끼

는 땅에서 전달되는 요란한 소리에 놀랐는지 아니면 인즈를
보고 놀랐는지, 황급히 밀밭의 새싹들 사이를 건너뛰어 작
은 길로 변한 밭두둑 위로 달려 나왔다. 그러곤 그 자리에 쪼
그리고 앉아 미동도 하지 않은 채 인즈의 움직임을 주시하고
있었다. 눈빛 속에 근심인지 즐거움인지 알 수 없는 표정이
서려 있었다.

　인즈는 산토끼 바로 앞에 서 있었다.

　산토끼는 앞다리와 머리를 높이 치켜들고 있었다. 회색 띠
를 두른 채색 유리 공 같은 두 눈이 아직 털갈이를 하지 않은
잡다한 색깔들 사이에 숨겨져 있었다. 토담에 박힌 두 개의
채색 수정석 같았다. 환한 햇빛 아래서 빨간 입술을 부지런
히 움직이는 모습이 인즈에게 뭔가 얘기를 하려는 것 같기도
했다.

　인즈는 토끼를 향해 한 걸음 더 다가섰다.

　산토끼는 구부리고 있던 뒷다리를 쭉 폈다.

　인즈는 손에 들고 있던 맥주병을 둔덕 옆에 가볍게 내려놓
았다.

　산토끼는 놀란 눈으로 밀밭 쪽을 두리번거렸다.

　인즈가 조심스럽게 산토끼에게 다가가자 산토끼는 화살처
럼 밀밭을 향해 날아갔다. 열일곱 살밖에 안 된 인즈는 이제

막 신분증을 갖게 되었고, 산토끼와 마찬가지로 몸에 힘과 호기심이 가득 차 있었다. 그는 밭으로 들어가 토끼를 쫓기 시작했다. 토끼만큼이나 빨리 뛰었고 두 번이나 몸을 날려 거의 손으로 잡을 뻔했다. 하지만 이 작은 축생은 정령이라 도 되는 듯이 가볍게 방향을 틀어 도망쳤다. 생각해보니 이 산토끼와 마주치지 않았더라면 더 좋았을 것 같았다. 마주쳤 어도 쫓아가지 않았더라면 더 좋았을 것이다. 하지만 인즈는 토끼와 마주치자마자 쫓기 시작했고, 때를 놓치고 말았다. 숨 을 헐떡거리며 밀밭에서 돌아왔을 때 공사장에는 이미 놀라 외치는 소리도 없었다. 얼굴 가득한 봄날의 땀을 문질러 닦 고 다시 밭두둑에 내려놓았던 맥주병을 집어 드는 순간, 트 럭 한 대가 요란한 경적을 울리며 공사장으로 달려가고 있었 다. 문득 공사장의 적벽돌이 무너졌을지도 모른다는 생각이 들었을 때, 구급차로 쓰이는 트럭은 이미 공사장 남문을 향 해 가고 있었다.

모든 것이 잘못된 상태로 지나가고 있었다.

인즈는 아무것도 보지 못했다. 그는 토끼를 잡지 못했다 는 아쉬움을 안고 공사장으로 돌아가고 있었다. 공사장 서쪽 에 뚫린 철조망을 통과하여 몇 걸음 걷지 않았을 때, 인즈는 놀라움에 걸음을 멈추고 말았다. 넘어진 것은 건축 공사장에 쌓아둔 적벽돌 더미가 아니라 이미 2층까지 올라간 건물의 벽과 비계였다. 게다가 공사장에는 이미 사람이 아무도 없었다. 바닥은 온통 피바다였다. 공기 중에 따스하고 신선한 피 냄새가 가득했다. 부상자들을 실어 나르는 트럭이 남문을 향해 달려가고, 사람들은 트럭을 따라 뛰어가고 있었다. 트럭 뒤에 서 있던 한 사람이 달리는 트럭을 쫓아가서 올라타려다가 트럭에 있던 사람들에게 떠밀려 떨어졌다. 그럼에도 그 사람은 계속 차를 쫓아가면서 욕을 섞어가며 뭔가를 얘기하고 있었다.

그의 말소리가 자동차 소리보다 컸지만, 결국에는 자동차 소리가 말소리보다 커졌다.

이런 광경을 바라보는 인즈의 머리가 쾅 하고 폭발했다. 머릿속에 먼지 안개가 가득 피어올랐다. 철조망 옆에 잠시 멍하니 서 있던 그는 무너진 비계와 건물 벽을 향해 날아가듯이 달려갔다. 가까이 다가가보니 건물은 텅 비어서 적막했고, 잔해는 이미 산으로 변해 있었으며, 피로 빨갛게 젖은 시멘트 포대 아래에는 누구의 것인지 모르는 잘려진 팔 한 짝이 벽돌 쪽 자루 귀퉁이 아래 버려져 있었다. 피로 물든 땅 위에 자줏빛으로 변한 손가락이 희미하게 드러났다. 하지만 반쯤 드러나 있는 팔은 혈맥이 움직이는 게 아직 살아 있는 것 같았다. 한데 모아진 손가락이 인즈를 보고는 천천히 힘을 주어 깍지를 꼈다. 팔이 마지막 힘으로 인즈를 향해 몇 번 손을 흔드는 것 같았다.

아직 살아 있는 손가락을 본 인즈는 너무 놀란 나머지 다리가 풀리면서 손에 들고 있던 맥주병 두 개를 바닥에 떨어뜨리고 말았다. 병이 깨지면서 맥주가 땅바닥에 흥건해 있는 피를 향해 흘러갔다. 하얀 맥주 거품이 붉은 카펫 같은 꽃을 물들였다. 인즈는 그렇게 붉은 꽃과 붉은 거품 옆에 몸이 굳어진 채 서 있었다. 붉은 꽃과 붉은 거품이 발밑까지 적셔오자 그의 머릿속에 천천히 한 가닥 틈이 벌어졌다. 그는 정신을 가다듬으면서 남문 쪽으로 달려가 앞에 있는 사람들과 트럭에 이 사실을 알리려고 했다. 그곳에 사람의 팔이 하나 떨어져 있다고. 하지만 트럭과 사람들은 이미 남문을 벗어나고 있었다. 오후의 정적과 공허함만 남아 남문 쪽을 휘감았다.

2

밤새 한숨도 자지 못했다.

무너진 벽 잔해 틈으로 삐져나온 팔과 손짓이라도 하는 듯이 구부러진 채 움직이던 손가락이 자꾸 뇌리에 떠올랐다. 대체 누구의 팔일까? 그곳에 떨어진 팔의 주인은 이제 팔이 한 짝 없으니 외팔이 장애인이 될 수밖에 없었다. 사람들은 너무 당황스럽고 다급한 나머지 팔 한 짝을 잊어버렸다. 그 때 그 놀랍고 두려운 혼란 속에서 누군가 떨어진 그 팔을 발견했더라면 정말 다행이었을 것이다. 하지만 아무도 그 팔을 발견하지 못했고 보지도 못했다. 그곳에 잊힌 채 버려진 팔이 밤새 인즈의 머릿속에 피를 흘리며 모로 누워 있었다. 게다가 팔에 연결된 손의 가운뎃손가락에는 커다란 반지가 하나 끼워져 있었다. 문득 진방의 가운뎃손가락에 항상 구리로 만든 커다란 가짜 금반지가 끼워져 있던 것이 생각났다. 어제 황혼 무렵에 들은 소식에 의하면 부상을 당한 사람들 몇몇이 전부 병원으로 급히 이송되었다고 했다. 또 날아온 소식에 의하면 부상당한 사람들 중에 몇몇은 중상이고 피가 트럭 짐칸 전체를 붉게 물들였다고 했다. 응급실 벽돌 바닥도 전부 피에 잠겼다고 했다.

건축 중이던 건물은 베이징 어느 기관의 부속 건물이었다. 공사에 투입된 인부들은 전부 공사장 옆의 임시 가건물에서 생활했다. 군대 내무반 같은 공동 숙소라 약간 비좁았다. 진방도 부상자들 가운데 하나였다. 그리하여 진방의 자리가 비게 되었다. 진방 바로 옆에 붙어 잠을 자던 인즈는 텅 빈 공간에서 잘 수 있게 되었다. 혼자 넓은 들판에서 자는 것 같았다. 웬일인지 인즈의 옆자리에서 자는 사람도 그가 있는 쪽으로 가까이 다가오지 않았다. 그를 피해 반대쪽으로 몸을 돌리고 있었다. 때문에 인즈는 넓은 들판에서 잠을 자는 것 같았다. 잠은 오지 않고 계속 그곳에 버려진 잊힌 팔 한 짝과 그 팔에 달려 있던 손, 그리고 가운뎃손가락에 끼워져 있던 큰 반지가 자꾸 떠올랐다. 진방은 유행을 중시하여 봄과 여름이면 항상 구리에 도금을 한 금반지를 끼고 다녔다. 어제 트럭이 떠나고 나서 다시 팔이 있던 자리로 돌아온 인즈는 폐지 한 장을 구해서 떨어진 팔과 자줏빛 손을 종이로 덮다가 가운뎃손가락에 희미하게 드러난 반지를 보았다. 이것이 혹시 꿈이 아니었는지 실증하기 위해 인즈는 한밤중에 일어나 공사장으로 갔다. 자신이 덮어놓은 폐지 아래 있는 팔을 라이터 불에 의지하여 다시 한 번 자세히 살펴보았다. 분명히 손가락에 구리 반지가 끼워져 있었다. 가슴속이 차갑게 시려왔다. 그 자리에 쭈그려 앉은 그는 하마터면 놀라움과 차가움에 밀려 벽돌 더미 위로 쓰러질 뻔했다.

팔의 주인이 진방임에 틀림없는 것 같았다.

팔이 이미 죽었다는 것을 알 수 있었다. 다시 진방의 몸에 가져다 붙이는 것이 불가능해졌다. 땅바닥에서 차가운 냉기가 올라왔다. 바람이 발 한가운데를 뚫고 두 다리를 거쳐 상반신까지 밀려왔다. 몸 전체와 목덜미를 거쳐 두피까지 한기가 덮였다.

두려운 것이 아니었다. 추운 것이었다.

뜻밖에도 정말 진방의 팔이 그곳에 떨어져 있었다.

달빛 속에서 잠시 멍하니 서 있던 그는 다시 깨끗한 시멘트 포대와 종이를 찾아 팔을 잘 싼 다음, 공사장에서 조금 떨어진 작은 숲속에 놓아두었다. 그러고는 다시 나뭇가지를 잔뜩 집어다가 그 위에 잘 덮어주었다. 그가 이러고 있는 사이 공사장 마당은 무덤처럼 조용했다. 구름 그림자가 땅 위로 미끄러져 지나가는 소리조차 들리지 않았다. 숲에서 돌아올 때쯤 인즈는 어떻게 진방의 팔이 있는 곳에 가서 그것을 쌌는지조차 기억나지 않았다. 고개를 한쪽으로 돌리고 손을 앞으로 뻗어 진방의 팔을 쌀 때는 약간 두렵고 무서운 생각이 들기도 했다. 어린 시절, 겨울에 얼음 기둥을 안고 마을을 한 바퀴 도는 것처럼 어렵고 힘들었다. 다시 공동 숙소로 돌아왔을 때는 그 일이 전혀 기억나지 않았다. 더 이상 그 일을 생각하고 싶지도 않았다. 인즈는 손에 들고 있던 라이터를 담배를 즐겨 피우는 동료의 머리맡에 내려놓고 자리에 누웠다. 하지만 조금도 졸리지 않았다. 줄곧 진방에게 팔이 하나 없고, 앞으로는 옷소매 하나가 비어 영원히 허공에 이리저리 휘날리게 될 것이라는 생각이 뇌리를 떠나지 않았다.

자꾸만 어제 그 팔이 살아서 피를 흘리고 있을 때, 자신이 사람들을 쫓아가며 소리를 질렀던 일이 생각났다.

"팔 한 짝이 더 있어요! 누구의 것인지 모르지만 팔 한 짝을 흘렸단 말이에요!"

하지만 부상자들을 실은 트럭은 멀리 가버렸다. 남아 있는 사람들은 남문 밖에서 모두 고개를 돌려 그를 바라보았다. 그가 미쳤다고 말하는 것 같았다. 모두들 말없이 식당으로 밥을 먹으러 가서 사람들과 얼굴을 마주했을 때, 그가 말했다.

"그 팔을 병원으로 보내야 해요. 어쨌든 그 팔을 누군가에게 돌려줘야 한단 말이에요."

사람들은 그를 힐끗 쳐다보고는 한마디를 던졌다.

"밥이나 먹어!"

그는 더 이상 팔에 관한 일을 얘기하지 않았다. 그 팔은 이미 죽었고, 아무런 의미도 없다고 믿었다.

하지만 그 팔은 진방의 것이었다. 팔은 죽어서도 밤새 인즈의 머릿속에서 살아 있었다. 그 팔이 머릿속에 살아서 뿌리를 내리고 꽃을 피워 무성하고 튼실해지는 바람에 그는 밤새 한숨도 자지 못했다. 다음 날 아침, 잠자리에서 일어났을 때는 어깨 위의 머리가 바위처럼 무거웠다. 누군가 모두들 어서 가서 식사를 하라고 외쳤다. 그러면서 식사가 끝나면 어떤 일들을 해야 하는지 설명했다. 그러고는 밖으로 나갔다가 한참 후에 다시 돌아와서는 인즈를 한쪽으로 잡아끌며 말했다.

"그 팔을 수습했나?"

고개를 끄덕이는 인즈의 표정을 살피는 그의 눈에 뭔가 갈망하는 빛이 역력했다.

"수습했으면 됐어. 모두가 공사장에서 일하는 데 지장이 없도록 해야 하거든."

그러고는 모두가 식사를 했고, 이어서 공사장으로 일을 하러 갔다. 어제 일은 완전히 잊은 것 같았다. 아무 일도 일어나지 않은 것 같았다. 그저 모두가 모래를 몇 삽 떠서 팔이 떨어져 있던 곳의 핏자국을 덮은 다음, 그 모래 위를 밟고 다니면서 벽돌을 나르고 시멘트를 운반하고 다시 비계를 설치하면 그만인 것 같았다. 허공으로 벽돌과 시멘트를 나르는 권양기가 드르륵 끼익 소리를 내면서 다시 움직이기 시작했다. 꿈속에서 누군가 인즈의 귀에 대고 이를 가는 것 같았다. 그가 하는 일은 여전히 손으로 수레를 밀어 창고에 쌓여 있는 시멘트를 비계 쪽에 있는 교반기(攪拌機) 앞까지 운반하는 것이었다. 500킬로그램이나 되는 시멘트 다섯 포대를 몇백 미터 떨어진 곳으로 옮기는 것이었다. 작은 숲 옆을 지날 때마다 그는 진방의 팔 위에 덮어놓은 나뭇가지들을 바라보았다. 모래로 진방의 핏자국을 덮은 곳과 팔이 떨어져 있던 곳에 이르면 일부러 약간 우회하여 수레가 그 위를 지나가지 않게 했다.

하지만 모래로 덮인 지점에는 이미 발자국이 가득했고, 흔적은 점차 희미해졌다. 그곳에 쌓인 발자국만 몇 자는 될 것 같았다. 평평한 땅이 점차 구덩이로 변했다. 트럭이 그 발자국들 위로 모래를 쏟아놓으면, 사람들은 원래 핏자국을 덮고 있던 모래를 함께 삽으로 쓸어서 다시 수레에 실었다. 진방의 핏자국도 함께 쓸어 담았다. 이걸 다시 교반기에 넣고 섞어서 만든 시멘트 반죽을 건물 위로 운반하여 벽돌 사이에 조금씩 얹었다. 사람들이 핏자국을 덮었던 모래를 삽으로 뜰 때, 인즈는 재빨리 다가가 피로 물든 모래를 퍼가지 말라고 하고 싶었지만, 어찌된 일인지 그는 끝내 그 자리에 서서 바라보기만 할 뿐, 아무 말도 하지 않았다. 그런 말을 하는 것이 별로 적절치 않은 것 같았다.

어디가 적절하지 못한 것인지 알 수 없었다.

어제 한밤중에 진방의 팔을 작은 숲속에 잘 갈무리할 수 있었던 것이 그나마 다행이었다. 이 숲은 직장에서 키우는 버드나무 묘목림이었다. 굵기가 팔뚝만 한 작은 나무마다 봄날의 희고 푸른 기운이 서려 있었다. 아주 달콤한 봄의 향기가 그곳에서 퍼져 나오고 있었다. 숲 앞을 지나가면서 나무 사이의 그 한 무더기 나뭇가지들을 향해 눈길을 던질 때마다, 팔을 둘둘 말고 있는 누런 시멘트 포대가 보였다. 붉은색과 회색이 섞여 있는 것이 마치 사람의 피부 같았다. 하지만 이렇게 몇 번을 왔다 갔다 하고, 또 몇 번 왔다 갔다 하는 사이에 오후가 되었다. 곧 퇴근하여 식사를 할 때가 되자 병원에서 사람이 하나 달려와서는 이마의 땀을 닦으며 인즈에게로 다가와 낮은 목소리로 말했다.

"진방이 죽었어. 출혈이 너무 심해 도저히 구할 수가 없었대."

인즈는 그 자리에 몸이 굳어져 숲속의 그 나뭇가지 더미에서 눈길을 돌리지 못했다. 머릿속이 온통 아득한 흰빛으로 변했다. 그 아득한 흰빛 속에 진방의 거무튀튀하면서 자줏빛이 도는 팔만 보였다. 인즈는 그 자리에 멍하니 서서 한참이나 두려움에 떨다가 공사장을 나와 공동 숙소로 돌아왔다. 숙소로 돌아오니 누군지 모르지만 먼저 퇴근하고 돌아온 사람들 중 하나가 침상 머리맡에 있던 진방의 짐을 펼쳐 놓았다. 가죽으로 된 누런 트렁크였다. 트렁크는 한창 유행하는 물건이라 위에 외국 문자가 인쇄되어 있었다. 진방이 퇴근해서 입던 옷과 거리에 나가거나 집에 돌아갈 때 갈아입던 새 옷들이 보이지 않았다. 항상 반들반들 광이 나던, 가죽 세 조각을 이어 만든 신사화도 누군가 가져가버리고 없었다. 또 뭐가 없어졌을까? 돈이 없어졌다. 얼마나 되는지 모르지만 돈도 보이지 않았다. 또 어떤 귀중품들이 없어졌는지 인즈는 전혀 알 수가 없었다. 낡은 상의 몇 점과 바지, 양말 등만 쓰레기처럼 진방의 침상 위에 흩어져 있었다. 인즈의 침상도 쓰레기장이 되어 있었다. 사람들은 계속 숙소를 드나들면서 손에 밥그릇을 든 채 식사를 했다. 이곳에서 아무 일도 일어나지 않은 것 같았다.

인즈는 진방과 자신의 침상 머리맡에 서 있었다. 방 입구에서 쏟아져 들어오는 오후의 햇볕이 그의 머리와 어깨 뒤로 무너지면서 그의 그림자를 진방이 잘 때 발을 두는 쪽 끝으로 던졌다. 그는 이런 모습을 잠시 멍하니 바라보다가 사람들이 전부 나가고 방이 텅 비자 다시 고개를 돌려 밖에서 식사를 하는 사람들과 사람들 무리, 사람들 무더기를 쳐다보았다. 밥그릇을 두드리는 소리가 음악을 합주하는 소리처럼 들렸다.

3

"날 병원으로 데려다주세요. 마지막으로 진방을 한 번 봐야겠어요. 영안실에서 진방과 마지막으로 하룻밤만 함께 보낼 수 있게 해주세요. 화장하는 데에 제가 꼭 가야 해요. 우리는 같은 마을에서 왔단 말이에요. 그가 절 이리로 데려온 거예요. 그저께 그가 제게 맥주를 사러 가지 못하게 했다면 팔이 잘려서 죽은 사람은 그가 아니라 나였을지도 모른단 말이에요."

어찌된 일인지 일은 너무나 빨리 지나갔다. 공사장 밖 고속도로를 달리는 자동차들 같았다. 사흘째 되던 날, 사람들은 화장을 끝낸 진방의 유골을 고향인 허난으로 보냈다. 화장을 하던 그날, 그러니까 어제, 인즈는 사람들을 찾아가 진방의 팔 한 짝이 어디에 있는지 말했다. 사람들은 이상하다는 듯한 눈빛으로 그를 쳐다보았다. 그는 팔이 정말로 진방의 것이라고, 화장을 하려면 온전한 시신을 태워야 하지 않겠느냐고, 자신이 가서 진방의 팔을 보내주겠다고 말했다. 사람들이 다시 그를 쳐다보았다. 다른 눈빛이었다. 이번에는 그들의 눈빛 속에 인즈가 너무 어리석고 한심하고 인지상정과 상식적인 행동을 하지 못하는 저열한 인간임에 틀림없다는 비하와 분노가 섞여 있었다. 바로 이때 공사장 비계 아래에 있던 인즈는 여기저기 어수선한 분위기가 가득한 조용함 속에서 한

가지 중대한 결정을 내렸다.

비밀 대회를 여는 것만큼이나 중요한 결정이었다. 인즈는 더 이상 아무 말도 하지 않았다. 일을 하거나 식사를 할 때, 또는 작은 숲을 지날 때, 더 이상 몸을 크게 움직여 두리번거리지 않았다. 그저 남들의 눈을 피해 잠시 그쪽을 기웃거릴 뿐이었다. 봄이 왔다. 계절은 하루가 다르게 모습이 변해갔다. 사흘 전만 해도 이 묘목림에는 하얗고 곧게 뻗은 나무들이 가득했다. 연약하고 민감한 가장귀만 옅은 녹색으로 물들면서 여리고 노란 새싹을 토해내고 있을 뿐이었다. 하지만 사흘이 지나자 뜻밖에도 묘목림은 온통 푸른빛으로 변했다. 모든 가장귀마다 새잎이 돋아나 공중에서 한 겹 한 겹 여리고 밝은 빛을 반짝였다. 진방의 팔을 덮고 있던 꺾어진 버드나무 가지에서도 새싹이 돋아나 그 아래에 있던 시멘트 포대를 덮었다.

인즈의 마음에도 봄이 왔다. 한 가지 계책이 그의 마음속에서 싹을 틔우고 꽃을 피웠다. 그는 다른 사람들과 마찬가지로 더 이상 건물 벽이 무너진 사건을 떠올리지 않았고 이미 화장된 진방을 그리워하지도 않았다. 하지만 진방의 팔은 여전히 이곳에 남아 있었다. 그 역시 아무 일도 일어나지 않은 것처럼 빠른 걸음으로 벽돌을 나르고 힘껏 모래 수레를 밀고 비계 위를 왔다 갔다 했다. 때로는 입으로 노래를 흥얼거리기도 했다. 남들은 그를 단순히 즐거움에 젖은 한 마리 새로 여겼다. 남들은 그가 열심히 일한다고 생각했고 길을 가다가 마주치면 일부러 다가가 그의 어깨를 털어주기도 했다. 해질 무렵 퇴근을 할 때면 애정 어린 손짓으로 그의 머리를 쓰다듬어주었다. 그러나 이틀 뒤, 그가 사람들을 찾아갔다. 아무 일도 없이 우연히 길을 가다 만난 것처럼 사람들을 향해 빙긋이 웃어 보였다. 그러다가 갑자기 한 가지 일이 생각났는지 어디론가 달려갔다가 다시 돌아와서는, 부끄러운 듯이 웃으면서 저녁에 진(鎭)에 나가 옷을 한 벌 사려고 하는데 돈 좀 빌려줄 수 있느냐고 말했다.

사람들이 물었다.

"100위안이면 충분하지?"

"200위안을 빌려주시면 안 될까요? 좀 좋은 신상품을 사고 싶거든요."

그가 말했다.

200위안을 받아 들고 한밤중까지 잠을 자던 인즈가 사라졌다. 그는 사람들이 깊이 잠들어 있는 사이, 준비해둔 짐을 들고 공사장 옆 버드나무 숲으로 가서 흙과 나뭇잎이 붙은 진방의 팔을 커다란 비닐로 싸고 다시 몇 겹의 비닐봉지

로 포장한 다음 잘 묶었다. 그리고 자신의 가방 안에 챙겨 넣
고는 주위를 살피며 공사장 마당을 빠져나왔다. 그러고는 베
이징의 식수원 수로를 따라 수도 방향으로 걸어갔다. 비닐
로 진방의 팔을 싸면서 그는 덮고 있던 나뭇가지들을 털어냈
다. 원래는 햇빛에 비춰 팔을 자세히 살펴보려 했지만, 허리
를 구부리는 순간 팔이 썩는 냄새인지 아니면 팔을 싸고 있
던 종이가 썩는 냄새인지, 그것도 아니면 겨울을 난 마른 잎
들이 봄밤의 습기에 젖은 냄새인지 모를 역한 냄새가 났다.
맑고 신선한 밤기운과 습기 사이에 있어서 그런지 진방의 팔
에서 뭔가 썩는 냄새가 풍겨 나오자 인즈는 놀라서 얼른 종
이와 팔을 잘 갈무리했다.

아마도 흙과 나뭇잎 부스러기도 팔과 함께 싸였을 것이다.

밤이 몹시 깊었다. 베이징 근교의 촌락들이 하나하나 구
름 조각처럼 달빛 아래 흩어져 있었다. 어쩌다 몇 층인지 모
를 건물 한두 동이 하늘과 땅 사이에 기둥처럼 우뚝 서 있었
다. 일종의 부조화였다. 평평하게 펼쳐진 들판에 갑자기 어지
럽게 시멘트로 만든 전신주가 서 있는 것 같았다. 인즈는 강
가의 시멘트 길을 따라 걸었다. 십 리 밖, 어쩌면 이십 리 밖
에 있는지도 모르는 등불을 향해 걸었다. 그의 손에는 여행
가방이 하나 들려 있고, 그 안에는 그의 물건들과 옷가지, 진

방의 팔, 그리고 있으나 마나 한 잡동사니들이 약간 들어 있었다. 그다지 무겁지도 않아 반나절을 걸어도 굳이 다른 손으로 바꿔 들 필요가 없었다. 발밑으로 흐르는 물은 청아한 고쟁(古箏) 또는 비파 소리인 듯 맑고 투명하기만 했다. 아주 고르고 섬세한 소리였다. 때로는 늘어진 버드나무 가지가 끌어내린 달빛이 머리와 얼굴을 간질이기도 했다. 뭔가 글씨를 쓰고 있는 것 같았다. 인즈는 금세 진방의 팔을 들고 있다는 불안감을 잊어버렸다. 물건을 훔치기라도 한 듯이 황급히 공사장을 빠져 나오던 도둑 걸음도 훨씬 느긋해졌다. 그는 이제 다급하지도 않고 초조하지도 않았다. 밤길을 걸어 장을 보기 위해 성내에 들어가는 것 같았다. 가끔씩 걸음을 멈추고 주변과 머리 위에서 들리는 새소리에 귀를 기울이기도 했다. 불빛이 있는 곳에서는 강물이 흐르는 풍경을 구경했고, 어쩌다 작은 다리를 만나면 다리 아래 수면에 비친 달빛의 아름다움을 감상하기도 했다. 이렇게 날이 밝아올 무렵이 되어 마침내 베이징 경내로 들어서자 숲속의 나무들처럼 곧게 솟은 고층 건물들과 순환도로 위를 물처럼 흘러가는 자동차들이 눈에 들어왔다. 그제야 그는 손에 들고 있던 짐이 생각났다. 짐 안에는 자신의 옷가지와 잡동사니가 들어 있을 뿐만 아니라 사람의 팔도 하나 들어 있었다. 비로소 짐이 무겁게 느껴졌다. 다리도 무거워졌다. 가슴 앞뒤가 전부 땀에 젖어 있었다.

다리 위에 서서 베이징의 일출을 바라보며 인즈는 생각을 정할 수 없었다. 내친 김에 베이징의 번화한 곳으로 가서 구경을 할 것인지, 아니면 곧장 시외버스 타는 곳이 어딘지 물어 서둘러 진방의 팔을 고향으로 보내줘야 하는지, 아예 진방의 집으로 가야 하는지 결정을 내리지 못하고 멍하니 서 있었다.

한참을 그렇게 멍하니 서 있었다.

4

집으로 돌아가는 먼 길은 인즈가 생각했던 것보다 훨씬 순탄했다. 기차를 탈 때 보안검사에서 팔이 발각될까 두려워 베이징에서부터 시외버스를 타고 갔다. 짐을 검사하는 사람도 없었고 짐 안에 뭐가 들었느냐고 묻는 사람도 없었다. 짐에서 이상한 냄새가 새어 나올까 걱정될 뿐이었다. 그는 자발적으로 짐을 버스 밑에 있는 짐칸에 실었고, 차를 갈아탈 때는 차 지붕의 짐칸에 올려놓았다. 베이징을 떠난 그는 이틀후에 허난 서쪽의 고향집으로 돌아왔다.

집 앞에 도착하기 위해서는 십 리 남짓 되는 길을 더 걸어야 했다.

정오가 되어서야 마을에 도착했다. 마을은 제법 큰 촌락이라 인구가 수백 수십 명이나 됐다. 집에 도착하니 봄날의 햇빛이 금홍 빛을 띠고 있었다. 붉은빛 속의 따스함이 산맥과 들판, 마을을 부드러운 불에 굽고 있는 것 같았다. 길에서 본 산간의 나뭇잎도 전부 검푸른 빛이었다. 마을 어귀에 이르자 홰나무가 이미 솜처럼 하얀 꽃을 흐드러지게 피우고 있었다. 그제야 고향이 베이징보다 남쪽이라 조금 더 따스하다는 것을 알 수 있었다. 봄은 이미 징과 북을 치고 하늘을 요란하게 울리면서 다가와 있었다. 보리도 폭발하여 옆으로 갈라졌다. 인즈가 마을로 들어서자 마을 한가운데에서 한 가닥 소란이 날려왔다. 하지만 사람들이 움직이거나 일을 하는 모습은 보이지 않았다. 마을 어느 집에 신나는 일이나 경사가 있다는 것을 알 수 있었다. 소리를 따라 다가가다가 마을 거리의 모퉁이를 돌자 서쪽 공터에 스무 개 남짓 되는 탁자가 펼쳐져 있고, 탁자 위에는 온갖 음식들이 차려져 있는 것이 보였다. 통닭구이도 있고 생선찜도 있고 술과 담배도 있었다. 푸짐한 음식 향기가 손님을 대접하는 탁자로부터 끈적끈적 퍼져왔다. 큰 잔과 차 통, 사발에 독한 술을 가득 따라 얼큰하게 취하고 있었다. 술기운과 불같이 거칠고 사악한 성질이 마을 안을 마구 돌아다니고 있었다. 손님을 대접하는 집은 바로 진방네였다. 인즈는 왜 그곳이 그렇게 소란스러운지 대충 알 것 같았다. 거리 입구에서 머뭇거리며 잠시 서 있던 그는 이내 빠른 걸음으로 사람들이 있는 곳을 향해 다가갔다.

누군가 인즈를 보고는 깜짝 놀라며 큰 소리로 말했다.

"인즈야, 돌아왔구나?"

"진방은 죽었는데 너는 살아서 돌아왔어?"

"어서 짐을 내려놓고 술이나 마시러 가자. 마을에서 방금 진방을 묻었거든. 진방네 집에서 마을 사람들에게 답례를 한다는구나!"

인즈는 진방의 유골이 자기보다 한 발 앞서 마을에 도착했다는 것을 알았다. 진방네 집에서는 이미 진방의 유골을 매장해버린 뒤였다. 인즈는 또 뭔가 크게 잘못됐다는 걸 알았다. 뭔가 또 늦었다는 느낌이 들어 잠시 멍하니 서 있던 그는 마을 사람들과 눈빛, 술자리, 갖가지 음식과 마을의 떠들썩한 분위기를 가로질러 짐을 들고 곧장 진방네 집으로 갔다. 진방 덕분에 마을에서 가장 먼저 지을 수 있었던 서양식 건물로 들어서니 마당 가득 펼쳐져 있는 술자리와 임시로 만든 부뚜막, 음식을 준비하느라 바삐 돌아치는 사람들의 모습이 눈에 들어왔다. 그는 다소 무례하게 대문 안으로 들어섰다. 마당에 있던 사람들도 놀란 눈으로 그를 바라보았다. 사람들은 그가 뭔가를 가지고 돌아왔을 것이라 예상했다. 모두들 그가 돌아오지 말아야 했다고, 이런 자리에 나타나지 말아야 했다고 생각했다. 모두들 이상하고 딱딱한 눈빛으로 그를 쳐다보았다. 눈빛으로 그를 대문 밖으로 쫓아내는 것 같았다. 인즈는 그 눈빛들과 부딪치면서도 다 받아들이며 마당 안으로 들어섰다. 인즈가 진방네 집 대청으로 들어서자, 그를 따라 진방의 아버지와 형수, 동생도 대청으로 들어섰다. 인즈가 대청으로 들어서자 예닐곱 명의 사람들이 그를 에워싸더니 방문을 닫았다. 모두들 인즈를 응시했다. 인즈의 손에 들려 있는 범포 가방을 뚫어지게 쳐다보았다. 인즈가 뭔가 말을 하기를, 베이징에서 가져온 뭔가를 꺼내놓기를 기다리고 있었다.

인즈가 말했다.

"진방을 묻어버렸나요? 아직 화장하지 않은 진방의 팔이 남아 있단 말이에요."

인즈가 말했다.

"한 달 전에 인즈가 절 데리고 베이징에 갔어요. 저로서는 진방의 팔을 가져오지 않을 수 없었어요."

인즈가 말했다.

"배상 받은 돈이 적지 않으니 돈을 써서라도 무덤을 다시 파내 진방의 팔도 함께 묻어야 할 것 같습니다."

진방네 가족들 가운데 그 누구도 무덤을 다시 파는 것을 원치 않았다. 방금 시신을 매장한 새 무덤을 파내는 것은 불길한 일인 데다, 돈을 들여 다시 사람들을 고용하고 무덤 속 관과 수의를 전부 꺼내고 벗겨내는 것이 여간 성가신 일이 아니었다. 진방네 집 사람들은 밖에 손님들이 저렇게 많으니 우선 진방의 팔에 관한 얘기는 꺼내지 말아달라고 당부했다. 그러면서 인즈에게 짐을 풀고 팔을 꺼내 아무 데나 놓아두라고 했다. 진방의 팔인지 확인한 다음에 다시 얘기하자는 것이었다.

만일 진방의 팔이 아니라면 어떻게 할 것인가? 함께 매장하지 않는다면 진방을 볼 면목이 없어지는 것이 아닐까? 진방이 있던 곳에서 팔이 한 짝 더 나왔는데, 함께 매장하지 않으면 우리를 원망하지 않을까?

진방네 집에서 나온 인즈는 가방을 집어 들었다. 지독하게 썩은 양곡 자루를 들고 먹을 수도 없고 버릴 수도 없어서 주저하고 있는 것 같았다. 얼굴이 겹겹이 진한 잿빛이었다. 갑자기 몹시 배가 고프고 피곤했다. 진방네 집 안팎으로 펼쳐진 탁자 주변에 앉아 좀 쉬면서 음식을 좀 먹고 싶었다. 해는 서쪽으로 기울기 시작했지만 아직 중천에 떠 있어서 그 온기 때문에 몹시 땀이 났다. 몸이 허해진 것 같았다. 사람들은 여전히 바삐 돌아치고 있었다. 모두들 한데 둘러앉아 먹고 마시고 떠들고 웃고 있었다. 가위바위보를 하는 주령 소리가 천둥소리 같았다. 어린아이들은 손에 밥그릇이나 닭다리를 들고 뛰어다니면서 먹다가 어른들의 다리 가랑이나 탁자 밑을 뚫고 다녔다. 새들이 낮은 수풀 속을 날아다니는 것 같았다.

사람들이 떠들면서 먹고 마시는 소란함 속에서 인즈는 진방네 문 앞에 있는 공터에 잠시 서 있다가 자신이 직접 진방의 팔을 그의 무덤에 묻어주기로 결심했다. 손이 닿는 대로 마을에서 삽을 한 자루 빌린 그는 가방을 집어 들고서 마을 뒤에 있는 진방네 묘지로 갔다. 묘지는 그리 멀지 않았다. 직선거리로 반 리쯤 되는 길이었다. 산언덕에 자리 잡은 묘지에 도착하자마자 진방의 새 무덤이 보였다. 한 무더기 황토와 미처 다 태우지 못한 하얀 화환 몇 개가 나뒹굴고 있었다. 시신을 매장하느라 밟은 보리 싹과 어지러운 발자국, 폭죽과 향을 태우고 남은 재가 흩어져 있었다. 까마귀들이 묘지의 오래된 무덤과 새 무덤 위를 날아다니고 있었다. 사방의 들판은 텅 비어 있고 건너편 산언덕에서는 사람들이 양을 치고 있었다. 양들은 산언덕에 걸려 있는 하얀 솜뭉치 같았다. 눈앞의 마을과 마을에서 술을 마시면서 가위바위보를 하는 주령 소리가 이 순간에는 유난히 표연하고 아득하게 들려왔다. 실존감이 부족하게 느껴졌다.

진방의 새 무덤 옆에 짐을 내려놓은 인즈는 잠시 머리 위를 보았다. 햇빛이 투명하기만 했다. 베이징의 유리 건물들에서 햇빛을 반사하는 것 같은 강하고 밝은 빛의 가시들이 쏟아졌다. 해가 몹시 거칠고 장엄한 것 같았다. 수많은 유리관이 허공에 나란히 걸려 있는 것 같았다. 그는 갑자기 자신의 가방을 열어 진방의 팔이 어떤 모양을 하고 있는지 보고 싶은 강한 충동을 느꼈다. 이틀 전 한밤중에 가방에 진방의 팔을 집어넣을 때 이미 약간 썩는 냄새가 났다. 다시 이틀이 꼬박 지난 데다 날씨도 더 더워졌으니 진방의 팔은 이미 철저히 부패했을지도 몰랐다. 썩은 냄새가 코를 찌를 수도 있었다. 심지어 진방의 손가락에 끼워져 있던 구리 반지가 부패한 손가락에서 빠져나갔을 수도 있었다. 이런 생각을 하면서 몹시 주저하던 그는 삽을 한쪽에 던져놓고 자신의 여행 가방이 있는 쪽으로 다가갔다. 먼저 지퍼를 열어 위에 있는 옷을 꺼냈다. 과연 가방 안에서 뜨듯한 열기가 올라왔다. 썩은 냄새는 나지 않고 햇볕 아래 오래 쌓아둔 풀에서 나는 냄새가 났다. 이어서 가방 맨 바닥에 몇 겹의 비닐봉지로 싼 진 방의 팔을 꺼냈다. 인즈는 처음으로 진방의 팔을 품에 안고 진지하게 살폈다. 진귀한 물건을 품에 안고 있는 것 같았다. 밝은 대낮이라 두려움을 느낄 겨를도 없었다. 팔이 갑자기 떨어지지 않기만을 바라면서 새 무덤 앞의 흙 위에 내려놓은 다음, 한 겹 한 겹 묶었던 끈을 풀고, 한 겹 한 겹 비닐을 벗겨 냈다. 마지막 비닐 한 겹을 벗기는 순간, 인즈는 또다시 정신 이 아득해졌다. 팔을 응시하면서 한참 미동도 하지 않고 멍 하니 앉아 있었다.

진방의 팔을 담고 있던 비닐봉지 안에서 뜻밖에도 봄날의 따스한 온기로 인해 버드나무 묘종(苗種)이 돋아나 있었다. 버드나무 묘종은 이미 젓가락만큼이나 굵었고, 나무껍질은 연한 회백색이었다. 작고 투명한 노란 잎새가 반쯤 구부러진 채 묘종에 붙어 있었다. 맑고 은은한 나무 냄새가 났다. 비닐 봉지에 붙어 있는 버드나무 묘종을 내려다보고 있자니 비닐 봉지에 든 것이 진방의 팔이 아니라 특별히 묘종을 키우기 위해 만든 비옥한 흙인 것 같았다.

그렇게 버드나무 묘종을 바라보면서 잠시 생각에 잠긴 인 즈는 이를 진방의 무덤 앞에 잘 심어주었다.

밤이 깊어지자 달이 떠올랐고 마을은 조용하기만 했다. 하루 종일 바삐 돌아쳤던 진방네 가족들도 조용해졌다. 이 조용함 속에서 진방네 사람 하나가 인즈네 집을 찾아와서는 인즈를 불러댔다. 할 말이 있다고 했다. 인즈는 진방의 팔을 달라는 말일 것이라고 생각했다. 그런데 문밖에 서 있던 그 사람은 진방의 죽음으로 인해 확실히 큰돈이 생겼다고 말했다. 원래 예상했던 것보다 두 배나 많은 보상금을 받았다고 했다. 부모와 형제, 자매가 균등하게 나눠 가졌더니 얼마 되지 않아 문득 진방이 손가락에 끼고 있던 금반지가 생각났지만, 그것이 진짜인지 가짜인지, 구리에 도금을 한 것인지 순금인지 알 수 없다고 했다. 그 팔이 정말로 진방의 몸에서 떨어진 왼팔이라면 그 반지를 회수해야겠다고 했다. 도금한 가짜 반지라 해도 반지는 반지라는 것이었다.

인즈는 문 안에 있고 손님은 문밖에 있었다. 달빛이 두 사람 사이로 바스락거리며 쏟아져 내렸다. 손님은 이렇게 말하면서 인즈의 얼굴을 쳐다보았다. 얘기를 다 듣고 난 인즈는 아무 생각 없이 손님에게 말했다. 금반지가 하나 있었고, 이미 진방의 무덤에 묻어주었다고 했다. 아마도 금반지는 지금쯤 작은 나무로 변했을 것이라고 했다.

손님이 돌아갔다. 인즈는 문을 닫고 들어와 잤다.

「그해 여름 끝」출판 금지 전말

1994년 초여름, 나는 허난을 떠나 베이징으로 왔다. 당시 나는 허리에 중병을 앓고 있어 글을 쓰려면 반드시 침대 위로 올라가야 했다. 게다가 글을 쓰지 않고는 생계를 유지할 수 없었다. 무엇보다도 내 생활의 이유를 유지할 수 없었다. 이처럼 힘들고 의기소침한 심경으로 내가 아내와 함께 멀리 산둥(山東)의 지난(済南)으로 가서 대대적인 허리 수술을 받으려는 차에 갑자기 베이징의 새로 배정된 직장 상사로부터 전화가 걸려왔다. 최대한 빨리 산둥을 떠나 베이징으로 돌아오라는 것이었다.

나는 서둘러 베이징으로 돌아왔다.

짐을 내려놓고 두 다리를 절면서 아픈 허리를 감싸 쥔 채 상사의 사무실로 들어섰다. 그제야 나는 나의 소설 「그해 여름 끝」과 관련하여 하늘만큼 큰 사건이 터졌다는 것을 알게 되었다. '상부'에서 추적 조사를 시작했다는 것이었다. 이 소설의 창작 경위와 발표 경위, 그리고 허난에서 베이징까지 오게 된 나의 모든 신변상황을 조사한다는 것이었다. 그제야 나는 모든 것을 알 수 있었다. 알고 보니 1992년 연말에 쓴 이 소설, 내가 쓴 군대소설 가운데 가장 대표적인 작품으로서 장편이라고 하기에는 너무 짧고 중편이라고 하기에는 약간 긴 이 소설을 〈수확(收获)〉, 〈쿤룬(昆仑)〉 같은 대형 문학잡지에 보냈을 때, 그들이 하나같이 '아주 잘 쓴 작품이지만 발표하기에는 적합하지 않음'이라는 판결을 내렸던 것이 대단한 총명함과 명지의 소치였다는 것을 알게 되었다. 그런 판단은 문학잡지의 에디터로서 그들이 문학과 사회의식을 아주 정확하게 파악하고 있다는 방증이었다.

1991년 연말만 해도 허리 통증이 심해지긴 했지만 여전히 앉아서 글을 쓸 수 있었다. 분량이 7만 자가 조금 넘는 이 소설 「그해 여름 끝」을 나는 열흘도 안 걸려 완성했고 탈고한 뒤에는 원고를 다시 보고 싶지도 않았다. 하지만 수정을 거치지 않는 것도 명예롭지 못한 일인 것 같아 오탈자와 일부

표점 및 부호를 바로잡은 다음 곧장 상하이의 〈수확〉 잡지
사로 보냈다. 그 결과 '발표하기에 적합하지 않음'이라는 판
정을 받았다. 나는 곧바로 원고를 해방군에서 발간하던 〈쿤
룬〉 잡지사로 보냈다. 이번에도 '발표하기에 적합하지 않음'
이라는 판정을 받게 되었고 이번에는 회수한 원고를 그냥
책상서랍 속에 깊숙이 처박아두었다. 그와 함께 문학에 대
한 나의 사유와 이상도 서랍 깊숙이 처박혀 있었다. 그러다
가 1992년 가을, 산시(山西)의 〈황하(黃河)〉 잡지사 주간이 나
를 찾아와 원고를 청탁했다. 그때는 허리의 병이 심해져서
병원에 가서 치료를 해야 했지만 집안 경제사정이 대단히
어려웠기에 진료하려면 돈을 빌리는 일이 다반사였다. 그리
하여 나는 원고를 주기로 약속하고 나서 얼마 지나지 않아
「그해 여름 끝」의 원고 마지막 페이지에 적혀 있던 탈고 일
자를 지우고 창작 시기를 1년 뒤로 고쳐 〈황하〉 잡지를 위
해 쓴 작품이라고 거짓말을 하면서 등기우편으로 발송했다.
뜻하지 않게 〈황하〉는 아주 빨리 그해 제6기 잡지에 이 소
설을 실어주었다.

소설이 발표되자마자 〈소설월보〉와 〈중편소설선간(选刊)〉,
〈중화문학선간(中华文学选刊)〉을 비롯하여 당시 중국의 거의
모든 문학잡지들이 일제히 이 소설을 앞다투어 연재했다.

그해에 출간된 각종 유형의 '연도소설선(年度小说选)'들도 일제히 이 소설을 수록했다. 아울러 수많은 독자들이 너무나 감동적인 작품이라며 편지를 보내오기 시작했다. 군대의 평론가들은 이 작품을 '신군대소설'의 대대적인 발전이라고 평가했고 지방의 평론가들은 '신사실주의'의 또 한 차례의 수확이라고 칭찬했다. 그리고 나 자신에게는 「그해 여름 끝」이 작품이 세상에 나왔다는 사실 자체가 무엇보다도 큰 의미로 다가왔다. 가장 중요한 것은 이 작품의 원고료로 우리 집안의 어려운 가계 문제를 어느 정도 해결할 수 있었다는 것이다.

이렇게 모든 것이 다 지나갔다고 생각했다. 이제 내가 해야 할 일은 단 두 가지였다. 하나는 빨리 병을 치료하여 몸을 잘 보양하는 것이고 하나는 《흐르는 세월(日光流年)》을 쓰기 위한 준비를 하는 것이었다. 바로 이때 「그해 여름 끝」이 조사를 받게 되었다. 사실 이 일의 원인은 아주 간단했다. 주요 원인은 홍콩에서 간행되는 〈쟁명(争鸣)〉 잡지가 대륙의 군사소설에 이미 '제3의 물결'이 도래했다고 보도하면서 대표 작가로 나 옌롄커를, 대표 작품으로는 「그해 여름 끝」을 거론한 것이다. 그러면서 '제3의 물결'의 주요 취지가 '군인들의 영혼의 타락을 묘사하는 것'이라고 밝혔다. 아울러 그 잡지에서는 몇몇 평론에 담긴 '언론'의 일부를 발췌하면서 '제3의 물결'이 도래했고 나 옌롄커가 군인들의 타락한 영혼을 묘사하는 '제3의 물결'의 대표 작가라는 사실을 실증하려 했다. 실사구시적으로 말해서 90년대 초기 중국의 이데올로기에는 아직 강력한 '좌편향' 경향이 남아 있었다. 당시는 홍콩이 아직 대륙에 회귀되기 전이었고 사람들의 의식은 아직 "적이 반대하는 것을 우리는 무조건 옹호하고, 적이 옹호하는 것이면 우리는 무조건 반대해야 한다"라는 구호에 머물러 있었다. 한마디로 말해서 「그해 여름 끝」이 조우한 재난은 '적들의 옹호'를 받았기 때문에 '우리의' 반대에 부딪친 것에 다름 아니었다.

이리하여 「그해 여름 끝」은 책으로 출판될 수도, 나의 소설집에 수록될 수도 없었다. 이와 동시에 상부에서는 내게 두 개의 잡지에 이미 인쇄 중인 다른 두 편의 중편소설을 철회하라는 지시를 내렸다. 그리고 나는 끊임없이 조직에 사상보고를 올리는 동시에 침대에 올라가 한 편 또 한 편 자아검토서를 써야 했다. 지금 그때의 상황을 회상하다 보면 당시의 직장 간부들의 온정에 대해 감동을 느끼지 않을 수 없다. 그들은 끊임없이 나를 보살펴주고 위로해주었을 뿐만 아니라 직접 나의 자아검토서를 수정하여 상부의 동정과 이해를 얻을 수 있게 해주었고 내가 어려운 관문을 잘 넘을 수 있도록 적극적으로 도와주었기 때문이다. 이런 관문을 넘기 위해 나는 간부들과 조직을 향해, 특별히 당 소조회의에서 당원 동지들에게 진지한 자아검토와 함께 앞으로는 작품에 보다 긍정적이고 주류적인 내용을 쓰겠다는 결심을 밝히기도 했다. 하지만 내가 한 차례 또 한 차례 상부와 조직, 그리고 동료들을 향해 구두 또는 서면으로 자아검토를 하고 있을 때, 상부에서 나의 신상자료를 이동 조치했다는 소식이 들려왔다. 상당히 중요한 일부 신문과 잡지들이 이미 나와 「그해 여름 끝」, 그리고 당시에 '농민 출신 군인'에 관해 쓴 나의 다른 소설들에 대한 비판적인 평론을 게재할 예정이고 상부의 의견만 떨어지면 제때에 이 비판적 글들이 발표될 것이라는 소식이 들려왔다. 이때 나는 사실 내가 '관문'을 통과할 수 있는지의 여부가 내가 얼마나 많이 깊이 있고 진지하게 자아검토를 했느냐에 달려 있는 것이 아니라, 아무도 통제할 수 없는 또 다른 무엇인가에 달려 있다는 사실을 어렴풋이 인식하기 시작했다. 이리하여 나는 아내와 함께 아들을 데리고 베이징을 떠날 준비를 하고 있었다. 다시 고향으로 내려가 농사를 지을 마음의 준비를 한 것이다. 나는 매일 죽음을 기다리듯이 집 안에 틀어박혀 마지막 판결을 기다리고 있었다.

이렇게 하루, 이틀, 한 달, 두 달…… 아주 긴 세월이 흘렀다. 놀랍게도 이 몇 달 동안 하늘만큼이나 큰 이 사건이 소리 소문 없이 사라져버렸다. 내게 「그해 여름 끝」 사건이 이미 잊혔다고 말해주는 사람도 없었고 나를 어떻게 처리하기로 결정했다고 알려주는 사람도 없었다. 몇 달 동안 허공에 매달려 있던 내 마음은 몇 배의 초조함에 시달리고 나자 이제는 오히려 완전히 마비되어 편안해지기 시작했다. 게다가, 살아 있는 의미를 증명하기 위해 나는 이미 침대에 기어 올라가 나의 중요한 장편소설 「그해 여름 끝」을 쓰기 시작했다. 나의 초조한 시달림과 글쓰기 사이에서 시간은 흘러갔다. 초조한 시달림 속에서 상부에서는 한 가지 규정을 알려왔다. 앞으로 모든 군대 작가들은 군사를 제재로 한 소설을 쓸 때 반드시 소속 부대의 지휘관에게 원고를 보내 심사를 받아야 하며, 심사에 통과된 뒤에야 투고하여 발표하거나 출판할 수 있다는 것이었다. (사실 이런 규정이 완전히 실행된 것도 아니었다.) 그 후 새해가 시작될 무렵 상부에서 한 가지 문건이 하달되었다. 이 문건에서는 이름을 밝히면서 「그해 여름 끝」이 군대의 기층 간부들을 '음해하는 묘사'라고 비판하고 있었다. 이 문건에서 함께 비판을 받은 또 한 편의 작품은 모옌(莫言)의 《풍만한 가슴과 살찐 엉덩이(丰乳肥臀)》였다.

그때 사실 모옌이 받고 있던 압력은 나보다 훨씬 크고 강했다. 나중에 그는 부대를 떠났고 군대에서 완전히 멀어졌다.

그 후 아주 오랫동안 「그해 여름 끝」 사건이 왜 '중간에 흐지부지되었는지' 알 수 없었다. 용두사미였다. 처음에는 뇌성벽력처럼 사람을 놀라게 하더니 끝은 가는 빗방울이었다. 다시 한 해가 지나 한 회의에서 유명한 평론가를 만나 이 일에 관해 얘기하게 되었다. 그는 아주 신비한 어투로 자신은 이 사건의 모든 과정을 다 알고 있다면서 일이 이렇게 용두사미가 된 것은 외신들이 「그해 여름 끝」 사건을 보도하기 시작하면서 옌롄커가 끊임없는 추궁에 시달리고 있고 자아검토를 하고 있다는 사실을 세계에 알렸기 때문이라고 말했다. 나는 이런 설명이 진실인지 아닌지 알 수 없었지만 그래도 일리는 있다는 생각이 들었다. 이제 이 일은 오래전의 일이 되어버렸다. 「그해 여름 끝」이 내 글쓰기에서 아무리 중요한 지위를 차지한다 해도 나는 이 작품 역시 허구의 소설일 뿐이라고 말하고 싶다. 이 소설이 군사문학의 시각과 일부 평론가들의 비판적 관점에서 볼 때 아무리 중요하고, 심지어 하나의 경전(经典)으로 평가되고 있다 하더라도 이는 당시 내 창작의 한 기록일 뿐이다. 오늘날 이런 풍파의 시말을 회고하면서 한 가지 강조하고 싶은 사실은 나의 또 다른 작품《인

361

민을 위해 복무하라(为人民服务)》가 잡지에 발표되는 도중에 발표와 출판, 유통이 금지되는 이른바 '3금'에 처해지는 경천동지할 문화사건이 있었다는 것이다. 이 사건에서 나는 거대한 압력을 받았지만 동시에 수많은 사람들의 보호를 받았다. 《딩씨 마을의 꿈(丁莊夢)》이 초래한 번거로움을 포함하여 모든 상황에 대해 나는 단 한 차례의 자아검토도 하지 않았다. 이는 어찌됐건 간에 중국이 개혁개방의 추세에 있고 일부 분야에서 그 속도가 다소 느리긴 하지만 계속 발전하고 있다는 것을 의미한다.

인간의 존엄과 사랑을 위한 문학

엔롄커 문학의 출발점과 에너지는 인간의 존엄과 사랑에 대한 절대적인 신앙과 집착이라고 할 수 있다. 이것에 대한 완강한 믿음이 없었다면 그의 문학은 존재하지 않았을 것이다. 그의 수많은 작품들 가운데 우리에게 잘 알려진《인민을 위해 복무하라(爲人民服務)》와《딩씨 마을의 꿈(丁莊夢)》이 그렇다. 엽기적이면서도 충격적인 사건들을 샤갈의 풍경화처럼 몽환적이면서도 다분히 극단적인 서사로 재현하고 있지만, 그런 풍경 속에는 현실에 대한 비판이나 항변과 함께 항상 인성에 대한 변치 않는 믿음이 내재되어 있다. 이 작품 「그해 여름 끝」도 마찬가지다. 공교롭게도 이 세 작품 모두 한국을 비롯하여 약 20여 개 국가에 번역, 소개되어 있지만 중국의 서점에서는 책을 찾아볼 수 없다. 중국 정부로부터 발행 및 유통 금지 처분을 받았기 때문이다. 옌롄커는 이 작품 「그해 여름 끝」과 관련하여 이렇게 소회를 밝힌 바 있다.

"나는 '문학은 인학(人學)'이라는 그런 단언을 감히 믿지 못한다. 하지만 문학은 인간에 대해 영원한 존엄과 애정을 담고 있어야 한다고 생각한다. 인간 생존의 의미는 이미 사라져버린 것인지도 모른다. 오늘날 공룡은 어떻게 사라졌고 바퀴벌레는 어떻게 여전히 존재하는지를 모르는 것과 마찬가지다."

이 작품은 옌롄커의 글쓰기에 처음으로 엄청난 풍파를 가져다주었다. 작가로서의 삶 전체가 휘청거릴 정도로 잔혹했던 정신적, 신체적, 사회적 타격으로 인해 그는 다시 한 번 인간 존재의 가치와 의미, 글쓰기의 이유, 문학과 인간의 관계에 대한 뼈저린 반성적 사유와 깊이 있는 성찰의 시간을 가져야 했다. 동시에 그 과정에서 이 작품은 그가 작가이기 전에 농촌 출신의 군인으로서, 롤러코스터처럼 급변하는 중국이라는 거대한 사회의 한 성원으로서 자신이 속한 조직과 주변의 지인들로부터의 따뜻한 격려와 지지를 확인하는 계기가 되기도 했다. 때문에 이 작품은 그의 작가 인생을 통틀어 가장 많은 기억의 재료를 제공해준 작품으로 기록되고 있다. 요컨대 작가 옌롄커에게 있어서 이 작품은 불행이자 행복이었고 지독한 시련이자 푸근한 위로와 행운이었다.

이 작품의 주인공인 중대장 자오린과 지도원 가오바오신은 사무엘 베케트의 부조리극《고도를 기다리며》의 두 주인공을 연상시킨다.《고도를 기다리며》에서 텅 빈 무대가 세계를 상징하고 두 사람의 맹목적인 기다림이 바로 인간의 숙명적으로 부조리한 삶을 암시했다면 이 작품에 등장하는 3중대 또는 구금실이라는 다분히 상징적인 공간은 극단적으로 압축된 인생의 무대이고 중대장과 지도원 두 사람이 갈구하는 진급과 도시 호구는 그 인생의 근본적이고 본질적인 욕구를 만족시키지 못할 뿐만 아니라 어쩌면 맹목적인 기다림보다도 못한 부조리(absurdity) 그 자체인지도 모른다. 그리고 이런 부조리성은 전통적으로 전형적인 농업국가인 중국의 사회구조에 있어서 도시와 농촌의 관계가 인민의 삶 전체를 송두리째 소외시키는 불합리한 권력의 기제로 작용하는 데서 발생되고 있을 것이다.

소설은 항상 제한된 풍경과 사유의 과제를 제시할 뿐 모범답안은 알려주지 않는다. 이 소설의 서사가 담고 있는 깊은 의미는 독자들이 풀어야 할 수수께끼일 것이다.

이 작품의 원 제목은 '샤를뤄(夏日落)'이다. 하지만 '샤를뤄'라는 소설적 인명은 실제 중국인의 이름에서는 찾아보기 어렵다. 어쩌면 이 이름은 이 작품의 분위기와 이미지를 함축하는 '여름 해가 지다'라는 일상적 현상을 반영한 쌍관적 의미의 작명이었는지도 모른다. 여름 해가 지듯이 우리에겐 죽음도 하나의 일상일 수 있는 것이다. 이 작품의 주인공 '샤를뤄'는 여름 해가 지듯이 그렇게 까닭 없이 죽었다. 일상일까 변고일까? 필연일까 자연현상일까?

김태성